KB124094

천년의 왕국

김경욱
1993년 『작가세계』 신인상에 중편소설 「아웃사이더」가 당선되어 문단에 나왔다. 소설집 『바그다드 카페에는 커피가 없다』 『베티를 만나러 가다』 『누가 커트 코베인을 죽였는가』 『장국영이 죽었다고?』와 장편소설 『아크로폴리스』 『모리슨 호텔』 『황금 사과』 등을 발표했으며, 2004년 한국일보 문학상을 수상했다.

김경욱 장편소설
천년의 왕국

초판발행 2007년 6월 15일
2쇄발행 2007년 7월 2일

지 은 이 김경욱
펴 낸 이 채호기
펴 낸 곳 (주)문학과지성사

등록번호 제10-918호(1993. 12. 16)
주 소 서울 마포구 서교동 395-2(121-840)
전 화 02)338~7224
팩 스 02)323~4180(편집) 02)323~4180(영업)
전자우편 moonji@moonji.com
홈페이지 www.moonji.com

ISBN 978-89-320-1787-7

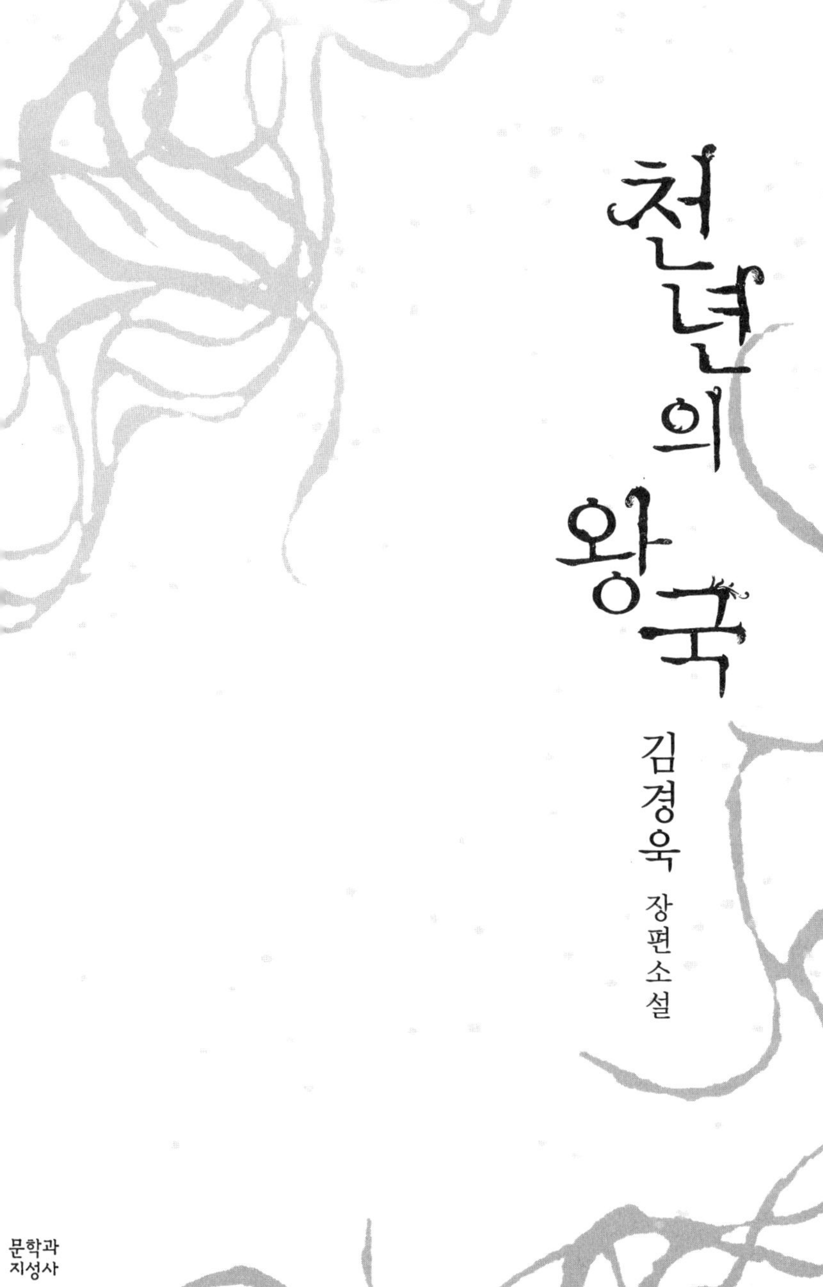

천년의 왕국

김경욱 장편소설

문학과
지성사
2007

천년의 왕국

차례

*

운명은 반복된다. 때로는 비극으로 때로는 희극으로. 그사이 바다가 넘실거리고 죽음이 춤을 춘다. 바다는 죽음을 사랑하고 죽음은 바다를 기억한다. 운명의 총애를 받는 것은 오직 죽음뿐이다. 죽음 그 자체는 비극도 희극도 아니다. 죽음에 대한 강박적 두려움이 비극을 낳고 죽음에 대한 맹목적 경배가 희극을 잉태한다. 그러니 진실로 운명을 사랑하기 위해서는 죽음과 가까워져야 한다. 바다에서 운명과 죽음은 서로 친척이다. 밤을 지새우며 포도주를 마시고 발을 구르며 함께 노래한다. 노래는 떠나온 고향에 대한 노래여도 괜찮고 떠나보낼 별에 대한 노래여도 상관없다. 고통에 절망하지 않고 쾌락에 집착하지 않을 수만 있다면.

바다로 나온 것은 실로 오랜만이었다. 몇 년 만인지 헤아릴 수조차 없었다. 온 세상을 주름지게 하는 세월도 바다는 비켜간 듯했다. 눈앞의 바다는 기억 속의 바다와 다르지 않았다. 바다는 태양처럼 오연(傲然)하고 달처럼 예민했다. 바다는 옛적의 바다와 마찬가지로 내 심장에 박차를 가했다.

육지에서 멀어질수록 바람은 빠르고 파도는 높았다. 사나운 기세로 달려온 바람도 만월처럼 부푼 돛에 갇히면 숨죽여 울었다. 곡조를 짐작할 수 없는 바람의 낮은 울음이 배를 난바다로 밀어냈다. 겨울을 준비하는 남쪽의 난바다는 굶주린 늑대처럼 게걸스레 뱃전을 한 입 베어 물었다가 이내 게워냈다. 먼 바다 너머에는 더 먼 바다뿐이었다. 더 먼 바다 너머에는 기억되지 않는 어떤 죽음들이 유령선처럼 떠다닐 것이다.

이물을 지키며 번을 서는 국왕의 병사는 미동도 없이 수평선을 노려봤다. 그 너머에 대회전을 준비하는 적의 주력이 버티고 있기라도 하듯. 보이지 않는 위험 앞에서조차 국왕의 병사들은 온 세상을 적으로 돌려세울 것처럼 결연했다. 그러나 그들은 적의 피를 손에 묻히는 것보다 자신의 목을 매다는 쪽을 택할 것이다. 지난날 타타르[1] 군대가 얼음의 강[2]을 건너 쳐들어왔을 때처럼. 저들의 이마를 빛나게 하는 사슴과도 같은 온순함이야말로 저들의 가장 치명적인 적이었다.

제주 목사로부터 장계가 올라온 것은 한 달 전이었다. 장계의 내용은 다음과 같았다.

섬 남쪽 해안에 배 한 척이 좌초했습니다. 대정현감과 판관에게 병사를 이끌고 가서 살펴보게 하였으나 어느 나라 사람인지 알 수 없었습니다. 배는 난파됐고 살아남은 자 36명인데 말이 통하지 않고 문자 또한 다릅니다. 배에는 목향(木香) 94포, 용뇌(龍腦) 4항아리, 녹피(鹿皮) 2만 7천 장 등 약재를 비롯한 갖은 물품이 실려 있었습니다. 이자들은 눈이 파랗고 코는 높으며 머리가 노랗고 수염이 짧습니다. 구레나룻을 깎고 콧수염만 남긴 자도 더러 있습니다. 웃옷이 넓적다리까지 내려오고 소매는 짧습니다. 아랫도리는 주름이 잡혀 있고 치마처럼 보입니다. 왜말 아는 자를 시켜 "너희는 서양의 길리시단(吉利是段)[3]인가?"라고 물었더니 입을 모아 "야야"하고 대답했습니다. 우리나라를 가리켜 고려라 했으며 어디로 가고자 하느냐고 물었더니 주저 없이 나가사키라 했습니다.

---

1) Tatar. 청나라.

2) 압록강.

3) 크리스천.

제주 목사의 장계를 받은 국왕[4]이 나를 찾았다. 엄연한 사실에 입각한 장계는 그러나 조각난 사실의 더미를 파헤칠수록 결정적인 사실을 밀쳐냈다. 국왕은 사실의 조각들을 꿰맞추기를 원했다. 국왕은 나더러 제주에 가서 난파한 자들의 정체를 알아보라 명했다. 이곳에서 국왕의 명은 신의 섭리와 같다. 천상의 권능을 지상에서 대리하는 존재가 바로 국왕이었다. 편전에서 물러날 때 국왕이 나를 불러 세웠다.

"연(燕)아!"

나는 걸음을 멈추고 고개 숙이며 대답했다.

"네, 전하!"

"새 홍이포(紅夷砲) 제작은 어찌 돼가느냐?"

젊은 날 타타르에 볼모로 끌려간 적 있는 국왕의 머릿속은 깨어 있을 때나 잠들어 있을 때나 북벌의 꿈으로 분주했다.

타타르의 12만 대군에 맞서 남한산성에서 농성하던 선왕은 개전 45일 만에 백기를 들고 성 밖으로 걸어 나갔다. 선왕이 성을 빠져나갈 때 왕자와 대신들이 죄인처럼 뒤를 따랐고 병사들과 백성들은 하늘이 무너진 것처럼 울부짖었다. 적의 예법이 정한 복종의 표시대로 선왕은 타타르 황제의 발치에 엎드려 세 번 절하고 아홉 번 머리를 조아렸다. 9층으로 쌓은

---

4) 효종.

단 위의 용상에 앉아 있던 타타르 황제의 귀에 들리도록 땅바닥에 머리를 조아릴 때 선왕의 이마에 피가 흘렀다.

타타르의 위세가 강성해질수록 국왕은 초조해졌다. 수치는 죽음으로써 갚아야 할 빚이었다. 국왕의 복수는 한때 세계의 중심으로 섬기던 빛의 제국[5]을 위한 것이기도 했다. 국왕은 부상하는 제국을 능멸함으로써 영락한 제국을 추모했다.

국왕은 야만의 제국에 대한 적의를 대신들과 병사들이 기꺼이 나누어 갖기를 바랐다. 심지어 이방의 병사들 심장에도 자신의 적의가 펄떡이기를 희망했다. 의(義)를 향한 무모하고 순진한 사랑, 그것은 천 년을 이어온 삶의 방식이었다. 그러나 대신들은 명분에 대한 국왕의 집착을 염려했고 국왕은 실리에 대한 대신들의 탐을 경계했다. 사라진 제국에 대한 의리도 번성하는 제국에 대한 두려움 앞에서는 주춤했다.

제국의 부침은 조수(潮水)와 같다. 한때 포르투갈 함대의 것이었던 바다가 스페인 함대의 수중에 떨어져도 바다는 바다일 뿐이었다. 그러나 밀려온 바닷물이 내 발목을 삼키면 바다는 한낱 바다일 수 없다. 침략자 스페인에 맞선 전쟁에 참전하면서 아버지는 이렇게 말했다.

"적에게 땅을 내주면 여자를 지킬 수 없고 바다를 내주면

5) 명(明)나라.

자식을 지킬 수 없다. 그러나 적에게 운명을 내주면 신조차 우리를 지켜줄 수 없다."

만일 타타르 제국에 대한 적의가 내 것이 되더라도 국왕의 적의를 나누는 방식은 아닐 것이다. 그것은 온전히 내 운명에 대한 사랑과 내 운명을 지켜내기 위한 쟁투의 결과물이어야 한다.

"힘쓰고 있습니다."

"너의 대답이 미덥구나. 물러가라."

그 순간에도 국왕의 염려는 정체를 알 수 없는 이방의 배가 난파했다는 남쪽의 바다가 아니라 압도적인 적이 호령하는 북쪽의 대륙을 향했다. 국왕에게 국경의 북쪽은 마음을 짓누르는 근심의 기원이자 각오를 다지는 용기의 근원이었다. 국경의 북쪽을 겨눈 국왕의 복수심은 절망에 대한 사랑이었다. 그것은 국왕에게 바치는 내 충성의 근거이기도 했다. 나날이 고립되어가는 국왕의 적의가 나는 가여웠다.

*

제주 목사는 표착한 자들을 소환하기 위해 그들이 수용된 곳으로 사령을 보냈다. 표착한 이방인들은 국왕의 숙부[6]가

6) 광해군.

연금되었던 곳에 머문다고 했다.

한때 이 왕국을 다스렸던 국왕의 숙부는 패륜을 이유로 권좌에서 쫓겨났다. 어머니를 유폐하고 동생을 죽였으며 빛의 제국에 대한 신의를 저버렸다는 죄목이었다. 실각으로 폐주(廢主)가 잃은 것은 권력만이 아니었다. 폐주의 아들은 연금된 집 마당에 굴을 뚫어 탈출을 기도하다 발각되었다. 새로 등극한 왕은 그에게 자진(自盡)하라는 명을 내렸다. 폐주의 며느리도 남편을 따라 자살했다. 폐주는 그해 아내도 잃었다. 폐주는 모든 것을 잃고도 18년을 더 살았다. 바람의 섬[7]은 그의 마지막 유배지였다.

국왕이 기거하는 도성(都城)에서 가장 멀리 떨어진 바람의 섬은 죄인 중의 죄인을 감금하는 곳이었다. 변방에서 하릴없이 무명(無名)과 무기력을 곱씹게 하는 것이야말로 평판을 목숨보다 엄중히 여기는 자들에게는 죽음보다 더 가혹한 벌이었다.

폐주의 실각은 타타르가 얼음의 강을 건너 침공한 이유 중 하나이기도 했다. 국왕의 숙부를 실각시킨 것은 국왕의 아버지, 선왕이었다. 폐주의 손에 죽은 왕자의 복수는 선왕이 맡았고 폐주의 복수는 타타르가 대신한 셈이었다. 그리고 국왕은 오매불망 선왕의 복수를 위해 타타르 정벌을 벼르고 있었

7) 제주도.

다. 권력은 그것을 움켜쥔 자들로 하여금 지옥 불 위에서 춤추며 꽃의 붉음을 노래하도록 했다. 열흘을 견디지 못하는 꽃의 붉음을.

표착한 이방인들을 기다리는 동안 제주 목사는 난파선에서 건진 물건들을 내놓았다. 난파선에서 얻은 물건 가운데에는 색유리, 안경, 천리경, 그리고 모래시계도 있었다. 제주 목사는 모래시계를 귀에 바짝 대고 흔들었다. 나는 모래시계를 달라고 하여 모래를 한쪽에 몰아넣은 뒤 방바닥에 세웠다. 모래는 가운데 오목한 통로를 스치듯 빠져나와 아래쪽으로 흘러내렸다. 시간을 재는 기구라고 알려줬더니 제주 목사는 자신의 턱수염을 쓰다듬으며 어린아이처럼 웃었다. 웃으면서 시간은 본래 백사장의 모래알 같은 것이라고 말했다. 제주 목사는 시인처럼 말했다. 제주 목사는 모래시계를 다시 뒤집어 모래가 흘러내리는 것을 지켜보았다. 제주 목사의 눈빛이 발견의 기쁨으로 빛났다. 모래가 절반쯤 흘러내렸을 때 밖에 인기척이 나고 사령이 도착했다는 보고가 들려왔다.

관아 대청으로 나서니 저무는 햇살에 눈이 부셨다. 역광 저편에서 사위의 풍경이 본래의 형상을 잃고 이지러졌다. 부신 햇살에 익숙해짐에 따라 관아의 돌담이 가파르게 일어서고 마당이 드넓게 펼쳐졌다. 마당에는 나졸과 병사들이 긴 그림자를 늘어뜨린 채 도열해 있었다. 그들은 자신의 그림자처럼 무표정했다. 표착한 자들은 도합 36명이라 했지만 불려온 자들은 세 명뿐이었다. 표착한 무리의 대표라고 제주 목사가 귀띔했다.

제주 목사의 후의가 두터웠는지 그들의 행색은 죄인이나 포로들의 그것과는 거리가 멀었다. 이국의 항구에 잠시 정박한 뱃사람처럼 보였다. 그러나 이방인들은 제 수중에 있지 않은 장래에 대한 근심으로 초췌했다. 자신의 운명이 제 손아귀에서 모래처럼 빠져나가는 것을 지켜볼 수밖에 없는 세 명의 이방인은 새삼 사무치는 회한 속에서 내 부모이자 형제이자 자식이었다. 그러나 이방인들이 나에게는 한없이 낯설기만 했다. 세상에서 가장 낯선 이방인은 자기 자신이다. 그들은 기억 저편의 나 자신이었다.

이방인들의 시선이 제주 목사 곁에 있는 나에게 쏠렸다. 처음엔 어리둥절해하던 이방인들의 얼굴에 점차 놀라워하는 빛이 떠올랐다.

"이 사람이 누군지 알겠는가?"

제주 목사가 낯선 언어로 더듬더듬 말했다. 서툴긴 했지만 그새 이방인들의 언어를 익힌 모양이었다. 제주 목사의 어눌한 말이 귀에 익었다.

"그는 우리 동포가 아닌가?"

이방인 중 한 명이 대답했다. 세 명 중 눈빛이 가장 총총한 자였다. 제주 목사가 껄껄 웃었다.

"틀렸다. 이 사람은 코레시안이다."

제주 목사의 대답에 이방인들은 의아해했다. 제주 목사의 말은 옳았다. 국왕의 명을 받들기 위해 이방인들 앞에 서 있는 나는 국왕의 사자임에 틀림없었다. 이방인들은 나의 말을 듣고 싶어 했다. 그들의 눈에 비친 내 육신은 제주 목사의 대답을 배반하고 있었기 때문이다. 나는 그들의 말을 알아들을 수 있었지만 입 밖에 낼 수는 없었다. 생각해보니 이방인의 언어는 내 모국어였다. 이역에서의 짧지 않은 세월 동안 돌보지 못한 모국어는 지도에서 사라진 지명처럼 혀끝에서만 맴돌 뿐 합당한 소리를 얻지 못했다. 소리를 구하지 못하는 모국어가 나는 곤혹스러웠다.

이방인들과 제주 목사가 손짓과 몸짓을 주고받는 모습을 나는 절망 속에서 묵묵히 지켜볼 수밖에 없었다. 그들은 꼭두각시놀음에 익숙해져 있었다. 꼭두각시놀음은 한참 동안 계속되었다. 나는 백 년을 산 것보다 더 늙어버린 기분이었다. 나는 허깨비였다. 마비되었던 사지에 따끔거리며 감각이 돌아오듯 헐벗은 단어들이 결박된 기억으로부터 하나 둘 살아 돌아왔다. 침묵 속에서 사태를 지켜보던 나는 말을 갓 배운 아이처럼 더듬거리며 한 마디 한 마디 토해냈다.

"너희는 누구인가?"

내 서툰 모국어가 다시 한 번 그들을 놀라게 했다. 일단 말문이 트이자 많은 단어들이 두서없이 떠올랐다.

"우리는 암스테르담에서 왔다."

눈이 총총한 자가 대답했다.

"어디로 가던 길인가?"

"우리는 동인도회사 소속 뱃사람으로 포모사[8]를 떠나 나가사키로 가던 길이었다. 전능하신 신께서 우리의 항해를 가로막았다. 닷새 동안 폭풍우와 싸우다 이 섬에 좌초했다."

"신의 뜻은 신 자신밖에 모른다."

"나는 호르쿰 출신이며 난파한 스페르베르호의 서기 헨드릭 하멜이다. 나머지 두 사람은 일등 항해사와 하급 선의(船醫)다. 당신은 누구인가?"

호르쿰 출신의 서기는 젊고 건장했다. 내가 바다로 나올 때 아내는 만삭이었다. 부풀어 오른 아랫배를 가까스로 가누며 바람 찬 방파제 끝에서 손 흔들던 모습이 아련하다. 그러나 이방에서의 모진 세월은 아내의 얼굴마저 지워버렸다. 내 가난한 기억 속에서 아내는 얼굴을 잃은 채 연신 손을 흔들었다. 26년 전이었다. 뱃속의 아이가 사내였다면 돛을 활대에 척척 묶을 만큼 어깨가 여물었을 테고 계집아이였다면 튼실

8) Fomosa. 타이완.

한 아이를 낳을 만큼 성숙했을 것이다. 사내든 계집애든 탈 없이 자랐다면 호르쿰 출신의 젊은이 또래일 것이다. 주님께서 내리신 경이로운 선물에 이름 짓지 못하고 떠나온 것이 나는 못내 마음에 걸렸다. 이름도 모르는 자식의 아비로 살아온 나날이 새삼 사무쳤다.

하멜이라고 했다. 그는 망각의 악마가 지키는 지옥의 바다를 건너온 내 조상이자 아들이었다. 지옥에서 살아온 나의 조상이자 아들은 묻고 있다. 나는 누구인가? 바다에서 별을 보며 운명을 점치던 시절 갑판으로 금세 쏟아질 듯 선명했던 달무리는 말해줄 수 있을까? 지난겨울 국왕의 궁궐 처마에 떨어졌던 눈은 말해줄 수 있을까? 대체 내가 누구인지.

"나는 드 레이프 사람 얀 얀스 벨테브레다. 1626년 홀란디아호에 승선해 암스테르담을 떠났으며 이듬해 우베르케르크호를 타고 야판[9]으로 가던 중 역풍을 만나 이 왕국의 해안으로 밀려왔다."

"당신은 어디에 살고 있는가?"

"국왕이 있는 곳에 살고 있다. 국왕이 충분한 식량과 의복을 내려준다."

"이곳에는 무엇 때문에 왔는가?"

---

9) Japan. 일본.

"너희가 누군지 알아보라고 국왕이 명했다."

"우리는 나가사키로 갈 수 있는가?"

"나도 여러 차례 국왕에게 그리 청했다. 그러나 갈 수 없었다. 한번 들어온 외국인을 밖으로 내보내지 않는 것이 이 왕국의 법도다. 국왕이 너희를 돌볼 것이다. 너희는 이 땅에서 일생을 마쳐야 한다."

낙담한 이방인들은 약속이라도 한 듯 눈물을 떨어뜨렸다. 일등 항해사도, 서기도, 하급 선의도 울었다. 뜻밖의 절망은 거친 바다에서 단련된 사내들을 단숨에 무너뜨렸다. 지옥의 바다에서도 살아남은 사내들이 고향에 돌아갈 수 없다는 것 때문에 어린아이처럼 느껴 울었다.

호르쿰은 내 어머니의 고향이었다. 내 눈에 이슬이 맺혔다. 나는 옷깃으로 이슬을 훔쳤다. 눈가에 맺힌 이슬에 옷깃이 젖었다. 이역에서 뱃사람들이 흘리는 눈물은 고향의 식탁에 오르는 소금보다 짤 것이다. 제주 목사와 병사들은 어리둥절해 했다. 울지 않는 사내들과 울음을 터뜨리는 사내들 모두에게 나는 이방인이었다. 그 순간 지상의 유일한 내 동포는 나 자신뿐이었다.

"당신은 이 왕국에 혼자 왔는가?"

복받치는 감정을 가까스로 수습한 후 일등 항해사가 나에게 물었다. 그는 암스테르담 출신이고 이름은 헨드릭 얀스라고 했다.

"두 명의 동료가 있었다."

"그들은 지금 어디에 있는가?"

나는 말문이 막혔다. 돌연 지난날의 기억이 봇물 터지듯 밀려들었다. 이방의 땅에서 살아낸 시간들이 벼랑 끝의 허깨비처럼 벌떡벌떡 일어났다. 포도주에 취해 발로 갑판을 구르며 흥얼거리던 노래가 귓전을 때렸다. 희망봉의 만년설을 바라보며 술잔을 기울이던 그들은 지금 어디에 있을까? 세계의 끝에 오렌지 공(公)의 깃발을 꽂자던 그들은 대체 어디에 있는가? 지난 세월의 모험은 십 년의 꿈일런가, 백 년의 꿈일런가, 꿈속의 꿈일런가. 내가 발 딛고 있는 이곳은 대체 어디인가?

머나먼 바다

1

비바람이 몰아치던 바다는 소금밭처럼 잠잠해졌다. 태양은 폭발할 것처럼 뜨거웠다. 사슴 모피와 설탕을 가득 실은 우베르케르크호는 바람 한 점 없는 낯선 바다에서 이틀째 발이 묶였다. 바타비아[10]를 떠난 지도 보름이 넘었다. 예정대로라면 일본에서 화물을 하역하고 조촐한 주연(酒筵)으로 회포를 풀고 있어야 했다. 사흘 밤낮 계속된 폭풍우와의 사투로 배는 예정된 항로에서 북동쪽으로 9밀렌[11]이나 밀려나 있었다. 중

10) 인도네시아 자카르타.
11) 1밀렌은 7.4킬로미터.

국 대륙 연안과 대마도 사이의 바다 어디쯤이었다.

주인 없는 바다에서 폭풍우보다 더 무서운 것은 적의 군함이나 해적을 맞닥뜨리는 것이다. 포르투갈 군함은 오렌지색 깃발을 보기만 해도 포격을 감행했다. 스페인 군함에게도 친절을 기대할 수는 없었다. 동방무역이 활황을 맞으면서 동인도 제도 해역에는 해적이 들끓었다. 중국 해적은 머리 가죽을 벗기고 일본 해적은 귀를 자른다고 했다.

문명은 죽음에 대한 겸손을 가르친다. 개별화된 죽음 앞에서 문명 세계의 인간은 두려움과 경외를 느낀다. 그러나 야만인들에게 모든 죽음은 해 질 무렵 땅거미에 녹아드는 사물처럼 뭉뚱그려진 죽음일 뿐이다. 그들이 벗겨내고 잘라내는 것은 죽음의 개별성이었다. 죽음의 개별성이 거세된 주검은 신의 형상을 본뜬 피조물로서의 위엄을 잃고 피비린내 나는 승리를 증명하는 한낱 전리품으로 전락한다.

기독교 세계를 포연으로 뒤덮은 가톨릭과 신교의 끝이 보이지 않는 전쟁으로 향신료 가격이 폭등하면서 동방무역의 각축은 더욱 첨예해졌다. 상선들도 다투어 대포를 장착했다. 모든 상선은 다른 모든 상선의 적이었다. 아귀다툼의 전쟁에서 피아는 구별되지 않았다. 이 주인 없는 바다에 떠다니는 모든 배는 마주 오는 배에게 약탈자이자 해적이었다. 일확천금에 대한 탐욕은 개별적인 죽음에 대한 겸손조차 앗아갔다.

문명의 힘으로 개척한 이 바다에서 문명은 끝장날 것이다. 이 미친 바다에서 믿을 수 있는 배는 바다 밑에 가라앉은 배뿐이었다.

야만의 바다를 표류할 때 적의 함대와 해적보다 더 두려운 것은 낯선 해안으로 떠밀리는 것이었다. 이방의 물에서 우리의 운명은 우리 수중에 있지 않을 것이기 때문이다. 원하는 바람을 얻을 때까지 현 위치를 고수하는 수밖에 없었다. 망망한 바다에서 닻을 내렸다. 항해가 예상보다 길어지면서 상황이 점점 나빠졌다. 식수마저 바닥났다. 비상시를 대비해 아껴두었던 물조차 검푸른 빛으로 변해 악취를 풍겼다. 탈수 증세를 보이는 선원도 있었다. 원인 모를 병으로 이미 네 명의 선원이 목숨을 잃었다.

선원들을 모아놓고 선장이 신께 기도를 올렸다. 선장은 성부와 성자와 성령의 이름으로 기도했다. 신교는 삼위일체를 부정했다. 선장은 가톨릭 신자였다. 우베르케르크호의 길 잃은 양들에게 필요한 것은 마음의 평화나 천국의 열쇠가 아니라 한 줌의 바람이었다.

저녁놀이 수평선을 물들일 때 남동쪽으로부터 바람이 불어왔다. 선원들은 애인을 만나러 가는 것처럼 신바람을 내며 동으로 뛰고 서로 달렸다. 닻을 끌어올리고 모든 돛을 활짝 펼쳤다. 배가 신음을 토하며 뒤척일 때 여기저기서 탄성이 터졌다. 저녁놀이 스러지는 수평선 너머에서 마른번개가 번뜩였다. 신은 우리에게 바람을 아낌없이 선물할 모양이었다.

2

지척을 분간할 수 없는 어둠 속에서 남동쪽으로부터 심상치 않은 비바람이 몰려들었다. 선장은 동북쪽으로 항해하도록 명령했다. 잔뜩 독 오른 사나운 파도가 배를 북쪽으로 몰아붙였다. 항로를 사수하기 위해 우리는 동북쪽을 버리고 동쪽으로 진로를 잡았다. 몰아치는 바람은 수시로 방향을 바꿨다. 바람은 북서쪽에서 불어오는가 하면 남서쪽에서 들이닥쳤고 남동쪽에서 들이닥치는가 하면 북동쪽에서 밀려들었다. 우리는 종잡을 수 없는 풍향에 넋을 잃은 채 돛을 내렸다 올리기를 반복했다.

기세등등한 파도는 호시탐탐 이물을 노렸다. 산더미 같은 파도가 온몸으로 부딪쳐올 때마다 이물이 떨어져나갈 듯 들썩였다. 이물을 잃지 않기 위해 선장은 앞 돛대의 큰 돛과 작은 돛을 모두 올리도록 명령했다. 우현선수(右舷船首)로 바람을 집중시켜 북동쪽으로 치고 나가려는 계산이었다.

바다는 갈수록 광포해졌다. 어둠이 공포를 부추겼다. 파도가 이물에 부딪힐 때 선실 유리창이 깨지고 바닷물이 하갑판까지 밀려들었다. 배를 구하기 위해 선원들이 미친 듯 펌프질했다. 집요하게 달려드는 비바람은 신께 기도 올릴 겨를도 허락하지 않았다.

우현에서 성채와 같은 파도가 허리를 곧추세운 채 허공을 뒤덮었다. 그제까지 단 한 번도 본 적 없는 거대한 파도였다. 그것은 제 몸을 가누지 못한 채 꿈틀거렸다. 이에로 섬[12]으로 가는 길목을 지킨다는 '악마의 입김'이라 불리는 파도가 모습을 드러낸 듯싶었다.

나는 돛대를 필사적으로 끌어안았다. 파도가 뱃전을 때릴 때 상갑판에서 돛을 올리던 선원 둘이 바다로 떨어졌다. 우현 선미 일부가 떨어져나갔다. 밀물처럼 차오르는 바닷물 앞에서 펌프는 장난감에 불과했다. '악마의 입김'이 한 번만 더 찾아오면 끝장이었다. 배를 지키기 위해 안간힘 쓰고 있는 사람들 중에서 그 사실을 모르는 이는 아무도 없었다. 모두 공포에 질린 표정이었다. 차라리 파도에 휩쓸려간 동료를 부러워하는지도 몰랐다. 누군가 소리쳤으나 바람 소리에 묻혀 알아들을 수 없었다. 우리가 할 수 있는 일은 없었다. 전능하신 주님의 은총이 이 바다에 임하기를 바랄 뿐이었다.

12) 프톨레마이오스의 세계 지도에서 세상의 끝에 존재한다고 여겨졌던 섬.

동쪽 하늘이 밝아질 무렵 바람이 잦아졌고 빗줄기도 수그러들었다. 신은 아직 우리를 곁으로 부를 생각이 없는 것 같았다. 그러나 바다는 여전히 요동쳤다. 최악의 상황은 모면했지만 안심하기에는 일렀다. 무엇보다 시급한 일은 배의 위치를 파악하는 것이었다. 나는 선장실 탁자 위에 육분의(六分儀)를 올려놓고 위도와 경도 계산에 몰두했다.

"배다! 북북서쪽에 정체불명의 배가 나타났다!"

망대지기가 소리쳤다.

나는 좌현선수로 달려갔다. 보초의 보고대로 북북서쪽에 배 한 척이 출몰했다. 정체불명의 배는 대포 사정거리의 바다 위에 떠 있었다. 선장이 망원경으로 배를 살폈다. 중국인들의 정크선이라고 선장이 외쳤다. 중국 상인들은 일본과 교역하지 않았다. 해적선이 틀림없었다.

"전원 전투 위치로!"

경계를 독려하는 선장의 목소리가 다급했다. 밤새 대자연의 공세에 맞서 사투를 벌이느라 곤죽이 되어 젖은 밀 자루처럼 갑판에 널브러져 있던 선원들이 아연 활기를 되찾았다. 대자연의 위압적인 파괴력 앞에서 무참하게 꺾였던 전의가 살과 뼈를 지닌 적 앞에서 활활 타올랐다. 선원들은 이제까지 자신들을 괴롭힌 적의 본대를 맞이하기라도 한 것처럼 적개심에 차 있었다. 그들은 배고픔과 피로도 잊은 채 일사불란하게 전투태세에 돌입했다. 포수들은 대포를 끌어 왔고 사수들은 화승총을 준비했다. 상선은 순식간에 전선으로 탈바꿈했다. 좌현의 모든 대포가 일제히 불 뿜는 순간 적은 바다로 나온 것을 후회하게 될 것이다.

정크선이 사정거리 안으로 들어왔지만 대포는 입을 다물었다. 하갑판까지 물에 잠기는 바람에 화약이 몽땅 젖어버렸던 것이다. 젖은 화약으로 적의 심장을 겨눌 수는 없었다. 포격은 불가능했다. 좌현에 배치된 15문의 대포는 젖은 부싯돌처럼 잠잠했다. 화승총도 무용지물이기는 마찬가지였다. 적개심은 두려움으로 변했다. 적이 포격해 온다면 이 이름 모를 바다가 우리의 무덤이 될 것이다. 모든 선원이 선장의 명령을 기다렸다. 선택의 여지는 많지 않았다. 대포 사정거리 밖으로 신속히 달아나거나 적의 화력을 무력화시키기 위해 적선을 향해 전력 돌진하는 수밖에 없었다.

중국 해적이라면 진귀한 물품을 많이 싣고 있을 터였다. 중국산 비단은 왕실과 귀족 부인들 사이에서 인기가 높았다. 중국 해적이 코레아의 상선을 털었다면 호피와 인삼을 갖고 있을 것이다. 선장은 안위와 이익 사이에서 갈등했다. 안위를 돌보자면 이익을 포기해야 했고 이익을 도모하자면 안위를 걸어야 했다. 이 바다 위의 모든 배는 약탈 대상이며 약탈자였다. 선장은 야만인들에게 등을 내어주지 않기로 결정했다.

포격 사정거리를 허용하고 있었음에도 적의 대포는 침묵했던 것이다. 간밤의 폭풍우가 적의 대포와 화승총도 염소처럼 온순하게 만든 듯했다. 선장은 키를 좌현으로 급히 꺾으라고 명령했다. 충돌은 피할 수 없었다.

화승총 사정거리 안으로 돌진하자 육안으로도 적을 식별할 수 있었다. 중국 정크선은 돛대가 부러졌고 고물이 떨어져나갔다. 정크선이 간밤의 폭풍우에 입은 타격은 심각했다. 갑판을 허둥거리며 오가는 중국인들이 아니었다면 유령선이라고 착각할 정도였다. 중국인들의 배는 돛대와 고물뿐만 아니라 약탈자로서의 최소한의 위엄마저도 잃었다. 그들은 전혀 위협적이지 못했다. 바다가 그들을 데려가지 않았으므로 마지못해 물 위에 떠 있을 뿐이었다. 선장이 전투 준비를 명했다. 선원들은 칼과 도끼를 집어 들었다. 중국인들은 전의를 상실한 채 퀭한 눈으로 우리를 바라보았다. 총성은 들리지 않았다.

적과의 간격이 급속히 좁혀졌다. 중국인들의 숨소리가 들릴 듯했다. 중국인들의 얼굴은 납처럼 창백했다. 동공은 커졌고 입가에는 거품을 물었다. 탈수 증상이었다. 어쩌면 전염병이 중국인들의 정크선을 집어삼킨 것인지도 몰랐다. 중국인들에게는 죽음의 그림자가 드리워졌다. 그들은 죽음의 포로가 되느니 인간의 포로가 되고자 했다. 물 한 모금 얻기 위해 그들은 배를 통째로 넘길 준비가 되어 있었다. 그러나 상대가 중국인이라면 끝까지 경계를 늦춰선 안 된다. 무기력한 응전은 함정일지도 몰랐다. 중국인들은 사악하고 교활해서 속임수에 능하다고 했다. 아내가 남편을 독살하고 남편은 아내를 팔아넘긴다고 했다. 선원들이 정크선 갑판을 향해 갈고리 밧줄을 던졌다.

3

갈증은 중국인들에게서 교활함마저 앗아가버린 모양이었다. 함정은 없었다. 영혼마저 바싹 말라버린 그들은 움직이는 시체일 뿐이었다. 초점 풀린 눈동자를 희번덕거리며 뭔가를 들이켜는 시늉을 했다. 비굴한 웃음을 흘리는 자도 있었고 알아들을 수 없는 말을 쏟아내는 자도 있었다. 그들에게 우리는 천사이자 악마였다. 우리에게도 마실 물은 없었다. 자발적 투항에도 불구하고 얻을 게 없다는 사실을 알게 된다면 중국인들은 어떤 반응을 보일까? 우리를 물어뜯거나 바다에 뛰어들지도 몰랐다.

정크선의 중국인들은 도합 42명이었다. 정크선 화물창에는 비단이 가득했다. 사람 머리 가죽은 보이지 않았다. 비단을 옮겨 실을 공간이 우리 배에는 없었으므로 정크선을 일본까지 끌고 가야 했다. 소요를 막기 위해 20명의 중국인을 우베르케르크호에 옮겨 타게 했다. 정크선에 남을 선원이 필요했다. 선장은 일등 항해사인 나에게 정크선을 맡겼다.

요리사 에보켄이 정크선에 타겠다고 자청했다. 중국인의 조리실을 살펴보고 싶다는 것이었다.

"중국 놈들은 네 발 달린 것이라면 탁자만 빼고 모두 요리 재료로 씁죠. 맛만 좋다면 악마라도 튀겨 먹을 위인들이죠."

"두 발 달린 것은 요리하지 않나?"

내가 물었다.

로테르담 사람 에보켄은 어깨를 으쓱해 보이며 이렇게 말했다.

"지금부터 확인해볼 참이랍니다."

"자네가 가버리면 요리는 누가 하나?"

선장이 마뜩잖은 얼굴로 말했다.

"두목! 어차피 돛으로 수프를 끓이고 선장실의 널빤지를 구워 먹어야 할 판이랍니다. 이놈을 애첩처럼 끼고 있어봤자 별 볼일 없을 것이다 이 말입죠."

요리사의 말대로 남은 식량이라고는 삶은 콩이 전부였다. 마른 빵과 소금에 절인 돼지고기, 그리고 치즈는 진작 동났다. 우베르케르크호에 남아 있어도 요리사가 솜씨를 발휘할 기회는 없을 것이다.

“그 두목이라는 말 그만둘 수 없겠나? 우리가 도적의 무리도 아니고.”

“두목! 도적이 별겁니까? 제 마누라 아랫도리에는 자물쇠 채워놓고 남의 마누라 아랫도리를 기웃거리는 자들은 모두 도적이지요. 오죽했으면 공사다망하신 주님께서도 네 이웃의 아내를 탐하지 마라 당부하셨겠습니까? 네 아내의 궁둥짝으로 만족해라 이런 말씀이겠죠.”

“주여, 미천한 영혼의 불경(不敬)을 부디 용서하소서. 앞으로 두목이라는 말을 입 밖에 냈다가는 치도곤을 당할 줄 알라.”

“알겠습니다. 두목.”

선장은 에보켄의 정크선 승선을 승낙했다. 선장은 나에게 10명의 선원을 주었다. 중국인들을 하갑판 선실과 화물창에 나누어 가두고 보초를 세웠다. 나머지 선원들은 항해 준비를 서둘렀다. 부러진 돛대를 일으켜 세우고 나무못을 박아 고정시켰다. 활대에 묶인 밧줄을 팽팽하게 조이고 헐거워진 마스트를 돛대 들보에 단단히 묶었다. 한나절이 지나서야 항해를 재개할 수 있었다. 우베르케르크호가 앞장서고 정크선이 뒤따랐다. 나는 중국 해적선의 선장이 되었다.

한나절 숨을 고르던 바람이 다시 기지개를 켰다. 남서쪽 하늘에서 검은 구름이 빠르게 세력을 확장했다. 전광석화와 같이 진군하는 검은 구름의 본대가 정크선을 금세 따라잡았다. 불어오는 방향을 가늠할 수 없는 돌풍이 검은 구름을 호위했다. 바다가 다시 거칠어졌다. 저 멀리 수평선의 검푸른 물마루가 들썩였다.

비를 동반한 바람은 시시각각 방향을 바꿨다. 비바람이 사방에서 몰아쳤다. 헐거워진 돛대는 바람이 방향을 전환할 때마다 단말마의 비명을 질러댔다. 돛을 거두지 않으면 돛대를 잃을 것이다. 돛대를 지키기 위해 항진을 포기하는 수밖에 없었다. 돛을 거두도록 지시했다. 우베르케르크호는 보이지 않은 지 오래였다. 파도의 마루가 높아지고 골이 깊어졌다. 파도의 마루가 배의 측면을 때리지 않도록 나는 선수를 파도 쪽으로 고집했다. 물마루에 떠밀리는 것을 막기 위해 닻줄을 천천히 풀도록 명령했다. 울부짖는 바람 소리가 울부짖는 듯한 내 명령을 삼켜버렸다. 갑판 위에서는 제 한 몸 가누기조차 버거웠다. 파도가 한 번 들이닥칠 때마다 정크선은 생과 사의 경계를 넘나들었다.

저녁 무렵 상황은 더욱 악화되어 한 줌의 희망조차 품을 수 없었다. 닻을 내렸지만 배는 종잇장처럼 파도에 이리저리 떠밀렸다. 하갑판이 먼저 잠겼다. 하갑판에서 쥐 떼가 튀어나왔다. 갇혀 있던 중국인들이 겁에 질려 울부짖으며 상갑판으로 기어 올라왔다. 보초는 보이지 않았다. 중국인들은 제정신이 아니었다. 제 머리를 쥐어뜯으며 바다로 뛰어드는 자도 있었다. 세이렌의 노래가 들려오는 듯했다. 파도가 뱃전을 때릴 때, 갑판에서 펌프질을 하던 선원들이 하나 둘 사라졌다. 갑판에서의 모든 작업을 중단시켰다. 정크선은 가망이 없었다. 우리가 할 수 있는 일은 기도뿐이었다.

"육지다, 육지다!"

이물 쪽에서 누군가 외쳤다.

화승총 사정거리 너머에 육지가 검게 드러누워 있었다. 그곳이 어딘지 나는 짐작할 수 없었다. 해적의 기지일수도 있을 것이고 중죄를 범해 추방된 중국인들이 거주하는 곳일 수도 있었다. 설령 지옥일지라도 그곳만이 유일한 희망이었다. 육지 쪽으로 밀리는가 싶더니 암초에 부딪혀 이물이 통째로 날아가고 갑판이 무너졌다. 나는 중심을 잃고 바다로 떨어졌다.

어린 시절, 어른들은 수평선 너머에는 지옥이 있다고 말하곤 했다. 끝이 보이지 않는 까마득한 낭떠러지가 있다는 것이었다. 아이들에게 겁주기 위해 꾸며낸 이야기였지만 실제로 그리 믿는 어른들도 적지 않았다. 프톨레마이오스의 주장과 달리 지구가 공처럼 둥글다는 사실을 머리가 굵어진 후 알게 되었지만 어린 영혼에 각인된 두려움은 쉽사리 지워지지 않았다. 난생처음 바다로 나갔던 때, 가도 가도 수평선은 언제나 저만치에 있는 것을 보고서야 나는 안도했다. 제아무리 빠른 배도 제아무리 능숙한 선원도 수평선에 당도할 수는 없었다. 수평선 너머의 지옥은 내 마음속에 있었다. 죽음 또한 살아 있는 육신의 일부였다. 죽는다는 것은 태어나면서 잃어버린 삶의 일부를 되찾는 것이리라. 나는 죽음을 마주하기 위해 눈 감았다. 암스테르담의 거리가 손에 잡힐 듯 펼쳐졌다.

4

눈 떴을 때 죽음은 낯선 해변에 참혹하게 널려 있었다. 난파선의 조각과 찢겨진 화물과 함께 시체들이 나뒹굴었다. 수초에 감긴 시체도 있었고 잠시 눈 붙이려는 듯 팔베개를 한 채 누워 있는 시체도 보였다. 요리사 에보켄과 사수 데니슨이 살아남았다. 로테르담 출신 데니슨은 우베르케르크호의 선원들 중 가장 나이가 어렸다. 열여섯이었다. 더 어릴지도 몰랐다. 나이는 가장 어렸지만 사격 솜씨는 가장 뛰어났다. 정크선에 탔던 사람들 중 생존자는 세 명뿐이었다.

"선장을 다시 만난 걸 보니 여기가 천국은 아니겠군요."

에보켄이 말했다.

에보켄은 나를 '선장'이라 부르기로 한 모양이었다. 그리 마음먹었다면 악마도 에보켄을 막을 수 없을 것이다. 에보켄은 바다에서 머리가 여물고 잔뼈가 굵은 사람이었다. 열 살 때 바다로 나왔다고 했다. 일본은 물론 아메리카에도 다녀왔단다. 브라질에도 간 적 있다고 자랑했다. 믿기 힘든 얘기였지만 다 큰 성인의 키가 예닐곱 어린애만 한 소인국에도 가보았으며 식인종들에게 붙들린 적도 있다고 했다. 에보켄의 정확한 나이를 아는 사람은 없었다.

"선장님, 여기가 대체 어디죠?"

데니슨이 물었다.

나는 선장이 되자마자 배를 잃었다. 배는 사라지고 '선장'이라는 호칭만 남았다. 여기는 대체 어디인가? 나에게는 마땅한 대답이 마련되어 있지 않았다. 해변에 떠밀려온 물건 중 화승총 두 자루와 비단 세 보따리를 우선 챙겼다. 먹을 수 있는 것은 없었다. 순식간에 어둠이 내렸다. 날이 밝으면 쓸 만한 물건을 더 챙길 수 있을 것이다. 찢어진 돛으로 텐트를 쳤다. 텐트가 완성될 무렵 구릉 쪽에서 횃불이 하나 나타났다. 야만인들이 우리를 통째로 구워 먹을 거라며 데니슨이 울먹였다.

우리는 횃불을 향해 조심스럽게 나아갔다. 횃불이 화승총 사정거리 안에 들어왔다. 횃불 들고 있는 자를 향해 에보켄이 과장된 몸짓으로 손을 흔들었다. 횃불 든 자가 멈칫했다. 우리는 너를 해칠 마음이 없다. 우리가 원하는 것은 평화와 선린이다. 에보켄의 과장된 손짓은 그리 말하고 있었다. 횃불 아래로 검게 그을린 구릿빛 얼굴이 떠올랐다. 눈은 째졌고 광대뼈가 불거졌다. 코는 낮고 콧구멍은 넓었으며 하관이 단단해 보였다. 눈동자는 암흑처럼 새까맸다. 표정을 읽을 수 없었다. 무표정한 얼굴 위로 불빛이 나비처럼 너울거렸다. 무섭고 야만스러운 얼굴이었다. 먹을 것을 얻을 수 있는지를 나는 손짓과 발짓으로 물었다. 야만인이 횃불을 내던지고 언덕 쪽으로 달아났다. 돌아보니 데니슨이 화승총을 겨누고 있었다.

"겁쟁이 녀석아, 네놈 때문에 저녁 식사가 날아가버렸구나."

에보켄이 호통 쳤다.

"제가 아니었으면 우린 야만인의 저녁거리가 되었을 겁니다."

데니슨이 볼멘소리로 항변했다.

"눈물 나게 고맙구나. 오늘 밤 배고픔을 견디지 못해 내가 너를 잡아먹더라도 너무 야속하게 생각하진 마라."

우리는 야만인이 남기고 간 횃불을 주워 들고 텐트로 돌아왔다. 날이 밝을 때까지는 꼼짝할 수 없었다. 사흘째 아무것도 먹지 못했다. 잠이 오지 않아 보초를 자처했다. 데니슨은 악몽을 꾸는지 소리를 질렀다. 새벽녘에는 코 고는 소리가 들렸다. 에보켄이었다. 코 고는 소리가 절망과 적막으로부터 나를 지켜주었다. 그러나 밀려드는 졸음으로부터 나를 지켜주지는 못했다.

날이 밝았을 때 몽둥이와 죽창으로 무장한 야만인들이 텐트를 포위하고 있었다. 50여 명이었다. 야만인들은 비석처럼 미동도 하지 않았다. 언제부터 그렇게 서 있었는지 알 수 없었다. 머리카락은 위로 끌어올려 정수리에서 원뿔 모양으로 묶었는데, 그중 몇은 머리카락이 흐트러져 바람이 불 때마다 깃발처럼 나부꼈다. 신발은 짚으로 얼기설기 엮은 것이었다. 야만인들의 옷은 모두 흰색이었다. 왜소한 체구를 커 보이게 하려는 것이거나 악마를 쫓아내기 위함인지도 몰랐다. 한 명도 빠짐없이 흰옷을 입었다. 설인의 군대가 진을 치고 있는 것 같았다. 머리털이 곤두서고 피가 얼어붙었다. 데니슨이 허둥거리며 화승총을 집어 들려 했다.

"아서라, 애송아. 황천길을 재촉하고 싶으냐?"

에보켄이 소리쳤다.

"경거망동하지 마라."

내가 명령했다.

화약이 없어 발사할 수도 없었다. 총을 바닥에 내려놓는 데니슨의 얼굴이 공포로 일그러지고 손이 부들부들 떨렸다. 야만인의 몽둥이가 머리를 부수기 전에 두려움이 데니슨의 영혼을 질식시킬 것이다.

야만인들은 포위진을 유지한 채 꿈쩍도 하지 않았다. 당장 우리를 죽일 생각은 없는 듯했다. 해가 중천에 떠올랐을 때

언덕 위에 기병과 보병이 모습을 드러냈다. 야만인들이 무엇을 기다렸는지 그제야 분명해졌다. 적의 병력은 기병이 오십, 보병이 백 명이었다. 과한 환대였다. 적은 언덕을 질풍같이 내려와 대오를 정비했다. 기병과 보병이 대오를 정비할 때 몽둥이와 죽창을 들고 있던 사내들은 배후로 물러났다. 지휘관을 구별하는 것은 어렵지 않았다. 기병 중 한 명이 금빛 투구와 갑옷을 걸치고 있었다.

포르투갈 예수회 선교사들이 작성한 항해 지도에 따르면 이곳은 섬나라 코레아 왕국, 금이 지천으로 널려 있어 짐승의 목에도 금 사슬이 걸려 있다는 곳일지도 몰랐다. 동방무역으로 한 밑천 잡으려는 자들에게 중국과 일본 사이의 미지의 섬, 코레아는 보물섬이나 마찬가지였다. 코레시안들은 인육도 마다하지 않는다고 했다. 보물을 손에 넣으려면 죽음의 늪을 통과해야 한다. 배도 잃고 동료도 잃고 전의마저 상실한 이방인들에게 보물섬은 죽음의 섬일 뿐이었다. 바다에서 죽지 못한 것을 후회하게 될지도 몰랐다.

5

이교도 병사들이 우리를 결박했다. 밧줄로 두 손을 묶고

목에 쇠사슬을 채웠다. 쇠사슬에는 목동들이 양의 목에 매다는 작은 방울이 달려 있었다. 몸을 움직일 때마다 방울이 요란하게 울었다. 운이 좋아 적의 창끝과 감시의 눈초리로부터 달아날 수 있더라도 방울 소리로부터 달아날 수는 없을 듯했다. 병사들이 우리를 지휘관 앞으로 끌고 갔다. 지휘관의 발치로 떠밀리는 바람에 우리는 앞으로 고꾸라져 이마를 땅바닥에 박았다. 하늘과 땅을 울리는 함성이 터져나왔다. 이교도들은 하늘을 향해 무기를 흔들어대고 발을 구르며 소리 질렀다. 병사들이 무릎 꿇게 했다. 지휘관의 표정이 삼엄했다. 얼굴에 곰보 자국이 선명했다. 곰보 자국이 더욱 강인한 인상을 만들었다. 지휘관이 비껴 차고 있던 칼을 빼들어 허공에 추켜 올리자 함성이 멎었다. 지휘관이 말을 했으나 알아들을 수 없었다. 일찍이 세상을 주유하며 보고 들은 것 많은 에보켄도 요령부득이었다. 나는 지푸라기라도 잡는 심정으로 소리쳤다.

"홀란드! 야판!"

지휘관의 표정이 더욱 굳어졌다. 지휘관이 다시 입을 열었다. 목청이 우렁차 열 명이 함께 소리치는 것 같았다. 나는 이교도의 말을 이해할 수 없었다. 에보켄이 짧은 일본어로 의사소통을 시도했다. 나는 이교도의 지휘관에게 무슨 말을 했느냐고 에보켄에게 물었다.

"우릴 잡아먹더라도 우선 먹을 것을 달라고 했습죠."

에보켄이 대답했다.

에보켄의 시도가 헛되지 않았는지 지휘관이 누군가를 불렀다. 흰옷 입은 무리 중 한 명이 나섰다. 특이한 차림의 사내였다. 중국식 복장에 말총으로 만든 모자를 쓰고 있었고 무기를 들고 있지 않았다. 다른 사내들과는 신분이 다른 듯했다. 이 이교도의 웃옷은 코트처럼 무릎까지 내려왔고 바지는 발목 부분이 끈으로 조여졌다. 옷은 삼베로 만든 것이었다. 말총으로 만든 모자는 지름이 세 뼘 정도나 되는 차양이 달려 있고 두 뼘 정도 높이로 솟아 있었는데 윗부분이 잘려나간 원뿔 모양이었다. 이 기묘한 모자는 투명해서 속이 훤히 비쳤다. 모자를 고정하기 위해 끈을 매달아 턱 밑으로 묶었다. 모자를 쓴 사람은 나이가 들어 보였고 지체가 높은 듯했다. 우리의 목을 가지러 온 자는 아닌 성싶었다.

기묘한 차림의 이교도는 일본어를 아는 듯했다. 이교도 사내가 에보켄을 향해 물었다. 에보켄의 일본어는 우리의 처지를 설명하고 이교도의 자비를 구할 만큼 능숙하지 못했다. 통역을 자처한 이교도가 지휘관에게 뭐라 말하자 지휘관이 고개를 끄덕였다. 흰옷 입은 무리 중 어떤 자가 우리에게 사발을 내밀었다. 놋으로 만든 사발에는 투명한 액체가 담겨 있었다. 물이었다. 견문 넓은 에보켄에게 주의 은총이 내릴진저!

나는 사발을 단숨에 비웠다. 목구멍이 찌릿하고 숨통이 옥죄이는 듯했다. 나는 입 안에 머금은 것을 뱉어냈다. 이교도 지휘관이 껄껄 웃었다. 물이 아니라 술이었다. 에보켄과 데니슨도 술을 마셨다. 통역을 맡은 사내가 나에게 마저 마시라는 시늉을 했다. 나는 이교도들의 호의에 보답하기 위해 한 방울도 남기지 않고 마셨다. 이교도의 술은 럼주보다 독했다. 숨쉬기가 힘들었다.

술을 다 마셨을 때 우리를 에워싸고 있던 무리가 웅성거렸다. 이교도 병사들이 난파선의 잔해가 쓸려온 해변 쪽에서 사내 셋을 끌고 왔다. 이교도 병사들은 끌려온 사내들 앞에 화물 꾸러미를 내려놓았다. 중국인들의 비단 꾸러미였다. 비단 꾸러미를 가지고 달아나려다 붙들린 것이었다. 지휘관이 끌려온 자들을 향해 버럭 호통 쳤다. 사내들은 거듭 머리를 조아렸고 두 손을 모아 빌었다. 지휘관이 명령을 내리자 병사들이 끌려온 자들을 결박하고 땅바닥에 엎드리게 했다. 건장한 체격의 이교도 병사들이 몽둥이를 들고 왔다. 몽둥이는 굵고 길었으며 끝은 둥글고 뭉툭했다.

이교도 병사들이 끌려온 자들의 발바닥을 몽둥이로 때렸다. 세상의 모든 죄악이 그들의 발바닥에서 비롯한 것처럼 전력으로 내리쳤다. 이교도 병사들이 내리치고 있는 것은 발바닥이 아니라 세상에 만연한 죄악의 뿌리였다. 비명은 지옥의 밑바닥에서 들려오는 듯했다. 발가락이 떨어져나갔다. 데니슨이 구역질하더니 쓴물을 게웠다.

매질이 끝나자 이교도 병사들이 우리에게 먹을 것을 내주었다. 쌀로 만든 수프였다. 두 손을 결박당한 나는 개처럼 핥아먹었다. 매질을 맡았던 이교도 병사들이 음식 먹는 모습을 신기하다는 듯 쳐다보았다. 우리를 측은하게 여기는 눈빛이었다. 그들의 잔인한 매질보다 무구한 연민이 나는 더 섬뜩했다. 이교도들의 작고 가는 눈은 꿈속을 헤매는 듯했다. 이교도의 연민 앞에서도 시들지 않는 식욕이 나는 참혹했다. 에보켄은 한 그릇을 더 먹어치웠다. 데니슨은 훌쩍이며 먹었다. 이교도 병사가 나에게 더 먹겠느냐는 시늉을 했다. 나는 고개 저었다. 야만인들 앞에서 나는 문명인의 위엄을 내팽개치고 말았다. 챙기지 못한 몇 끼만으로도 문명의 자존심은 속절없이 무너져 내렸다. 육신의 나약이 나는 저주스러웠다.

6

이교도들이 해변의 시체를 수습했다. 이교도들은 우리가 보는 앞에서 시체를 땅에 묻었다. 선원들의 시체도 있었고 중국인들의 시체도 있었다. 시체를 묻을 때 이교도들은 땅을 깊게 팠다. 광부의 아들 루터는 주장했다. 사람은 저마다의 사제이며 교회는 우리의 신실한 마음속에 존재한다고. 나는 매일 아침 심장 위에 내 마음의 교회를 지을 것이다. 동료들의 시체 위에 흙이 쌓일 때 나는 그들의 영혼을 거두어주십사 신께 마음속으로 기도했다.

이교도들은 난파선에서 쓸 만한 것들을 추려냈다. 망원경을 얻은 지휘관은 흡족해했다. 이교도 병사들은 비단을 빠짐없이 챙겼다. 수색이 끝난 후 난파선을 뭍으로 옮겨 불태웠다. 쇠붙이를 얻기 위함이었을 것이다. 난파선이 탈 때 거대한 폭발음이 들렸다. 포탄이 터진 것이었다. 폭발음의 크기로 보아 여러 개가 동시에 터진 듯했다. 하늘을 무너뜨리고 땅을 뒤흔든 굉음에 놀란 이교도 병사들이 혼비백산하여 사방팔방으로 달아났다. 무기를 내던지고 달아나는 자도 있었다. 지휘관도 달아났다.

한참 뒤 이교도들은 타오르는 난파선 주위로 쭈뼛거리며 모여들었다. 통역을 맡았던 자가 에보켄에게 뭔가를 물었다. 에보켄이 짧게 대답했다. 더 폭발할 것이 남아 있느냐고 묻기에 없을 것이라고 대답했다는 것이었다. 난파선이 재가 된 후 기병과 보병의 엄중한 감시를 받으며 우리는 해변을 떠났다. 우리의 운명이 어디로 향하는지 나는 짐작할 수 없었다.

행군은 끝없이 이어졌다. 들판에는 꽃과 풀이 많았다. 이름 모를 꽃과 풀의 싱그러움은 내 운명의 신산(辛酸)과 무관했다. 멀리 보이는 산은 수목이 울창해 푸르렀고 내륙으로 들어갈수록 길은 넓어졌다. 자연의 무심한 싱그러움이 나는 두려웠다. 날이 저물 무렵 작은 마을이 눈앞에 나타났다. 진흙으로 벽을 바르고 짚과 갈대로 지붕을 엮은 오두막집들이 듬성듬성 흩어져 있었다. 오두막집은 하나 같이 더럽고 누추했다. 이교도들은 대들보를 하늘 높이 세우는 것이 불경스러운 짓이라고 여기는 것인가. 모든 지붕이 낮고 소박해서 공손하게 고개 숙이고 있는 것처럼 보였다. 오두막집 굴뚝마다 연기가 피어올랐다.

어린아이들이 호기심 어린 눈을 반짝이며 행렬을 따라왔다. 어린아이들은 이마가 툭 튀어나오고 머리를 새끼줄처럼 한 가닥으로 길게 엮었다. 대부분 때에 전 흰옷을 입었고 알몸으로 돌아다니는 녀석들도 있었다. 아이들은 우리를 향해 각다귀처럼 윙윙거리는 소리를 질러댔다. 아녀자들은 우리를 발견하자마자 집으로 숨어들었다. 갓난아이를 포대기로 싸 등에 업고 절구질하는 아낙네도 보였다. 아낙네가 절구를 내리칠 때마다 갓난아이의 고개가 떨어질 듯 흔들렸다. 나와 눈 마주친 아낙네가 절구를 내던지고 오두막으로 놀란 토끼처럼 달아났다. 아낙네가 달아날 때 아이가 자지러지듯 울음을 터뜨렸다. 여인들의 도주는 필사적이었다.

"선장, 어째 악마라도 된 기분이군요. 계집들이 저리 질겁하며 달아나는 걸 보니. 하느님 맙소사! 계집들로부터 이런 대접을 받는 건 코밑에 털 나고 처음입니다."

에보켄은 특유의 여유를 되찾은 듯했다. 물과 음식으로 갈증과 허기를 달랜 데다 이교도의 독주(毒酒)가 긴장을 누그러뜨렸을 것이다.

"애송아, 이교도들이 왜 독한 술을 우리에게 잔뜩 먹인 줄 아냐? 빌어먹을 프랑스 놈들은 거위 간을 최고의 요리로 꼽지. 그런데 이 영악한 놈들이 거위에게 무슨 짓을 하는지 알면 혀를 내두를 거다. 거위에게 물과 포도주를 잔뜩 먹인다. 그러면 간이 부풀고 쫄깃쫄깃해지거든. 맛있는 요리를 위해서라면 악마의 궁둥짝에도 입 맞출 놈들이지. 악마의 요리사들에게 진정 복 있을진저! 애송이 네놈 간도 이제 쫄깃쫄깃하게 부어올랐을 게다."

"어린애에게 장난이 너무 심하군. 걱정 마라. 우리를 잡아먹을 생각이었다면 굳이 여기까지 끌고 오지 않았을 게다. 운명이 너를 버려도 희망을 버리지는 마라. 희망 없이 사는 건 죄악이다."

"선장도 참! 애송이가 찬물 속의 불알처럼 쪼그라들어 있기에 긴장을 풀어주려고 농담한 걸 가지고! 인간이 짐승과 다른 점이 뭔 줄 아쇼? 농담할 줄 안다는 겁니다. 농담을 모르는 인간들 때문에 세상이 복잡하고 살벌해졌지요. 신이야말로 농담의 천재고 이 세계는 신이 발명한 최고의 농담입죠. 신이 왜 인간을 빚은 줄 아십니까? 자신의 농담을 듣고 웃어줄 관객이 필요했던 것입니다. 그런데 소나 돼지가 웃는 건 모양새가 별로였죠. 자신의 형상을 본떠 인간을 빚으신 건 그 때문입니다. 그러니 신의 형상을 닮은 인간에게 농담 없이 사는 거야말로 죄악 중의 죄악입니다."

그날 밤 그 마을에서 묵었다. 이교도 병사들은 우리를 허름한 오두막에 가뒀다. 벽은 진흙이 떨어져나가 뼈대가 앙상하게 드러났고 지붕 틈으로 별이 보였다. 이교도 병사들이 우리에게 먹을 것을 가져다주고 결박을 풀어주었다. 결박이 풀리자 세상을 다 얻은 것 같았다. 밥알을 작은 공처럼 뭉친 것을 보고 에보켄은 주먹밥이라 했다. 일본인들도 그것을 먹는다고 했다. 소금을 넣고 버무렸는지 간간했다. 식사가 끝나자 이교도 병사들은 우리를 다시 결박했다. 손을 자유롭게 놀릴 수 있다는 것은 얼마나 큰 축복인가. 나는 다시 세상을 잃었다.

폭풍우가 잦아든 하늘에는 은하수가 흘렀다. 별들이 이마 위로 쏟아질 것 같았다. 바다에 명운을 건 사내들의 앞길을 비추던 별이었다. 고향의 밤하늘에 떠 있던 별과 구분할 수 없었다. 이교도들의 쇠사슬과 밧줄은 내 육신은 결박했지만 내 영혼을 결박하지는 못했다. 내 영혼은 밤새 암스테르담 구석구석을 서성였다. 맥주를 마시며 바다의 모험을 노래하던 부둣가의 선술집들, 사순절 파이를 사기 위해 새벽부터 줄 서야 했던 성 베네딕투스 빵집, 아내와 함께 걸을 때 발밑에서 햇살이 바스락거리던 암스테르담 강변길. 별들의 다정한 무심이 새삼 사무쳐 밤 깊도록 나는 잠을 이루지 못했다. 에보켄은 코를 곯았고 데니슨은 이를 갈며 잠꼬대했다. 모든 것이 나에게는 거대한 농담처럼 여겨졌다. 신의 농담일지라도 나는 웃을 수 없었다. 다만 이 웃지 못할 농담의 끝이 궁금했다.

7

다음 날도 행군은 계속됐다. 목에 걸친 쇠사슬과 결박된 손 때문에 걷는 것조차 힘겨웠다. 팔에 감각이 없어졌다. 걷는 것에 집중하지 않으면 대열에서 처지기 십상이었다. 골고다 언덕을 오르는 마음으로 나는 한 걸음 한 걸음 내디뎠다. 단순하고 반복적인 동작이 오히려 마음을 가라앉혔다. 일찍이 암스테르담 광장에서 보았던 채찍 고행승이 떠올랐다. 번민하는 영혼은 육체의 고통 속에서 평안을 구했다. 고달픈 보행은 종달새 같은 에보켄의 입에도 무거운 추를 매달았다.

개활지는 황량했다. 작물이 심어진 농지가 드문드문 나타났고 나머지는 잡초만 우거진 채 버려졌다. 목화밭이나 뽕나무밭도 간혹 나타났다. 길은 뭔가를 피해가듯 구불구불 이어졌다. 개활지가 끊어지는 곳에 고만고만한 산들이 고개를 내밀었다. 산은 높지 않았고 봉우리는 원주민의 얼굴처럼 둥그스름했다. 원주민들은 매일 바라보는 산의 형상을 닮아가고 있는 건지도 모른다. 골짜기를 빠져나갈 때 매미 소리가 귓전을 때렸다. 바다가 내려다보이는 구릉을 넘어가기도 했다. 에메랄드 빛 바다 위에 검푸른 섬들이 점점이 뿌려져 있었다. 섬과 섬 사이의 바다는 밀랍을 끼얹은 듯 고즈넉했다.

악마적인 형상의 이정표가 나타나기도 했다. 나무로 만든 기다란 이정표의 윗부분에 악마의 얼굴이 조각되어 있었다. 눈알을 부라리고 날카로운 이를 고스란히 드러낸 채 행인을 집어삼킬 듯 입 벌리고 있었다. 얼굴 여기저기에 흰색과 붉은색이 칠해져 더욱 섬뜩했다. 흰색에 대한 이교도들의 집착은 거의 광적이었다. 악마의 얼굴 밑에 해독할 수 없는 글자가 세로로 적혀 있었다. 중국인들이 사용하는 문자와 같았다. 무슨 뜻인지 알 수 없었다.

땅거미가 내릴 무렵 거대한 성채가 눈앞에 나타났다. 한 아름 크기의 거석을 한 치의 틈도 없이 정교하게 쌓아 올린 요새였다. 성문을 지나자 제법 큰 마을이 펼쳐졌다. 우리는 마을 한복판의 커다란 건물로 끌려갔다. 관청인 듯했다. 관청의 본관 앞 광장에는 수많은 횃불이 활활 타오르고 있어 사위가 낮처럼 환했다. 수백의 이교도 병사들이 화승총이나 창검으로 무장한 채 도열해 있었다. 이교도 병사들에게서는 잘 훈련된 인간 병기가 뿜어내는 살기가 느껴졌다. 이교도 병사들이 들고 있던 형형색색의 깃발이 바람에 어지럽게 나부꼈다. 깃발에는 역시 중국 문자가 적혀 있었다. 그들은 지옥문을 박차고 나온 마왕의 군대 같았다.

이교도 병사들이 쌀 수프를 주었고 쇠사슬과 밧줄을 풀어주었다. 그들의 돌연한 호의가 나는 불안했다. 마지막 식사인지도 몰랐다. 나는 이교도 병사들이 내어준 음식을 남김없이 달게 먹었다.

관청 건물 한가운데 어른 허리 높이의 마루가 있었다. 그곳에는 나무로 만든 팔걸이의자가 놓여 있었다. 나이 든 지휘관이 그 의자에 앉았다. 그곳의 우두머리인 듯했다. 그는 만인의 왕처럼 위엄을 뽐냈다. 그가 의자에 앉을 때 모든 이교도 병사들이 고개 숙여 정중히 예를 갖추었다.

해변에서처럼 다시 힘겨운 심문이 반복되었다. 이교도들의 질문은 우리의 이해 바깥을 배회했고 우리의 대답 또한 이교도들의 이해를 구하지 못했다. 이번에도 에보켄의 서툰 일본어에 의지할 수밖에 없었다. 사지가 자유로워진 에보켄은 손짓과 발짓을 동원했다. 춤추는 것처럼 보였다.

에보켄이 나중에 말하기를 왕처럼 앉아 있던 자는 이곳을 다스리는 총독이라고 했다. 총독은 우리를 가족의 품으로 돌려보내고 싶지만 그것은 권한 밖의 일이라고 말했다. 우리의 거취를 결정할 수 있는 것은 이 왕국의 국왕이었다. 국왕은 이곳으로부터 북서쪽으로 70밀렌 떨어진 곳에 살았다. 총독이 국왕에게 보고서를 올렸다. 내 짐작이 맞았다. 우리가 표착한 곳은 코레아였다. 원주민들은 자신들의 나라를 '조선'이라고 했다. 맑고 고요한 아침을 뜻한다고 했다.

우리가 할 수 있는 일은 국왕의 답신을 기다리는 게 고작이었다. 국왕의 성은 너무 멀어서 꿈에서조차 엿볼 수 없었다. 기척도 들리지 않고 그림자도 비치지 않는 국왕은 침묵할수록 존재감이 커졌다. 국왕은 보이지 않고 들리지 않음으로써 스스로의 위엄을 까마득하게 쌓아올렸다. 침묵하는 국왕의 권세가 우리의 심장을 짓누르고 발목을 붙들었다.

나이 많은 총독은 어진 사람이었다. 총독은 우리에게 거처할 숙소를 마련해주었고 가끔 불러 음식을 대접했다. 총독은 주님의 길 잃은 어린양들에게 후의를 베풀었다. 원수를 사랑하라는 계율을 덕목으로 여기는 우리 기독교인의 박애가 무색할 정도의 후의였다. 이교도들의 환대는 호기심의 다른 이름이었는지도 몰랐다. 저들의 왕성한 호기심은 일종의 천성이었다.

총독의 명을 가져오는 젊은 관리는 이방의 언어에 대한 관심을 숨기지 않았다. 총독의 전갈을 가져올 때마다 에보켄이 우리 말을 한 마디씩 가르쳤다. 젊은 관리는 놀라운 속도로 우리 말을 제 것으로 만들어갔다. 우리 말을 구사하는 이교도를 보는 것은 경이로운 일이었다. 왕의 사절로 일본에도 다녀온 적 있다는 젊은 관리는 올 때마다 그제까지 배운 말을 소리 높여 읊었다. 순서가 매번 뒤바뀌었다.

"젠장. 지옥에나 떨어져. 사랑해."

"사랑해. 젠장. 지옥에나 떨어져. 돼지새끼."

"돼지새끼. 사랑해. 지옥에나 떨어져. 배고파. 젠장."

달이 바뀌도록 국왕에게서는 기별이 없었다. 국왕의 침묵이 영원히 우리를 묶어둘 수 있다는 우려가 잠자리를 어지럽혔다. 총독의 호의도 국왕의 기별을 재촉하지는 못했다. 데니슨은 새벽마다 울음을 삼켰다. 사랑하는 여자를 고향에 두고 왔다고 했다.

"계집들은 영악하기가 악마와 같지. 가진 건 불알 두 쪽밖에 없으면서 온갖 허세를 부리는 사내들과는 달라서 남의 금고 속 금덩이보다는 내 손가락의 가락지를 더 믿는 법이지. 벌써 다른 놈팡이 눈앞에서 궁둥이를 실룩거리고 있을 테니 잊어버리는 게 상책이다, 꼬마야."

에보켄의 노회한 조언도 데니슨의 어수선한 새벽을 지켜주지는 못했다. 데니슨은 두려웠을 것이다. 자신이 알고 있던 세상으로부터 잊히는 게 두려웠을 것이다. 배도 잃고 앞날조차 장담할 수 없는 이방인에게 이역의 저녁은 쓸쓸했고 아침은 힘겨웠다. 쓸쓸한 저녁과 힘겨운 아침의 울음 속에서 로테르담 출신의 나이 어린 선원은 내 형제이자 나 자신이었다. 총독이 내어준 밀가루로 에보켄은 빵을 구웠다. 젊은 관리는 간단한 의사소통이 가능할 정도로 우리 말이 늘었다. 계절이 바뀌도록 국왕에게서는 기별이 없었다.

8

보이지 않는 국왕에게 자비를 구할 수는 없었다. 우리는 탈출을 도모하기로 했다. 통구이가 되지 않을 것은 분명했지만 그것이 이역에서의 허깨비 같은 삶을 정당화할 수는 없었다. 총독의 선처로 우리는 이교도 병사들의 감시하에 외출할 수 있게 되었다. 우리는 부러 바다 쪽으로 나갔다. 외출이 잦아지면서 이교도 병사들의 감시가 느슨해졌다. 그들에게 우리는 뱃사람이 아니라 오갈 데 없는 죄수에 불과했다. 바다 앞에서 이교도 병사들은 방심했다. 눈앞에 펼쳐진 망망한 바다를 천혜의 울타리로 여겼던 것이다. 우리가 바닷가를 어슬렁거릴 때도 그들은 마을의 술집에서 노닥거렸다. 그들의 방심은 보이지 않는 국왕의 자비보다 더 값졌다. 우리는 기회를 엿보았다.

어느 날 출항 장비가 갖추어진 배 한 척을 발견했다. 그날도 이교도 병사들의 경계는 허술했다. 신께서 내리신 기회였다. 우리 중 가장 민첩한 데니슨을 숙소로 보냈다. 탈출을 결행할 때를 대비해 마련해두었던 빵과 새끼줄을 가져오게 했다.

데니슨이 돌아오자 우리는 물 한 모금씩 마신 후 모래톱 위의 배를 바다로 밀었다. 멀리서 우리를 지켜보던 마을 사람 몇이 화들짝 놀라 소리 질렀다. 한 명은 이교도 병사들을 향해 달려갔고 나머지 사람들은 바닷가로 부리나케 쫓아왔다. 나는 서둘러 밧줄을 풀고 돛대를 세웠다. 이교도의 배는 낯설어 다루기 힘들었다. 돛대가 배 밖으로 떨어져버렸다.

"선장! 그새 원주민 계집과 배꼽이라도 맞춘 게요? 무슨 미련이 있다고 꾸물거리쇼?"

에보켄이 고래고래 소리 질렀다.

데니슨이 득달같이 달려들어 나와 함께 돛대를 다시 세웠다. 에보켄이 새끼줄로 돛대와 돛대 가름대를 얼기설기 묶었다. 배가 앞으로 나아가는가 싶더니 돛대가 부러져버렸다. 돛대 없는 배로 먼 바다까지 나아갈 수는 없었다. 이교도 병사들이 바닷가로 몰려왔다. 물속으로 뛰어드는 자도 있었다.

"이교도들이 이번엔 우리를 죽일 거예요. 발가락이 몽땅 떨어져나갈 거라구요."

데니슨이 울부짖었다.

돛대를 잃은 배는 이교도의 해안으로 하릴없이 밀려났다. 데니슨은 울부짖으며 손으로 미친 듯 바닷물을 저었다. 이교도 병사들과의 거리는 점점 가까워졌다.

우리는 총독 앞으로 끌려갔다. 이교도 병사들이 우리 목에 길고 두꺼운 널빤지를 씌웠고 손목에 쇠사슬을 채웠다. 널빤지는 무거웠다. 걸음을 옮기자 널빤지의 무게 때문에 목이 떨어져나가는 듯했다. 그 순간 세상의 모든 죄악은 우리 목에 걸려 있었다. 총독 앞으로 불려나갈 때 세상의 모든 죄악이 짓누르는 무게 때문에 무릎으로 기어갈 수밖에 없었다. 총독이 엄중한 얼굴로 심문했다.

"어찌 그랬느냐?"

"야판으로 가려고 했다."

내가 대답했고 에보켄이 일본말로 옮겼다.

"마실 물도 없이 어찌 바다를 건너려 했느냐?"

총독은 우리의 무모를 납득할 수 없다는 표정이었고 나는 우리의 불우를 납득할 수 없었다.

"이곳에 영영 주저앉느니 차라리 지금 죽는 게 낫다."

에보켄이 내 얼굴을 빤히 쳐다보았다. 에보켄은 내 말 옮기기를 주저했다.

"선장은 아직 젊어서 모르나 본데 개똥밭에 굴러도 목숨을 부지하는 게 죽는 것보다는 백배 나아요. 선장은 좋은 일 많이 해서 천국에 빨리 가고 싶을지 모르겠지만 이놈을 맡아줄 곳은 지옥밖에 없으니 천국 구경하려거든 선장이나 혼자 가쇼."

"흰소리 집어치우고 내 말을 그대로 전해. 이건 명령이다."

에보켄이 내 뜻을 가감 없이 전했는지 나는 알 수 없었다. 리옹 출신의 프랑스 사람 칼뱅은 말했다. 신에게 구원받을지 여부는 태어날 때부터 이미 정해져 있다고. 그러니 모든 구원은 예정된 구원이고 모든 저주는 예정된 저주다. 출생과 더불어 내 영혼에 각인된 것이 구원인지 저주인지 나는 알 수 없다. 예정된 구원은 신의 전능에 대한 믿음을 통해서만 증명될 터. 죽음을 내린 신께서 나에게 죽음을 두려워하지 않는 용기를 주셨다면 나는 구원받을 수 있을 것이다. 에보켄이 내 뜻을 그대로 전하기는 한 모양이었다. 총독이 벌을 내렸다.

이교도 병사들이 목의 널빤지와 손목의 쇠사슬을 풀어준 후 십자가 모양의 형틀에 엎드리게 했다. 신성모독이었지만 어쩔 수 없었다. 총독은 도합 서른 번 내리칠 것을 명했다. 이교도 병사들이 나무 몽둥이로 볼기를 쳤다. 난파선에서 비단 꾸러미를 훔치다 적발된 사내들을 때리던 것보다 더 큰 몽둥이였다. 그 길이는 1바뎀[13]에 달했고 넓기는 손바닥만 했고 두껍기는 손가락만 했으며 생김새는 노와 같았다. 세상의 모든 죄악이 이번에는 우리의 볼기에서 비롯되기라도 하듯 전력으로 내리쳤다. 매질을 당할 때마다 눈앞에 불기둥이 솟았다. 불기둥이 잦아들 때 불똥이 꽃가루처럼 이마에 부서져 내렸다. 볼기짝이 종이처럼 찢어졌다. 나는 두 번이나 정신을 놓고 말았다. 내 비명에 혼절하고 동료의 비명에 깨어났다.

이교도 병사들의 매질은 한 줌의 사심도 개입되지 않아서 오히려 무시무시했다. 냉철하고 정교한 타격은 살을 발라내고 뼈를 으깬 다음 영혼을 겨눴다. 고개를 돌리자 동료들을 때리는 이교도 병사들의 모습이 눈에 들어왔다. 이교도 병사들은 무표정했고 터무니없이 진지했다. 이교도들의 진지함에는 종교적 분위기마저 감돌았다. 그들의 매 앞에서 우리는 죄인 중의 죄인이었다. 우리의 육신을 무너뜨려 저들이 얻고자 하는 것이 무엇인지 나는 짐작할 수 없었다. 죽음은 멀리 있지 않았다. 거칠게 터져나오는 내 숨에서 죽음의 냄새가 낭자했다. 죽음의 냄새는 여인의 농익은 살내처럼 아찔했다.

이교도들의 매질이 죄악 중의 죄악을 발본하려는 것이라면 이교도들은 내 볼기를 도륙했으나 내 영혼을 유린할 수는 없

13) 1바뎀은 약 1미터 60센티.

을 것이다. 저들이 찾는 죄악의 뿌리는 애당초 우리에게 있지 않았으니. 준엄한 심판을 참칭한 매질도 집으로 돌아가려는 영혼의 자유의지를 단죄할 수는 없으리라. 이교도의 매가 볼기를 저밀 때마다 하나의 세상이 속절없이 무너져 내렸다.

"선장 말을 그대로 전했다면 우린 목숨을 부지하지 못했을 거요. 그나마 이만한 걸 다행으로 여기쇼."

끝나지 않을 것 같은 매질이 그치고 정신이 돌아왔을 때 에보켄이 말했다. 총독에게 뭐라 했는지 나는 묻지 않았다. 남루한 육체에 속박된 존재라는 사실이 견디기 힘든 나날이었다. 나는 한 달이 넘도록 자리보전해야 했다.

9

무위로 돌아간 탈출 기도로 우리는 희망을 잃었고 총독은 자비를 잃었다. 우리를 응시하는 총독의 눈빛에는 살얼음이 끼었고 카랑카랑해진 목소리는 칼날을 품었다. 총독의 손을 떠난 보고서가 우리의 목숨을 살렸다. 국왕이 우리의 존재를 알고 있다는 사실이 총독의 노여움에 제동을 걸었다. 보이지 않고 기척도 들리지 않는 국왕이 우리의 목숨을 지켰다. 총독은 자신의 호의에 대한 우리의 배신에 노여워했다.

우리는 숙소 바깥으로 한 발짝도 나갈 수 없었다. 새로운 숙소는 마구간 같았다. 우기가 시작되었는지 비가 잦았다. 사흘 밤낮으로 쏟아지기도 했다. 비는 끈질기고 집요하게 쏟아졌다. 비 오는 날이면 천장에서 빗물이 뚝뚝 떨어졌고 벽과 바닥에는 습기가 배었다. 볼기에서는 진물이 흘렀다. 상처 마를 날이 없었다. 진흙을 다져 만든 방바닥은 고르지 않아 자고 나면 온몸이 돌처럼 굳었다. 부식도 끊겼다. 우리가 얻을 수 있는 먹을 것이라고는 보릿가루와 물과 소금이 전부였다.

에보켄은 보릿가루로 수프를 만들었다. 보릿가루 수프로 때우는 끼니는 적막했다. 그나마 보릿가루조차 넉넉하지 않았다. 적막한 끼니를 가까스로 견디며 다가올 끼니들을 염려하는 것은 무참했다. 총독은 우리를 굶겨 죽일 작정인지도 몰랐다. 한창때인 데니슨이 걱정이었다. 가끔 나는 속이 울렁거린다며 내 몫을 데니슨에게 양보했다. 놀란 소처럼 눈을 크게 뜬 채 데니슨은 사발을 바닥까지 핥았다. 감옥에 가두지 않은 걸 보니 총독의 자비심이 완전히 바닥난 것은 아닌가 보다고 에보켄이 말했다. 그러나 나에게 그곳은 감옥이나 다름없었다. 이교도의 왕국 자체가 거대한 감옥이었다. 우리는 밤낮으로 감시받았다. 감시는 철저했다. 관청에 들어앉은 총독은 우리의 일거수일투족을 훤히 꿰고 있을 것이다. 혈기왕성한 데니슨이 제일 먼저 자리를 털고 일어났다.

무위로 돌아간 탈출 기도로 딴사람이 된 것은 총독만이 아니었다. 자리에서 일어난 후 데니슨은 말수가 줄었다. 고향의 일을 입에 담지 않았고 불편한 잠자리와 곤궁한 끼니에 대해 투덜거리는 것도 삼갔다. 일견 데니슨은 체념했고 모든 것을 받아들이기로 한 것처럼 보였다. 소년은 침묵의 미덕을 깨우침으로써 사내가 된다. 데니슨은 더 이상 징징거리는 소년이 아니었다. 그러나 데니슨의 침묵에는 분노의 그림자가 비쳤다. 데니슨은 받아들임으로써 거부했다. 깨어 있을 때 데니슨은 달궈진 쇠처럼 조용했다. 달궈진 쇠와 같은 고요의 밑바닥에서 기름 끓어오르는 소리가 들려오는 듯했다. 데니슨은 고독한 전쟁을 시작하려는 참이었다. 들끓는 분노로부터 자신의 가난한 영혼을 지켜내기 위해 안간힘을 다했다. 식사 전에도 기도하지 않았다. 로테르담 출신 어린 선원의 분노는 어쩌면 신을 향한 것인지도 몰랐다.

로테르담 출신 어린 선원의 영혼이 무너진다면 객수(客愁)가 아니라 분노 때문일 것이다. 나는 데니슨이 다시 소년으로 돌아가길 차라리 바랐다. 소년으로 돌아가 투덜거리고 칭얼대고 징징거리기를 바랐다. 이역에서의 모든 고뇌를 등지고 잠들 때 데니슨은 어린 순교자와 같았다. 데니슨이 영영 눈뜨지 않을까 저어했던 나는 아침에 그가 기척을 내며 일어날 때마다 가슴을 쓸어내렸다. 아무도 데니슨의 전쟁에 간여할 수는 없었다. 이교도 땅에서의 죽음이 반드시 순교의 형식일 필요는 없었다. 뱃사람에게 뭍은 사랑을 나누고 후사를 도모하는 곳이다. 죽음은 바다에서의 죽음이어야 마땅했다. 비록 물고기 떼에게 살점을 뜯길지라도. 데니슨이 자신만의 전쟁에서 스스로의 살을 내주고 적의 뼈를 취하는 명민한 전사가 되기를 바랄 뿐이었다.

"우리의 처지가 한심하다고 하늘에 계신 분을 원망하지는 마라. 지금의 고난도 전능하신 주님의 뜻일 테니. 주님께선 지금 우리의 영혼을 담금질하고 계신 것이다."

기도도 올리지 않고 음식에 입을 대는 데니슨에게 내가 말했다.

"선장, 보릿가루를 물에 타 마시면서도 어지간히 점잔 빼시는구려. 비록 이놈 손으로 만든 음식이지만 돼지새끼들도 이런 건 거들떠보지 않을 거요. 한 이틀 굶은 돼지새끼라면 코를 벌름거리기는 할라나? 이 우주에서 제일 바쁘신 분이 이런 이교도 땅에서 비천한 영혼들이 무엇으로 목구멍의 거미줄을 거두는지 관심이나 있으시겠소? 그런데 말이오 선장, 선장은 책을 많이 읽어 박식한 것 같으니 하나 물어봅시다. 전능하신 창조주께서 자신의 형상을 본떠 인간을 빚으셨다면 신도 식사를 하시는 게요? 식사를 하신다면 신의 식탁에는 대체 어떤 요리가 오르는 게요? 그리고 그 요리는 누가 만드는 게요? 식사 후에는 방귀도 뀌시고 뒷간에서 궁둥이를 까고 쭈그려 앉아 계시기도 하는 게요? 신에 관해서라면 난 궁금한 게 너무 많소. 신부 놈에게 물었더니 이놈더러 악마가 씌었다고 합디다. 돌팔이 같은 놈. 계집의 밑구멍이 어디에 붙었는지도 모르면서 어찌 구원을 나불대느냐 말이요."

에보켄이 말했다.

"거룩하신 주님의 식단을 미욱한 내가 어찌 알겠는가? 다만 입이 앞에 달려 있고 궁둥이가 뒤에 붙어 있는 것 또한 신의 뜻일 거다."

"선장의 말은 계집들이 호박씨 까는 소리보다 더 알아듣기 힘들구료. 배웠다는 사람들의 말은 늘 그 모양이오? 주님은 방귀 같은 건 안 뀐다든지 주님도 방귀를 뀐다든지 딱 부러지게 대답할 수 없냐 이 말이오? 선장에게 물은 이놈이 돌았지."

"그리 궁금하면 나중에 천국에 가서 주님께 직접 물어보게."

"이놈은 지옥에 떨어질 테니 그런 싱거운 농담은 마쇼."

"알긴 아는군."

데니슨이 중얼거렸다.

"꼬맹이 입은 보리죽 먹을 때만 열리는 줄 알았더니 그게 아니었구나. 근데 꼬맹이 너 고향에 두고 왔다는 애인하고는 어디까지 갔냐? 설마 애꿎은 손목만 조몰락댄 건 아니겠지?"

"요리사 영감이 뭘 안다고 그래? 더러운 오입쟁이 주제에!"

데니슨이 버럭 소리쳤다.

“네놈 상판 찌그러지는 걸 보니 내 우려가 사실인가 보구나. 애송이의 동정(童貞)에 신의 가호가 함께하기를! 네 비록 무식한 요리사에 불과하지만 이것 하나만은 자신 있게 말할 수 있다. 어린양이여 너에게 주어진 것을 선용(善用)하라. 하물며 신께서 내리신 선물이라니! 신의 선물을 선용하는 가운데 천국의 나라가 임할 것이로다.”

“악마는 뭐 하나 몰라.”

데니슨이 자리를 박차고 일어섰다. 문을 거칠게 열어젖히고 밖으로 뛰쳐나갔다. 병사들이 제지하는 소리가 들렸다. 그즈음 우리의 적은 우리 자신이었다. 서로를 할퀴고 물어뜯지 않고서는 미만한 무의미를 견딜 수 없었다. 우리는 서로의 얼굴에서 악마를 본다. 볼기의 상처가 아물수록 우리의 언어는 잔인해졌고 불경해졌다. 잔인하고 불경한 언어 속에서 배덕과 신성모독이 난무했다. 달이 차고 이지러지기를 반복하는 동안 풍성했던 나뭇잎들은 윤기를 잃어갔다. 우기가 끝나고 수확기에 접어들도록 국왕에게서는 기별이 없었다.

10

우리를 살린 국왕의 침묵이 우리를 서서히 말려 죽였다. 끝을 가늠할 수 없는 기다림을 나는 증오했고 사랑했다. 국왕의 기별이 초조한 기다림에 한시바삐 종지부를 찍기를 바랐다. 모든 것을 돌이킬 수 없도록 만들어버릴 국왕의 결정이 미뤄지기를 나는 또한 고대했다. 기다림의 불투명한 공기가 힘겨웠으나 견딜 만했다. 기다림의 긴장이 나를 자리에서 일어나게 했다. 기약 없는 기다림은 나의 적이자 원군이었다.

아침저녁으로 공기가 서늘해졌다. 태양은 기운을 잃었고 달을 볼 수 있는 시간이 길어졌다. 총독은 우리를 심문하지도 소환하지도 않았다. 총독은 우리의 존재를 잊어버린 모양이었다. 고향 사람들은 이제 우리의 죽음을 기정사실화할 것이다. 공동묘지에 빈 관을 묻었을지도 몰랐다. 기억해주는 이 없는 우리의 존재는 이 세상 한구석에 박힌 티눈에 불과했다. 붙어 있을 때도 떼어낸 후에도 티눈은 기억되지 않는다. 티눈이 기억되는 것은 떨어져나가는 순간뿐이다. 중국 정크선이 좌초하던 순간 티눈은 영원한 어둠의 심연으로 떨어져나갔다. 지금의 나는 유령에 불과하다.

수확기가 끝나도록 국왕으로부터 기별은 없었다. 겨울이

찾아왔다. 고향의 겨울보다 춥지 않았으나 매질로 빈한해진 몸은 대수롭지 않은 한기에도 소스라치곤 했다. 가끔 눈이 내렸다. 아이 손바닥만 한 눈이 오기도 했다. 짧아진 낮은 지루했고 길어진 밤은 난감했다. 지루한 낮과 난감한 밤의 무료가 내 영혼을 야금야금 갉아먹었다. 무료는 육체에게도 치명적인 적이었다. 산송장의 나날이 눈발처럼 바람에 날렸다. 바람에 날리는 눈은 밤새 허공을 떠돌았다. 잠을 청하기 위해 눈 감으면 눈발이 저희끼리 부대끼는 소리가 들렸다. 눈도 바람도 없는 밤에는 별들의 숨소리가 귓전을 맴돌았다.

총독이 솜옷을 지급했다. 역시 흰색이었다. 바다 위에서부터 입어오던 옷은 누더기가 되었다. 바지를 적신 핏자국은 지워지지 않았다. 검붉은 얼룩을 볼 때마다 매질의 고통이 새삼 되살아났다. 바지의 핏빛 얼룩은 지나간 수난의 징표이자 다가올 고난의 징후였다. 총독이 새 옷으로 감추고자 한 것은 우리 육신의 비루함이 아니라 자신의 냉혹함이었다. 우리의 시체를 밟고 국왕의 사자를 맞을 순 없었을 것이다. 이유 같은 건 아무래도 상관없었다. 솜을 누빈 옷은 헐벗은 영혼마저 따뜻하게 감싸주었다. 흰 솜옷을 입은 에보켄과 데니슨은 설인 같았다.

"선장, 흰옷을 입으니 이교도가 된 기분이네요. 그런데 선장, 만인의 어머니, 어머니 중의 어머니인 타락한 이브가 맨

먼저 한 일은 아시다시피 옷을 구한 것이었지요. 나뭇잎에 불과했지만. 그런데 이브가 왜 나뭇잎 옷을 걸친 줄 아쇼?"

에보켄이 자신이 걸친 이교도의 옷을 신기한 듯 내려다보며 말했다.

"만인의 어머니, 어머니 중의 어머니는 성모 마리아 아닌가요?"

데니슨이 토를 달았다.

"기독교를 타락한 로마로부터 구한 루터는 마리아 숭배를 금지했다. 성모라니!"

내가 말했다.

"선장, 그 루터라는 작자가 떠드는 소리가 이놈은 영 마뜩잖소. 삼위일체를 부정하는 것도 그렇소. 마리아를 섬기지 못하게 하는 건 또 무슨 개수작이오? 여자야말로 이 우주의 보석 아니겠소. 게다가 모두가 사제라니요? 뭣 하러 그런 골치 아픈 일을 떠맡는단 말이오. 어린양들을 돌보는 건 사제들에게 맡기고 우리는 계집들의 외로움이나 돌보면 되지요. 개나 소나 기도를 올리면 주님의 귀가 얼마나 따갑겠소. 듣자하니 어른들에게도 세례를 내린다는 교파에서는 일부다처제를 주장한다는데 그자들이야말로 뭘 좀 아는 놈들입니다. 사제들이 특정한 양만 총애하는 것 보셨소? 계집들의 외로움에는 귀천이 따로 없소. 그러니 널리 사랑할밖에."

로테르담 출신 요리사의 장광설에는 불경과 이단의 언어가 거침없이 춤췄다. 로마가톨릭을 옹호하는가 싶다가도 신교를 두둔하고 심지어 가톨릭과 신교 양측으로부터 이단 중의 이단으로 낙인찍힌 재세례파를 찬양했다. 모순의 극치였다. 그럼에도 불구하고 에보켄의 주장에는 일견 일관된 구석이 있었다. 현재에 대한 변함없는 긍정이었다. 에보켄의 영혼에는 과거나 미래가 존재하지 않는 듯했다. 에보켄의 심장은 과거에 대한 회한도 미래에 대한 불안도 몰랐다. 눈앞의 순간에 대한 대책 없는 열정이 나는 딱하고 부러웠다. 나는 종교적 논쟁을 벌이고 싶은 마음이 없었다. 더구나 여기는 이교도의 땅이 아닌가.

"이브가 나뭇잎 옷을 걸친 건 무엇 때문이죠?"

데니슨이 물었다.

"애송아, 잘 들어둬라. 이브가 부끄러움을 알게 되어 나뭇잎으로 아랫도리를 가렸다는 건 새빨간 거짓말이다. 진실은 이렇다. 그것은 전적으로 아담을 유혹하기 위함이었다. 아무것도 걸치지 않았을 때보다 뭔가를 살짝 걸쳤을 때 사내들이 환장한다는 걸 깨달은 게지. 아담은 당혹스러웠지. 아랫도리가 불끈거리는 이 느낌은 대체 뭐지? 바야흐로 인류의 역사가 시작된 순간이란다. 네놈이 세상 바람 쐬게 된 것도 모두 무화과 나뭇잎 덕분이지."

"색골 영감!"

데니슨이 콧방귀를 꼈다.

에보켄은 목젖을 드러내며 웃었다. 데니슨도 웃었다. 나도 웃었다. 웃음소리가 공허했다.

통역을 맡은 젊은 관리가 땔감을 가져다주었다. 난로는 없었다. 부엌의 아궁이에 불을 지펴 방바닥 전체를 데웠다. 데니슨이 장작을 태웠다. 방바닥이 뜨거워 궁둥이는 익었지만 바람이 새어들어 얼굴은 서늘했다. 불에 달군 철판 위에서 얼음을 안고 있는 것 같았다.

"우릴 통째로 구워 먹을 작정이냐?"

에보켄이 데니슨에게 호통 쳤다.

다음 날 젊은 관리가 기겁했다. 겨우내 쓸 땔감을 하룻밤에 태워버린 것이다. 죽지 않은 게 다행이라며 젊은 관리가 고개를 절레절레 흔들었다. 방바닥에 대체 뭘 묻어두었느냐고 에보켄이 물었다. 평평하고 넓적한 돌을 깔았다고 젊은 관리가 웃으며 대답했다. '구들장'이라고 했다.

에보켄은 방에 들어갈 때 오븐에 들어간다고 말했다. 돌을 데워 난방을 한다는 발상이 놀랍긴 했지만 효율이 의문스러웠다. 옷차림부터 방의 구조까지 이교도들의 삶은 실용과는 거리가 멀었다. 저들은 시적인 몽환에 사로잡혀 있다.

겨우내 밖에 나갈 수 없었다. 교대하러 온 병사들은 어김없이 방문을 열어보았다. 죽지 않고 살아 있는지 확인하려는 것 같았다. 우리는 점점 미쳐가고 있었다. 미치지 않기 위해 우리는 발작적으로 웃었고 무의미한 논쟁에 골몰했으며 자연의 사소한 변화에 집착했다. 문에 바른 종이 너머로 태양과 달의 기척이 어렴풋했다. 태양과 달은 우리의 곤고한 영어(囹圄)에 무관심했다. 밤하늘에 박혀 빛나는 별들도 나아갈 바를 가르쳐주지 않았다. 바람과 한기가 진흙 벽을 뚫었지만 추위는 견딜 만했다. 하루가 저물 때마다 십 년씩 늙어갔다. 이 계절이 끝날 즈음이면 나는 형해만 남게 될 것이다. 어느 날 아침, 나는 세숫물에 비친 내 얼굴을 알아볼 수 없었다.

이듬해 봄 마침내 국왕에게서 기별이 왔다. 국왕은 이방인의 목을 원하지 않았고 이방인의 귀향을 허락하지도 않았다. 국왕은 우리를 도성으로 압송하라 명했다. 국왕의 부름에 나는 낙담했고 안도했다. 바다로부터 멀어진다는 것이 슬펐고 총독의 냉대로부터 벗어난다는 것이 기뻤다. 무엇보다 변화가 생긴다는 것이 기꺼웠다. 국왕의 자비를 얻어 고향에 돌아갈 수 있을지도 몰랐다. 버렸던 희망을 다시 주워 담았다. 도성에서 기다리고 있을 내 운명의 표정이 나는 궁금했다. 도성에 가면 견디기 힘든 이 지루함도 끝날 것인가.

11

종작없는 바람에 꽃잎이 다투어 몸 날리던 날 말을 타고 도성을 향해 출발했다. 통역을 맡았던 관리가 동행했고 감시병이 따랐다. 성을 나설 때 몇몇 병사들이 손을 흔들며 배웅했다. 몇은 눈시울을 붉혔다. 우리에게 매질을 했던 병사도 있었다. 작별에 대한 아쉬움은 진심으로 보였다. 나는 이교도들의 불가해한 다정(多情)을 어떻게 받아들여야 할지 당혹스러웠다. 이 왕국의 이교도들은 태양의 뜨거움과 달의 차가움을 한 몸에 지니고 있다. 노란 담즙이 많아 성마르고 다혈질인가 하면 검은 담즙이 많아 세상의 모든 근심을 다 짊어지고 있는 것 같기도 했다. 어느 쪽이 저들의 진면목인지 나는 알 수 없었다. 문득 나는 살을 굽는 방구들 위에서 맛보았던 서늘함을 떠올렸다. 극단을 쉬이 넘나드는 저들의 병적인 활달이 나는 두려웠다. 물 위에서 타오르는 불처럼 야만적이면서 시적이고 불경하면서 신성한 활달이었다. 격렬하게 약동하는 모순이야말로 저들 삶의 원천인지도 모른다.

도성으로 가는 길은 멀고 험했다. 행렬은 도성이 있는 북북동쪽을 향해 느리게 전진했다. 하늘은 산호바다처럼 푸르렀다. 겨우내 메말랐던 대지는 거듭 태어나고 있었다. 기지

개 켜는 대지의 숨결이 코끝에서 살랑거렸다. 노란 꽃, 붉은 꽃, 분홍 꽃, 흰 꽃의 척후가 발 빠르게 북진하고 있었다. 도성에는 꽃들이 먼저 도착할 것이다. 논에는 물이 넉넉하게 찰랑거렸고 밭이랑에는 채소들의 순이 푸릇푸릇했다. 농부들은 소를 앞세워 땅을 갈아엎었다. 아낙네가 자기 머리의 열 배는 되는 짐을 이고 걸었다. 아낙네는 키가 작았다. 중국에는 여자의 발이 자라지 않도록 동여매는 야만적인 풍습이 있다고 했다. 이곳에서는 키 작은 여자가 사랑받는 것인가.

날이 저물면 마을이나 요새에서 묵었다. 마을에서도 요새에서도 나는 쉽게 잠들지 못했다. 성긴 잠자리는 두서없는 꿈으로 어수선했고 어수선한 꿈속에서 나는 걷고 또 걸었다. 발치조차 허락하지 않는 지평선에서 아내가 손 흔들었다. 아내의 얼굴은 이목구비를 분간할 수 없었다. 마른 우물처럼 텅 빈 얼굴이었다. 동이 트면 다시 길을 재촉했다. 행군의 속도는 다급하지 않았지만 쉼이 없어서 요기하는 시간을 제외하면 휴식은 없었다. 키 작은 말들은 지치지 않고 잘 걸었다. 계절이 바뀌어 대기가 몸 바꾸느라 바람이 잦았고 바람의 갈피마다 모래가 버석거렸다. 행렬의 선두에서 뿌옇게 흙먼지가 일었다. 낮게 엎드린 조촐한 마을과 담장 높은 요새가 흙먼지 사이로 꿈결처럼 흘러갔다.

산을 넘고 강을 건넜다. 강을 건널 때 이교도 병사들이 손을 밧줄로 묶었고 강을 건너자마자 결박을 풀었다. 산을 넘을 때 이교도 병사들은 화승총에 화약을 넣고 탄환을 장전했다. 이교도 병사들의 눈빛이 팽팽해지고 말이 긴장했다. 호랑이의 습격이 잦은 곳이라는 젊은 관리의 설명이었다. 주린 호랑이들은 마을까지 내려와 사람 물어가기를 예사로 한다고 했다. 호랑이를 잡기 위해 군대를 동원한단다.

바타비아 상관에서 나는 코레아산(産) 호피(虎皮)를 본 적 있다. 코레아산 호피는 페르시아 양탄자만큼 부드럽고 윤기가 흘렀다. 호랑이 가죽은 금방이라도 자리를 박차고 허공으로 뛰어오를 것 같았다. 살아 있는 호랑이를 상상하니 가슴이 뛰었다. 산을 넘도록 호랑이는 나타나지 않았다. 호랑이와 마주치지 않아 다행이었지만 못내 아쉬웠다. 내륙으로 파고 들수록 산세가 험해졌다. 산을 넘고 얼마 안 가 그보다 더 높은 산을 넘었다. 해가 저문 뒤에는 산을 넘지 않았다.

큰 마을을 지날 때 한 무리의 기묘한 행렬을 보았다. 삼베로 지은 옷과 모자를 차려입고 새끼줄로 머리를 두른 사내가 굵은 지팡이를 쥐고 행렬의 선두에 섰다. 베옷 차림의 사내들이 두 개의 들것을 짊어진 채 뒤따랐다. 들것은 종이 화환으로 화려하게 치장되었는데 뒤의 것이 앞의 것보다 컸다. 들것 옆으로 같은 차림의 사내들이 요령을 흔들며 걸었다. 춤을 추고 노래하는 자들도 있었다. 아낙네들이 발작적으로 울부짖으며 뒤를 따랐다. 중국 문자가 적힌 깃발이 그 뒤를 따랐다. 붉은 종이와 푸른 종이를 바른 등을 든 이도 있었다. 태양, 반달, 연꽃 모양의 등이었다.

선두의 사내가 슬피 울면 뒤따르는 사내와 아낙네들이 기다렸다는 듯 목청껏 울었다. 사내들의 울음소리는 낮고 메말랐으며 아낙네들의 울음소리는 가파르고 질척거렸다. 사내들의 울음소리는 죽음을 맞아들였고 여인들의 울음소리는 죽음을 밀쳐냈다. 색색의 종이가 허공에 뿌려졌다. 종이는 꽃잎처럼 분분히 날렸다. 울음소리는 집요하고 끔찍해서 지옥문의 돌쩌귀가 삐걱거리는 것 같았다. 행렬은 침울하면서 쾌활했다. 침울한 자들은 지옥에 끌려가는 것 같았고 쾌활한 자들은 천국에 나들이 가는 것 같았다. 또한 행렬은 화려하면서 소박했다. 성림 강축일 축제처럼 화려했고 사순절 의식처럼 소박했다. 그리고 행렬은 마녀들의 집회처럼 왁자했고 수도승의 탁발처럼 고즈넉했다. 울음소리는 제 꼬리를 물고 산으로 올라갔다. 장례 행렬이라고 했다. 도성이 가까워질수록 들은 넓어졌다. 들에는 밀과 콩과 보리가 자라고 있었다. 국왕의 밀이고 국왕의 콩이고 국왕의 보리일 것이다. 그러나 죽음만큼은 온전히 저들의 것이었다.

12

행군 보름째 눈앞에 거대한 강이 펼쳐졌다. 암스테르담의 강은 견줄 바가 아니었다. 도르트레흐트의 마스 강만큼이나 컸다. 강을 건너면 곧장 도성이라고 했다. 드넓은 강은 국왕의 위엄을 과시하기에 충분했다. 태양이 지평선으로 기울었다. 거대한 바다짐승의 잔등 같은 강물이 황금빛으로 번뜩였다. 배로 강을 건넜다. 이교도 병사들이 우리를 결박하고 돛대에 묶었다. 우리의 편안을 돌보는 것은 그들의 임무와 무관했다. 강의 물살은 느긋했다. 강을 건너자마자 결박에서 풀려났다.

강 건너에는 낮은 초가집 몇 채가 이마와 무릎을 바투 맞대고 모여 있었다. 음식과 술을 파는 집이었다. 황소를 끌고 가는 사람들, 조랑말을 타고 가는 사람들, 지게 위에 산더미 같은 짐을 얹고 가는 사람들, 음식과 술을 먹고 마시려는 사람들로 거리는 왁자했다.

우리를 구경하기 위해 이교도들이 모여들었다. 병사들이 모여드는 자들을 내쳤다. 그러나 그들은 병사들을 두려워하지 않았다. 병사들은 군중의 접근을 막느라 신경이 곤두섰다. 대담한 이교도 사내 한 명이 병사들의 경계를 뚫고 데니슨에게 달려들었다. 데니슨이 깜짝 놀라 비명을 질렀다. 사내는 데니슨의 다리를 만져보더니 몸을 날려 군중 속으로 달아났다. 다람쥐처럼 민첩했다. 병사들의 고함 소리는 이교도들의 웃음소리에 묻혔다.

국왕이 거처하는 성은 그제까지 지나친 수많은 요새들을 모두 합친 것보다 크고 웅장했다. 거대한 돌로 쌓은 성벽이 눈이 좇을 수 없는 곳까지 뻗어나갔다. 걷거나 조랑말을 타거나 소를 끈 수많은 사람들이 성문을 들락거렸다. 성문 너머에서 종소리가 들렸다. 종소리는 깊고 넓었다. 종소리는 또한 쓸쓸했다. 깊어서 쓸쓸한 것인지 넓어서 쓸쓸한 것인지 가릴 수 없었다. 사람들이 한꺼번에 밀려들어 더욱 소란스러웠다. 성문이 닫히고 있었다. 서두르다 조랑말에서 떨어지는 자도 있었다. 놀란 황소가 버둥거렸고 닭이 날개를 퍼덕이며 날아올랐다. 염소가 달아났고 조랑말이 발길질해댔다. 사람도 짐승도 천국의 문을 향해 달려드는 것처럼 필사적이었다.

이교도 병사들이 신속하게 길을 트며 성문을 향해 나아갔다. 병사들의 서슬에 놀라 떠밀리면서도 행인들은 고래고래 고함을 질렀다. 천국과 지옥은 그렇게 가까이 있었다. 서로의 동공을 묵묵히 응시하면서.

가까스로 문 안에 들어섰다. 등 뒤로 성문 닫히는 소리가 들렸다. 돌아보니 문을 지키는 병사들이 성문에 빗장을 지르고 있었다. 안으로 들어오지 못한 사람들이 악다구니를 쓰며 성문을 거칠게 두들겼다. 파수병들은 소란에 아랑곳하지 않고 하품을 하거나 기지개를 켰다. 잡담을 나누기도 했다. 일몰의 종소리와 함께 굳게 닫힌 성문은 다음 날 아침에야 열린다고 했다. 육중한 성문에 빗장이 채워지면 소문도 바람도 성벽을 넘지 못했다. 성문 바깥의 세계는 지평선 너머로 떨어진 태양과 함께 암흑 속으로 사라졌다. 국왕이 거처하는 성문 안쪽은 신성한 적막으로 봉인되었다.

성문 안쪽의 세계는 볕을 쬐는 고양이처럼 나른하고 조용했다. 화려함과는 거리가 멀었지만 규모는 컸다. 키 낮은 초가집들이 끝없이 펼쳐졌다. 건물들은 소박했고 다소곳했다. 초가집들 사이로 꾸불꾸불한 작은 길이 사방으로 어지럽게 뻗어나갔다. 관통하지 않고 우회하는 길은 좁고 지저분했다. 집과 집 사이에는 어김없이 오물이 쌓여 있었다. 모든 초가집 굴뚝에서 푸르스름한 연기가 피어올랐다. 밥 짓는 연기라고 했다. 연기는 만개한 꽃처럼 피어올라 어스름 속으로 녹아들었다. 도성을 감싼 부드러운 어둠은 우수(憂愁)에 젖은 듯했다. 어스름한 푸른빛 저편에는 도성을 바람벽처럼 둘러선 산과 그 산들의 옆구리를 연결한 성벽의 실루엣이 어렴풋했다. 성벽 아래쪽의 푸른빛 어딘가에 국왕의 궁전이 있을 것이다. 갑자기 피로가 몰려왔다. 세상의 끝에 당도한 기분이었다.

거리는 행인이 뜸해 쥐 죽은 듯 고요했다. 붉은 등을 든 사람이 어둠 속에서 불쑥 튀어나왔다가 이내 어둠과 몸을 섞었다. 해가 저문 뒤에는 사내들은 통행을 할 수 없단다. 밤은 낮 동안 외출이 금지되었던 여인들이 거리를 활보하는 시간이라고 했다. 일몰 후 돌아다니다 발각된 사내는 투옥되어 태형에 처해진단다. 저녁 식사를 준비하는 시간인지라 여인들의 모습도 드물었다. 도성에서 사내들과 여인들은 거리에서 서로 만날 수 없었다. 태양과 달이 같은 하늘에 떠 있을 수 없는 것처럼. 이교도의 풍속이 몹시 수상쩍었다. 사내들만 복닥거리는 낮의 거리와 여인들만 활보하는 밤의 거리. 쉽사리 상상할 수 없었다. 에보켄은 야만적인 짓거리라며 흥분했다. 지금은 태양이 자취를 감추고 달이 외출을 준비하는 시간, 머지않아 어둠의 주력이 진주하면 도성의 거리는 여인들의 세계로 거듭 태어날 것이다. 어둠 속에서 전나무 타는 냄새가 진동했다.

13

우리는 중국인 집에 수용되었다. 지붕에 기와를 얹은 집이었다. 젊은 관리의 설명에 따르면 본래 이들은 빛의 제국 사람들이었다. 강성해진 북방의 야만족 타타르가 제국의 변경을 위협하자 도망쳐 왔다. 제국의 장래는 불투명했다. 불투명한 제국의 장래는 국왕의 근심거리였다. 이 왕국의 이교도들에게 제국은 문명 세계의 빛이었다. 그 빛이 꺼질 위기에 처했다.

지난해 초 타타르의 3만 6천 군대가 얼음의 강을 건너왔다.[14] 적이 도성까지 육박해 들어오자 국왕은 도성 근처의 섬[15]으로 들어가 항전했다. 전세가 여의치 않자 국왕은 후일을 도모하기로 했다. 형제의 예를 약속하자 타타르 군대는 국경 밖으로 물러갔다. 국왕은 야만인들에게 형제의 예를 약속한 것을 수치로 여기고 있다. 국왕의 신하들과 백성들도 모두 같은 생각이었다. 젊은 관리가 구사하는 우리 말은 이제 들을 만했다.

문명 세계의 빛이라. 나는 젊은 관리의 말에 동의할 수 없었다. 오늘날 문명 세계의 빛은 바다를 경영하는 데에서 구해야 한다. 바다를 경영하지 못한다면 야만의 굴레에서 벗어나지 못할 것이다. 젊은 관리의 말 중 내 흥미를 끈 것은 문명이니, 제국이니 하는 허황된 것이 아니었다.

"코레아는 섬이 아닌가?"

---

14) 정묘호란.

15) 강화도.

내가 물었다.

“강을 건너면 중국이다. 섬이 아니다.”

젊은 관리가 대답했다.

그것도 몰랐느냐는 표정이었다. 내가 알고 있던 지도는 잘못된 것이었다. 내친김에 젊은 관리가 부연 설명했다.

“이 세계에는 열두 개의 왕국이 있다. 그 중심이 대명(大明) 제국이다. 따라서 모든 왕국이 제국을 섬긴다. 옛 문헌에 이 세계에는 8만 4천 개의 왕국이 있다고 기록되어 있다. 그러나 그것은 불가능하다. 한나절 동안 태양이 그 모든 왕국을 비출 수는 없을 것이다. 바위, 절벽, 계곡, 산, 그리고 섬의 이름을 모두 합친 것일 게다.”

“날아가는 새가 배꼽을 잡겠군. 이 세상에는 계집들의 표정만큼이나 많은 숫자의 왕국이 있을 게요. 내가 가본 왕국만 해도 스무 개가 넘소. 프랑스, 잉글랜드, 덴마크, 스위스, 오스트리아, 스웨덴, 스페인, 포르투갈, 인도, 아라비아, 바타비아……”

에보켄이 끼어들었다.

“거짓말. 그것은 고을 이름이겠지.”

“젠장. 태양은 그 모든 왕국을 비추고도 남는다니까.”

“태양이 천 개라면 모를까.”

젊은 관리가 비웃었다.

일찍이 토른 출신의 우주학자는 태양이 지구 주위를 도는 것이 아니라 지구가 태양 주위를 돈다고 주장해 파문을 일으켰다. 교회는 이를 즉각 부정했다. 그것은 신의 섭리에 대한 중대한 도전으로 간주되었다. 이러한 주장을 펴는 사람들은 이단으로 정죄되었고 화형대로 끌려갔다. 이단에 대한 정죄에는 가톨릭과 신교가 따로 없었다. 수천 년을 지탱해온 우주관이 한순간에 붕괴될지도 모르는 위기 앞에서 루터조차도 로마와 입을 맞췄다.

루터는 주장했다.

"구약에 따르면, 여호수아가 태양을 멈추게 한 적은 있지만 지구를 멈추게 한 적은 없다."

기독교 세계의 공식적인 견해에 따르면 이 우주에서 오직 지구만이 항성이었다. 이교도인 젊은 관리의 우주관에서도 지구의 항구성은 의심의 대상이 될 수 없었다. 기분이 묘했다. 이교도의 허황된 우주관이 루터의 주장에 오히려 회의의 그늘을 드리웠다. 꿈에도 생각지 못한 일이었다. 빛의 제국의 항구성에 대한 이들의 맹목적 믿음이 나는 미심쩍었다. 지구의 항구성에 대한 기독교 세계의 믿음 또한 저들의 맹신과 같은 것은 아닐까? 지구의 항구성을 포기한다면 차고 이지러지기를 반복하는 달의 변덕과 태양의 자리바꿈을 오히려 합당하게 설명할 수 있지 않을까? 급진적 우주학자들의 주장이 옳은 것은 아닐까? 꼬리를 무는 의념(疑念)이 머리를 어지럽혔다.

"천 개의 태양이라. 그쪽이 훨씬 더 그럴듯하군. 런던의 태양, 파리의 태양, 암스테르담의 태양, 로마의 태양, 제네바의 태양, 바타비아의 태양, 어제의 태양, 오늘의 태양, 나의 태양, 너의 태양…… 멋진 생각이야. 선장, 이자들은 아무래도 시인인 모양이오. 갑자기 이자들이 마음에 들려고 하는군."

에보켄이 눈을 빛내며 말했다.

그것은 해괴한 이교도적 범신론에 불과했다. 해질녘 도성의 대기를 뒤덮었던 푸른 연기처럼 덧없는 미망(迷妄)이었다. 잠시나마 헛된 망상에 사로잡혔던 나 자신이 부끄러웠다. 이교도들이 이방인을 잡아먹는 것은 어쩌면 고기를 얻기 위함이 아니라 영혼을 취하기 위함인지도 몰랐다. 육신을 내주더라도 영혼을 내줄 수는 없었다. 저들의 몽롱한 영혼은 달의 변덕을 닮았다. 나는 태양처럼 꿋꿋이 내 영혼을 지킬 것이다.

"태양이 천 개라면 나는 교황이다."

데니슨이 중얼거렸다.

14

도성 도착 다음 날 국왕이 우리를 불렀다. 궁궐은 도성 북쪽 끝에 있었다. 궁궐이 가까워지면서 길은 넓어졌고 반듯해졌다. 길 좌우로 작은 상점들이 즐비했다. 같은 종류의 물건을 파는 가게끼리 한데 모여 있었다. 철물 가게, 비단 가게, 모자 가게, 종이 가게, 신발 가게 등이 제각기 하나의 구역을 형성했다. 가게 주변에 행인들이 들끓었다. 도성은 간밤의 주술에서 깨어난 듯 소란스럽고 활기찼다. 사내들은 간밤의 마지못한 칩거를 보상하기라도 하듯 왁자하게 떠들어대며 거리를 누볐다. 여인들은 쉽게 찾아볼 수 없었다. 여인들은 달의 감옥에 갇혀 있을 것이다. 어둠만이 그들을 세상으로 이끌어줄 수 있다. 직접 보지 못했다면 나는 믿지 못했을 것이다. 이 왕국은 하나의 거대한 수수께끼였다.

궁궐은 북쪽 산기슭에 자리했다. 어른 키의 두 배쯤 되는 높은 돌담이 국왕의 안위를 보호했다. 출입문은 도성의 그것과 비슷한 모양이었다. 무릎까지 내려오는 붉은 외투를 걸친 건장한 이교도 병사들이 출입문을 지켰다. 국왕의 친위대였다. 병사들은 끈 달린 붉은 모자를 썼고 허리에는 긴 칼을 비껴 찼다. 병사들은 하나같이 인상이 험악했고 눈초리가 매서웠다.

궁궐은 성 속의 성이었다. 궁궐의 건물들은 화강암 주춧돌 위에 붉은 나무 기둥을 세우고 검푸른색 기와를 지붕에 얹었다. 녹색, 붉은색, 노란색, 흰색이 기묘하게 어우러진 나무 장식이 지붕을 떠받쳤다. 악마적 화려함이 느껴지는 장식이었다. 이제까지 보아왔던 소박하고 남루한 건물과는 격이 달랐다. 기독교 세계의 건축 양식과도 사뭇 달랐다. 기독교 세계의 유수의 성당과 성들이 천상의 예루살렘에 한 치라도 더 다가서려는 종교적 의지로 충만해 있다면 이교도의 궁궐은 지상의 영광에 대한 자족적 감회로 오롯했다. 궁궐의 건물들은 위엄을 잃지 않되 스스로를 내세우지 않았고 화사하되 군더더기를 허락하지 않았다. 비슷한 형태의 건물들, 누각과 정자, 건물과 건물을 가르고 잇는 토담과 회랑이 미로처럼 얽혀 있었다. 비밀과 음모, 야망과 질투, 영화와 몰락이 서로의 숨통을 노리며 숨죽이고 있을 것이었다. 미로의 중간 중간에는 연못과 정원이 이정표처럼 배치되었다. 연못은 수련으로 가득했고 정원에는 나무와 꽃들이 산뜻했다. 궁궐은 작은 우주였다. 부드러운 곡선과 호방한 직선이 다투지 않고 감미롭게 어우러졌다. 그 우주의 중심은 국왕의 집무실이었다.

국왕의 집무실에 들어가기 전, 통역을 맡은 젊은 관리가 주의사항을 일러주었다. 국왕의 분부가 있기 전에는 절대 국왕의 얼굴을 똑바로 쳐다보지 말 것. 국왕이 묻기 전에는 입을 열지 말 것. 국왕의 물음에는 진실로써 답할 것. 나아갈 때 고개를 숙이고 물러날 때 등을 보이지 말 것.

우리는 화강암 계단을 밟고 올라갔다. 국왕의 집무실은 높고 넓었다. 아름드리 굵기의 수많은 붉은 기둥이 왕의 권위를 떠받들고 있었다. 국왕의 아량은 기둥의 폭에서 비롯됐고 권위는 기둥의 높이에 근거했다. 붉은색과 녹색으로 화려하게 치장된 들보와 들보 사이의 격자에는 용과 불사조가 정교하게 조각되어 있었다. 황금색의 용은 금방이라도 몸을 뒤틀며 지붕 위로 날아오를 것 같았다. 그것은 왕실의 문장(紋章)일 것이다.

동물의 특징을 섬세하게 부각한 조각가의 솜씨는 악마적이었다. 실내는 고딕 양식의 성당 내부처럼 텅 빈 공간을 위압적으로 품고 있었다. 고딕 성당과 다른 점이 있다면 텅 빈 공간에 붉은 기둥이 세워져 있다는 것이었다. 그러나 기둥들은 공간을 분할하지 않고 그러모았다. 기둥 사이에서 공간은 수축하지 않고 오히려 부풀어 올랐다. 기둥 저편 단상에 마련된 의자에 국왕[16]이 앉아 있었다. 기둥 안쪽 양편으로 국왕의 신하들이 머리를 조아린 채 서 있었다.

우리는 고개 숙인 채 천천히 국왕 앞으로 나아갔다. 젊은 관

---

16) 인조.

리가 국왕에게 보고했다. 보고의 내용을 나는 알아들을 수 없었다. 단상 위에서 국왕의 목소리가 들렸다. 국왕의 목소리는 굵고 깊었다. 젊은 관리가 우리에게 고개를 들라고 말했다.

국왕이 입은 붉은 비단옷에는 가슴 부분과 양 어깨에 황금 용과 구름이 섬세하게 수놓여 있었다. 가슴께에는 금박 입힌 장식이 달린 띠를 둘렀다. 금속 장식에도 꿈틀거리며 하늘로 오르는 용이 돋을새김되어 있었다. 용은 국왕의 상징이었다. 국왕이 용이었고 용이 국왕이었다. 이교도들은 용을 숭배하는 것인가. 그것은 명백히 우상 숭배였다. 머리에는 말총으로 짠 모자를 썼다. 모자는 챙이 없고 얼굴 길이보다 높고 끝 부분이 둥글었다. 모자 뒤쪽에 부채 모양의 날개가 붙어 있었다. 국왕은 내 또래쯤인가 싶기도 했고 나보다 더 들어 보이는 것 같기도 했다. 얼굴이 창백했다. 국왕의 표정은 평온하면서 근엄했고 눈빛은 호기심으로 빛났다. 위로는 국왕으로부터 아래로는 촌부에 이르기까지 이 왕국 사람들은 어린아이처럼 호기심이 넘쳤다. 호기심을 감추는 법이 없는 저들의 눈은 악마의 심장처럼 새까맸다. 오만과 자애, 엄숙과 천진이 그 속에서 꿈틀거렸다.

국왕은 젊은 관리의 입을 빌려 이것저것을 물었다. 어디서 왔으며 어디로 가려고 했는가? 어쩌다 이곳에 오게 되었는가? 우리는 대답했다. 폭풍우가 우리를 이곳으로 보냈다. 낮선 땅에 오게 되어 부모, 처자식, 형제, 친구, 애인을 볼 수 없게 되었다. 부디 고향으로 돌아갈 수 있게 자비를 베풀어달라.

"너희의 처지가 가련하다. 그러나 너희가 새라면 일본으로 날아갈 수 있을 테지만 한번 들어온 이방인을 내보내지 않는 것이 이 나라 법도다. 내 너희를 돌봐줄 것이니 여기서 새 삶을 도모하라. 너희는 여기서 생을 마쳐야 한다."

국왕이 젊은 관리를 통해 말했다.

국왕은 우리의 곤궁한 처지를 동정했다. 가족의 품으로 돌려보내지 못하는 것을 안타까워했다. 국왕의 동정과 안타까움은 진심이었다. 그러나 국왕의 동정과 안타까움이 국법을 이기지는 못했다. 국왕의 동정과 안타까움은 국법의 테두리 바깥을 넘보지 않았다. 국왕의 진심이 나를 더욱 절망케 했다. 절망 속에서 고향은 아득했다. 국왕의 의심할 수 없는 진심 앞에서 우리의 기대는 한없이 무력했다. 우리는 할 말을 잃었고 서로를 차마 쳐다보지 못했다.

국왕이 다시 입을 열었다.

"너무 슬퍼하지 마라. 너희를 위해 잔치를 베풀겠다."

국왕의 명에 따라 잔치가 벌어졌다. 흰 저고리와 푸른 치마를 입은 여인들이 진귀한 음식과 술이 차려진 작은 앉은뱅이 탁자를 차례로 내어왔다.

이 왕국에서 젊은 여자를 가까이에서 본 것은 처음이었다.

여인들은 키가 작고 체격이 아담했다. 기름을 바른 머리는 가운데 가르마를 타 뒤로 바짝 당겨 묶었다. 은으로 만든 긴 핀으로 머리를 고정했다. 수녀처럼 우아하고 단정했다. 여인들은 눈길을 쉬이 허락하지 않았다. 눈을 내리깐 채 자로 잰 듯 오갔다. 이마는 차분함으로 빛났고 갸름하면서 둥그스름한 얼굴선은 차라리 쓸쓸했다. 아치 모양의 눈썹은 짙고 정갈했으며 코는 두드러지지 않으면서 반듯했다.

에보켄과 눈이 마주쳤다. 에보켄이 눈을 찡긋해 보였다. 국왕의 환대가 에보켄의 낙담을 잠재웠다. 여인들이 곁을 지나칠 때 치맛자락이 사각거렸다.

얇게 썰어 노릇노릇 구운 쇠고기, 붉게 양념해서 구운 돼지고기, 달걀을 입혀 부친 생선살, 버섯볶음, 국수, 술…… 먹을거리는 푸짐했다. 이교도의 음식은 자극적이면서 부드러웠다. 모든 음식에서 마늘 냄새가 났다. 술은 빛깔이 맑고 뒷맛이 깊었다. 에보켄은 음식 하나하나를 요모조모 뜯어보며 먹었고 데니슨은 허겁지겁 입 안에 쓸어 담았다. 데니슨이 딸꾹질했다. 데니슨이 술을 거푸 들이켰다. 딸꾹질 소리가 더욱 커졌다. 국왕이 크게 웃었다. 어린아이처럼 웃었다. 신하들도 따라 웃었다. 분위기가 돌연 왁자해졌다. 나도 술을 마셨다. 데니슨의 딸꾹질은 멈추지 않았다.

"이방인들은 가진 재주를 펼쳐 보이라."

국왕이 말했다.

국왕의 명령이 당혹스러웠다. 재주를 펼쳐 보일 기분이 아니었다. 그러나 애당초 국왕의 명령은 우리의 기분을 살피지 않았다. 에보켄과 데니슨이 나만 쳐다보았다. 나는 어깨를 으쓱했다. 국왕의 명령을 거스르는 행동이 우리의 신상에 이롭지 않을 것은 불을 보듯 분명했다. 국왕의 자비를 구할 수만 있다면 없는 재주라도 펼쳐 보여야 했다. 나는 엉거주춤 자리에서 일어났다. 에보켄과 데니슨도 따라 일어섰다. 국왕과 국왕의 신하들 앞에서 우리는 발을 구르며 노래 불렀다. 떠나온 뭍이 그리울 때 부르던 노래였고 포도주에 취해 갑판을 무대 삼아 추던 춤이었다. 국왕의 자비를 구하기 위해 우리는 성심껏 노래 불렀다. 노래는 바다와 고향에 관한 것이었다.

십 년이 꿈이라면 백 년은 꿈이 꾸는 꿈인가.
십 년을 꿈꾼 자는 백 년 후를 기약하고
백 년을 꿈꾼 자는 천 년 후를 기약하네.
뭍이 사랑의 노래를 부르는 곳이라면
바다는 모험의 노래를 부르는 곳.
십 년의 모험이 끝나는 곳에서 고향이 우리를 반겨주네.
천 년의 사랑이 우리를 기다리네.

우리가 돌아가야 할 곳에 대한 노래를 들으며 국왕은 흥겨워했다. 흥겨워하는 국왕의 얼굴은 천진했다. 천진하게 웃는 국왕이 무엇에 관한 노래인지 묻기를 나는 바랐다. 국왕은 노랫말의 의미를 묻지 않았다. 국왕은 노래와 춤에 대한 보상으로 명주 두 필씩을 선물했다. 이교도의 의복을 지어 입도록 명했다. 국왕에게서 물러날 때 고개를 숙인 채 뒷걸음질 쳤다. 궁궐을 나서도록 데니슨의 딸꾹질은 멈추지 않았다.

젊은 관리가 다음 날 숙소로 찾아왔다. 젊은 관리는 국왕의 명을 가져왔다. 국왕은 우리를 자신의 호위부대 병사로 임명했다. 그 대가로 매달 70캐티[16)]의 쌀을 지급하겠다고 약속했다. 국왕은 우리에게 이름도 주었다. 나무로 만든 신분증에는 국왕이 내린 이름과 나이, 국적, 그리고 국왕을 위해 맡아야 할 일이 중국 문자로 새겨져 있었다. 국왕이 내린 이름을 나는 읽을 수 없었다. 뒷면에는 국왕의 낙인이 선명하게 찍혀 있었다. 또한 국왕은 우리에게 각각 화승총 한 자루와 화약, 총알을 지급했다. 매달 첫째 날과 보름 고개 숙여 충성을 맹세해야 한다고 젊은 관리가 말했다. 국왕은 우리를 고향으로 돌려보내지 않을 작정이었다. 우리는 이교도의 전사가 되어야 했다.

---

17) 70근.

이교도의 전사

1

궁궐에 다녀온 뒤 우리에 관한 소문이 도성에 떠돌았다. 소문은 이교도들이 밥 지을 때 피어오르는 푸르스름한 연기처럼 바람을 타고 담을 넘었다. 이교도들의 담장은 바람에 실려오는 소문을 막을 만큼 높지 않았다. 소문은 낮게 포복한 수많은 담장을 타넘어 마침내 우리 귓전까지 날아들었다. 소문은 해괴하고 망측했다. 우리의 털끝도 본 적 없는 자들이 우리의 혈통을 조롱하고 풍속을 미심쩍어했다. 해괴하고 망측한 소문 속에서 우리는 사람이 아니라 괴물이었다. 소문의 내용은 이러했다.

물 마실 때 코를 떼어내 귀 뒤에 갖다 붙이고 잠잘 때 물속에 들어간다는 것이었다. 밤마다 물속에서 잔 나머지 검던 머리카락이 노랗게 변했단다. 우리가 살던 곳의 사람들은 머리가 없어 눈이 가슴에 붙어 있다고도 했다. 여자들만 모여 사는 고장이 있는데 욕정이 동한 여자들이 남쪽을 향해 가랑이를 벌리면 남풍이 스며들어 임신한다는 내용도 있었다. 갓난아이를 잡아먹는다는 대목에서 나는 아연실색하고 말았다. 이교도들이 지어낸 소문은 터무니없고 잔혹했다. 궁궐에서 받은 환대의 여운이 채 가시기 전이었다. 현자처럼 공손하고 점잖던 자들의 입에서 나온 말이라고 믿기지 않았다. 이교도들의 환대는 일종의 기만이었을까? 이교도를 믿느니 차라리 악마와 거래를 하는 편이 나을지도 몰랐다.

소문을 전하는 젊은 관리의 얼굴에는 곤혹의 그늘이 드리워졌다. 해괴한 소문을 감출 수도 있었을 것이다. 굳이 괴설을 가감 없이 전하는 곤혹을 감수하는 마음을 나로서는 이해하기 힘들었다. 젊은 관리는 정직했다. 자신의 난처함을 돌보지 않는 정직이었다. 그러나 젊은 관리의 정직에는 야만스러운 구석이 있었다. 문명 세계의 예절은 상대의 마음을 불편하지 않게 하는 것을 최고의 덕목으로 삼는다. 이교도의 정직은 다듬어지지 않은 원석처럼 거칠고 투박했다.

나는 젊은 관리의 투박한 정직이 불편했지만 에보켄은 악의적인 소문을 숨기지 않고 알려준 젊은 관리를 오히려 위로했다.

"남 말하기 좋아하는 자들이 지어낸 소문은 바람난 계집의 백일몽처럼 허황되기 마련이지. 우리도 너희가 인육을 즐기는 줄 알았으니 피장파장이군."

"인육을 즐긴다고?"

젊은 관리는 에보켄의 말에 적잖이 충격 받은 모양이었다.

"갓난아이를 잡아먹는다는 것보다는 그쪽이 낫지. 적어도 편식은 하지 않는 셈이니까."

데니슨이 빈정거렸다.

로테르담 출신 어린 선원의 영혼은 나날이 냉랭해졌다. 싸늘해진 데니슨의 영혼이 내뱉는 말에는 얼음의 바늘이 돋았다. 데니슨은 말할 때 상대를 똑바로 쳐다보지 않고 마왕의 하수인 보듯 흘깃거렸다. 데니슨의 영혼은 절망과 분노로 얼어붙어가고 있었다.

"바람이 임신시키다니 놀라운 흑마술이 아닐 수 없군. 이자들은 진정 악마의 음유시인인가 봅니다. 바람의 아들이라…… 그런데 바람이 계집들을 차지하면 사내들은 손가락이나 빨고 있어야겠군요. 다른 건 몰라도 그것만큼은 양보할 수 없지. 안 그렇소, 선장?"

에보켄이 말했다.

"색마!"

데니슨이 쏘아붙였다.

"애들은 저리 가라!"

에보켄은 눈 하나 깜짝하지 않았다.

"마왕의 볼기나 핥으시지."

"네놈 볼기보다는 낫겠지."

"그만들 하게!"

내가 끼어들어서야 입씨름이 중단되었다.

에보켄과 데니슨은 개와 고양이처럼 눈만 마주치면 티격태격했다. 서로에 대한 조롱과 비난이 삶의 원동력이라도 되는 것처럼 집요하게 다퉜다. 어린애와 대거리하는 게 볼썽사납다고 핀잔을 주자 에보켄은 자신이 상대해주지 않으면 데니슨의 혀가 돌멩이가 될 거라고 항변했다. 데니슨의 신경을 건드리는 것은 입을 열게 하기 위함이라고 했다. 딴에는 일리가 있는 말이었다. 침묵의 성채에 들어앉은 데니슨은 에보켄과 다툴 때만 입을 열었다. 그러나 지금처럼 낯부끄러운 험담을 격하게 주고받을 때면 에보켄의 진정이 의심스럽기도 하다.

에보켄의 말대로 바람으로 임신하는 것은 마녀 중의 마녀에게나 가능한 일일 것이다. 어릴 적 마녀 화형식을 본 적 있다. 기근과 역병이 창궐하던 해였다. 간밤에 생긴 시체를 수습하기 위해 구덩이를 파던 사람이 그날 해가 저물기 전에 자신이 판 구덩이에 시체가 되어 던져지곤 했다. 살아남은 자들은 말을 잡아먹었고 주려 죽은 자의 시체는 매장되지 않고 어디론가 빼돌려졌다. 유대인들이 우물에 독을 풀었다는 흉흉한 소문이 들불처럼 번졌다. 유대인의 상점들이 습격당했고 우물이 흙으로 메워졌다. 유대인들은 어둠을 틈타 썰물처럼 마을을 빠져나갔다. 유대인들이 사라지자 먹잇감을 찾지 못한 분노가 용암처럼 들끓었다.

마녀는 집시의 무리에서 낙오한 여자였다. 집시 여인에게는 갓난아이가 있었다. 누구의 씬지 알 수 없었다. 악마의 아들, 마왕의 후계자라는 소문이 파다했으나 마을 아낙네들은 저마다 제 남편을 의심했다.

갓난아이에게 젖을 물리기 위해 집시 여인은 마을 사내들에게 몸을 팔아야 했다. 먹을 것을 구하지 못한 날에는 갓난아이에게 젖을 먹일 수 없었다. 굶주림이 집시 여인을 더욱 대담하게 만들었다. 대낮에도 사내들과 흥정했고 흥정이 성사되면 그 자리에서 가랑이를 벌렸다. 사내들은 처자식 먹일 빵과 포도주로 기꺼이 찰나의 쾌락을 샀다. 마을 여자들은 매춘이 아니라 매춘의 공공연함에 치를 떨었다. 마을 여자들은 교구의 사제에게 달려가 집시 여인을 저주하는 말을 쏟아냈다. 결국 이단 심문관이 마녀의 죄를 태양 아래 드러냈다.

이단 심문관이 서릿발 같은 목소리로 군중을 향해 외쳤다.

"이 계집은 하느님의 종이 되기보다는 마왕의 수족이 되고자 했다. 마왕과 검은 계약을 맺어 흑마술로 혹세무민하고 하늘의 신성한 계율과 지상의 지엄한 율법을 능멸한 죄로 기소되었다. 이제 그 사악한 죄상이 낱낱이 드러난바, 주의 어린 양을 돌보는 베드로의 후예이신 교황 성하의 영을 받들어 죄인을 분형(焚刑)에 처할 것을 명하노라."

이단 심문관의 선고가 끝나자 군중의 환호로 광장이 들썩였다. 화형식은 광기 어린 축제였다. 마녀로 지목된 집시 여인의 몸뚱이가 타들어가는 동안 군중은 기쁨에 겨워 발작적으로 몸을 비틀며 광란의 춤을 췄다. 그러나 집시 여인의 육신이 재로 변하자 기쁨은 비탄에 자리를 내줬다. 갑자기 돌풍이 휘몰아쳤다. 집시 여인의 재가 허공으로 날아올라 광장을 가득 메운 군중의 머리 위로 흩날렸다. 예기치 못한 재앙 앞에서 사람들은 야단맞은 어린애처럼 울컥 울음을 터뜨렸다. 날아오는 재를 피하며 울었고 머리와 어깨에 내려앉은 재를 필사적으로 털어내며 울었다. 눈물 때문에, 태양을 지워버린 것이 연기인지 재인지 구분하지 못했다. 마을 사람들은 애써 서로를 외면한 채 뿔뿔이 흩어졌다. 그들이 태우고자 했던 것은 마녀의 죄악이 아니라 자신들의 죄의식이었다. 그날 밤 나는 난생처음 몽정을 경험했다. 상대는 불에 타 죽은 집시 여인이었다.

집시 여인이 죽고 며칠 후 갓난아이도 주려 죽었다. 그제야 마을 사람들은 안도했다. 죄의 씨앗이 사라진 마을은 평온을 되찾았지만 돌풍에 솟구쳐오른 재가 태양을 지워버리던 광경을 마을 사람들은 쉬이 잊지 못했다. 바람이 거친 날이면 사내들은 바다로 나가는 것을 포기했고 여자들은 한데서 오줌 누기를 꺼렸다. 뭍으로 돌아오지 못할 것이라는 두려움 때문이었고 악마의 씨를 잉태할지 모른다는 망상 때문이었다. 공포는 비 갠 뒤의 밀처럼 무럭무럭 자랐다. 집시 여인이 정녕 마녀였는지 궁금해하는 사람은 없었다.

생애 첫 몽정의 경험이 어린 내 영혼을 짓눌렀다. 씻을 수 없는 죄를 지은 것 같았다. 쾌락의 여운이 강할수록 죄의식은 깊어갔다. 잠든 동안 악마가 머릿속에 들어왔던 것이라고 나는 생각했다. 악마로부터 영혼을 지키기 위해서는 밤을 경계해야 했다. 사흘 밤을 뜬눈으로 지내자 육신이 새털처럼 가볍게 느껴졌다. 마녀의 재처럼 하늘로 사뿐히 날아오를 수 있을 것 같았다. 마녀가 창문 너머에서 손짓했다. 비극적 죽음이 마녀의 악마적 아름다움을 완성시킨 것인가. 죽음조차 마녀의 아름다움을 앗아가지는 못해서 마녀는 살아 있을 때보다 더욱 아름다웠다. 나는 자신도 모르게 2층 창문 너머로 발을 내밀었다. 다리가 부러진 후에야 비로소 편히 잠들 수 있었다.

이틀 만에 의식을 되찾은 후 나는 아름다움을 멀리했다. 아름다움은 천상의 것이니 지상의 아름다움에는 독이 있을 터, 지상에서 아름다움을 구하는 자는 죄악의 독배를 들게 될 것이다. 불완전한 인간의 영혼에 안식을 선사하는 것은 찰나의 쾌락이 아니라 영원한 금욕이다.

2

소문을 듣고 달려온 군중 등쌀에 중국인 집은 문짝이 떨어져나가고 담이 무너질 지경이었다. 구경꾼들 때문에 집 밖에 나갈 수조차 없었다. 이교도들의 호기심이 우리를 감금했다. 갑갑해하던 에보켄은 급기야 어둠을 틈타 숙소를 빠져나갔다. 나의 만류도 에보켄의 호기심을 누그러뜨리지는 못했다. 거리에서 발각되면 화를 면치 못할 것이었다.

새벽녘 에보켄은 무사히 돌아왔다. 외출에서 돌아온 에보켄의 입은 간밤의 무용담을 늘어놓느라 쉴 새가 없었다. 에보켄의 무용담에 나는 자신도 모르게 빠져들고 말았다. 데니슨도 귀를 쫑긋 세웠다. 에보켄이 들려주는 도성의 밤 풍경은 낮에 꾼 꿈처럼 괴이하고 몽롱했다.

달빛 요요한 도성의 밤거리는 여인들 차지였다. 이교도 여인들이 태양의 속박에서 벗어나 자유롭게 거리를 떠다녔다. 밤의 영원한 동반자인 달이 그들의 단아한 이마를 부드럽게 비춰준다. 그들의 손에는 어김없이 등이 들려 있다. 기름 바른 종이로 만든 팔각형의 틀에 기다란 손잡이를 달았다. 중국 문자가 적힌 누르스름한 종이 틀 안에서 양초가 숨죽여 타오른다. 등불은 어둠의 그물 속에서 반딧불처럼 팔랑거린다. 팔랑거리는 반딧불은 금세라도 달을 향해 날아오를 것만 같다. 달은 거인이 내건 등처럼 무심히 도성을 굽어보고 있다. 등불에 비친 여인들의 얼굴빛이 밀랍처럼 창백하다. 윗옷은 태양처럼 붉거나 바다처럼 푸르다. 윗옷이 짧아 젖가슴이 드러난다. 사내라고는 그림자도 찾아볼 수 없는 거리에서 드러난 젖가슴은 부끄러움과는 무관하다. 저들은 유령인가 사람인가? 에보켄이 접근하는 기색을 눈치 챈 여인들은 열이 하나와 같이 가장 가까운 집 대문을 열고 황급히 들어가버린다. 눈앞에서 팔랑거리던 반딧불도 환영처럼 사라진다.

"선장, 이놈과 눈 마주친 계집마다 하필 그 순간 자기 집에 도착했다는 걸 믿을 수 있겠소? 꼭 귀신에 홀린 기분이오."

에보켄이 멍한 시선으로 허공을 바라보며 말했다.

달밤의 거리, 어둠을 휘젓는 수많은 반딧불, 가슴을 드러내고 다니는 이교도의 여인들, 눈이 마주치면 신기루처럼 사라져버리는. 그 많은 여인들은 무엇 때문에 밤거리로 쏟아져

나오는 것일까? 해방감을 만끽하기 위해? 사내들에게 사랑의 메시지를 전하기 위해? 마녀의 비밀 집회에 참석하기 위해? 이 왕국이 수수께끼라면 이 왕국의 여인들은 수수께끼 중의 수수께끼였다.

에보켄의 이야기를 듣고 나니 호기심이 동했다. 짐짓 무관심한 척했으나 데니슨도 얼굴빛이 달라졌다. 데니슨은 한창 피가 뜨거울 나이였다. 두고 온 여인에 대한 그리움이 다가갈 여인에 대한 설렘까지 박멸하지는 못할 것이었다.

달의 분방(奔放)을 하릴없이 시샘하던 무기력한 영어의 나날 끝에 마침내 외출의 기회가 찾아왔다. 달밤의 외출은 아니었다. 고관대작이 우리를 초대했다. 소문의 진상을 확인하고 싶었던 것이리라. 초대에 꼭 응해야 하느냐고 젊은 관리에게 내가 물었다. 전적으로 우리 뜻에 달렸지만 가급적 초대에 응하는 것이 좋겠다는 대답이 돌아왔다. 초대를 거절하면 입장이 난처해지느냐고 물었지만 젊은 관리는 묵묵부답이었다.

"선장, 우리를 잡아먹겠다는 것도 아닌데 뭘 그렇게 따지쇼? 까짓것 갑시다. 그렇지 않아도 좀이 쑤시던 참이었는데. 더구나 방귀 꽤나 뀌는 자들과 친하게 지내서 해될 거 있겠소? 우리가 괴물인지 아닌지 확인해보고 싶다면 확인시켜줘야지요. 괴물이 아니라는 걸 알면 실망하겠지만."

에보켄이 말했다.

"실망하기는! 색골 영감을 보면 소문대로 괴물이라고 입을 다물지 못하겠지."

데니슨이 비아냥거렸다.

에보켄의 말대로 괴설을 잠재우기 위해서라도 초대에 응해야 할 터였다. 초대에 응하지 않고 은둔을 고집한다면 소문은 더욱 끔찍해질 것이다. 초대에 응하겠다고 하자 젊은 관리의 얼굴이 활짝 펴졌다. 이 수수께끼의 왕국에서 고관대작들의 위세는 내가 짐작하는 것보다 더 막강한 것인지도 몰랐다.

고관대작의 집은 중국인의 집보다 크고 화려했다. 푸른 기와를 얹은 건물과 관상수를 심은 작은 정원들이 거미줄처럼 얽혀 있었다. 기와가 얹힌 문을 열고 들어가면 고관대작의 시종은 우리를 또 다른 문으로 안내했다. 문을 열면 엇비슷한 건물과 정원이 어김없이 나타나서 제자리를 맴돌고 있는 것 같았다. 고관대작의 저택은 좀체 속살을 허용하지 않았다. 본채에 당도하기 위해 수많은 문을 통과해야 했다. 저택의 깊이는 집주인의 신분과 지위에 비례하는 듯싶었다.

이 왕국의 건축 양식을 지배하는 특징은 단순과 반복이었다. 돌과 나무로 연출한 단순한 선과 우아한 곡선의 반복은 변화에 대한 완고한 거부를 드러냈다. 문 너머에는 문 안쪽의 것과 구분할 수 없는 또 다른 건물과 정원이 기다렸다. 건물과 정원은 각각 두드러지지 않아서 건물은 정원을 거느리지 않았고 정원은 건물을 넘보지 않았다. 정원의 중심인 작은 못에는 어김없이 수련이 떠 있었다. 인공의 섬이 만들어진 제법 큰 연못도 보였다. 인공의 섬을 지키는 건 소나무였다. 늙은 현자와도 같은 풍모의 소나무는 연못에 비친 제 그림자를 말없이 굽어보고 있었다. 고관대작의 저택은 돌과 흙과 물이 다투지 않고 한데 어우러졌다. 낯설지 않은 풍경이었다. 고관대작의 집은 궁궐의 축소판이었다. 그러나 궁궐이 지닌 장엄과 위엄은 느껴지지 않았다.

"제 아무리 위세가 하늘을 찌르는 고관도 아흔아홉 칸에서 단 한 칸도 더 늘릴 수 없다."

젊은 관리가 말했다.

나는 젊은 관리의 말을 이해할 수 없었다. 그 이유를 묻자 젊은 관리가 설명했다.

"백은 국왕의 숫자다. 신하는 국왕의 숫자를 가질 수 없다."

"궁궐은 몇 칸이나 되는가?"

내가 물었다.

"궁궐은 구백구십구 칸을 넘어서는 안 된다."

"왜 그런가?"

"천은 황제의 숫자다."

"그렇다면 황궁은 구천구백구십구 칸인가?"

"너의 명민함이 놀랍다. 그렇다. 만은 지상의 숫자가 아니라 하늘의 숫자다. 하늘의 아들인 천자도 지상에서 천상의 숫자를 가질 수는 없다. 다만 지상에서 천상의 숫자를 갈구할 뿐이다. 그래서 황제의 신하들은 이렇게 축원한다. 황제 폐하 만세!"

젊은 관리는 우주학자처럼 말했다.

"그렇다면 너희는 이렇게 축원하는가? 국왕 폐하 천세!"

"하하. 우리 속담에 이런 말이 있다. 하나를 가르치면 둘을 안다. 너는 총명한 사람이다. 정확히 말하자면 다음과 같다. 국왕 전하 천세!"

"폐하와 전하는 어떻게 다른가?"

"신하들이 황제와 국왕을 알현하기 위해 대기하는 곳의 명칭이다. 그 건축물 아래에서 기다린다는 뜻이다. 지체가 높은 사람일수록 먼 곳에서 기다려야 한다. 태양은 멀리서도 능히 빛나는 법이니."

"너희의 예법은 복잡하다."

"격식은 마음의 표현이다."

젊은 관리가 웃었다.

"누가 감히 하늘의 아들을 자처한단 말인가! 주여, 저들을 가엾이 여기소서! 인간의 죄를 씻기 위해 독생자를 보내신 주님의 거룩한 뜻을 능멸하는 이교도를 용서하소서!"

데니슨이 중얼거렸다.

“하느님에게도 말 못할 사정이 있는 법이지!”

에보켄이 성호를 그으며 말했다.

젊은 관리는 데니슨과 에보켄의 반응에 의아해했다. 젊은 관리의 말에 따르면 이교도들에게 빛의 제국 황제는 신이나 다름없었다. 이 왕국의 이교도들이 제국의 명운에 촉각을 곤두세우는 것도 무리는 아니었다.

3

고관대작의 환대는 국왕이 베푼 환대에 못지않았다. 고관대작은 우리에게 풍성한 음식을 베풀었다. 갖가지 음식이 널찍한 상을 가득 채웠다. 소고기, 돼지고기, 닭고기, 생선, 달걀, 버섯, 채소 등의 풍성한 재료를 갖은 양념과 향신료를 곁들여 굽고 졸이고 삶아냈다. 소고기와 돼지고기는 한입에 넣기 좋도록 얇게 저몄고 얇게 저민 생선살은 달걀노른자와 흰자를 각각 입혀 정갈하게 부쳐냈다.

놀라운 것은 요리 재료의 다양함과 조리법의 다채로움만이 아니었다. 무엇보다 내 눈길을 끈 것은 요리의 화려한 빛깔과 모양이었다. 원기둥 모양으로 높이 쌓아올린 음식들은 장인의 정교한 솜씨로 빚은 탑처럼 보였다. 이 왕국의 이교도들은 자신들이 가진 문명의 지혜와 문화의 빛을 식탁에만 쏟아부은 것일까? 이교도들은 요리를 기예의 경지로 끌어올렸다. 세상을 주유하며 다양한 요리를 맛본 에보켄도 감탄사를 연발했다. 데니슨은 입을 다물지 못했다. 고관대작은 우리의 반응에 흡족해하며 이렇게 말했다.

"차린 게 별로 없어서 민망하다."

"선장, 저자가 지금 우리를 조롱하는 게 아닐까요?"

에보켄이 어이없다는 투로 말했다.

우리를 놀리는 것 아니냐고 에보켄이 젊은 관리에게 물었다. 젊은 관리가 웃으며 대답했다.

"이 나라의 인사법이다."

"차린 게 없어 도무지 먹을 게 없다."

에보켄이 너스레를 떨었다.

젊은 관리가 귀엣말을 건네자 고관대작이 껄껄거렸다. 옆에 있던 고관대작의 친척들도 함께 웃었다.

"이 집에는 계집이 없는 거요?"

에보켄이 젊은 관리에게 물었다.

그러고 보니 방에 앉아 있는 사람은 모두 사내들이었다.

"남자와 여자는 함께 식사할 수 없다."

젊은 관리가 대답했다.

이 왕국에서 남자와 여자는 태양과 달처럼 서로 마주 볼 수 없는 모양이었다. 그러나 에보켄의 해석은 달랐다.

"선장, 이자들은 제 계집들이 우리를 보고 반할까 봐 꽁꽁 숨겨둔 게 분명합니다. 중국의 한 사내는 제 계집이 이웃의 사내들에게 미소 짓는 것을 참지 못해 십 년 동안 골방에 가둬 눈이 멀게 만들었다죠. 계집의 얼굴에서 미소가 사라지고 나서야 풀어주었답니다. 중국 사내들은 질투가 심해 절친한 친구에게도 제 계집을 보여주지 않는다고 합니다. 하지만 질투심에 관한 한 중국 사내들은 이 왕국의 사내들에 비할 바가 아니군요. 오죽했으면 사내들은 낮에만 다니고 계집들은 밤에만 다니도록 하는 법을 만들었겠습니까?"

에보켄의 해석이 틀리지 않다면 이 왕국의 여인들을 밤의 유령으로 만든 것은 사내들의 질투심이었다. 사내들의 태양처럼 이글거리는 질투심이 여인들을 달의 감옥에 가둔 것이다.

차려진 음식을 먹는 동안 고관대작과 그의 친척들은 젊은 관리의 입을 빌려 우리에게 이것저것을 물었다. 그들은 궁금한 것이 많았다. 그들에게 우리의 존재는 꼼꼼하게 읽어내야 할 미지의 책이었다. 음식을 집어 올리는 서툰 손놀림에서부터 음식을 음미하며 내뱉는 감탄사까지. 호기심에 찬 그들의 시선은 우리의 일거수일투족을 읽어냈다. 무엇보다 그들은 우리의 피부색에 놀라움을 금치 못했다. 우리의 흰 피부를 본 이교도들은 처음에는 놀라고 나중에는 부러워했다.

이교도들은 모두 대식가였다. 그들은 끝없이 먹고 마셨다. 그들의 식사는 궁극의 쾌락을 향한 무모하고 덧없는 열정에 바쳐졌다. 삶을 영위하기 위한 식사가 아니라 식사를 누리기 위한 삶이었다. 곁을 지키고 있던 시종들이 동난 음식을 신속히 보충해서 그릇은 바닥을 드러낼 틈이 없었다. 이교도 사내들은 걸신들린 마귀처럼 음식을 집어삼켰다. 그들의 식탐은 삶의 뿌리에 들러붙은 죽음마저 집어삼킬 듯 게걸스러웠다.

이교도들의 야만스러운 식탐이 산해진미로 혼곤해진 내 영혼을 번개처럼 후려갈겼다. 칼뱅이 말했다. 절제는 신의 선택에 대한 결정적 증거이니 지상에서 절제한 자만이 천국의 풍요를 누릴 것이다. 갑자기 구역질이 치밀었다. 음식이 입에 맞지 않느냐고 고관대작이 물었다. 배가 불러 더 먹을 수 없다고 대답했다. 젊은 관리가 내 말을 옮기자 고관대작은 실망의 빛을 감추지 못했다. 젊은 관리의 얼굴에도 낭패의 빛이 떠올랐다.

"초대받은 손님이 음식을 사양하는 것은 예의에 크게 어긋나는 행동이다."

젊은 관리가 말했다.

고관대작과 그의 친척들이 나를 뚫어져라 쳐다보았다.

"선장, 로마에 가면 로마의 법을 따르라 하지 않았소. 이자들 음식 좀 탐한다고 자비로운 신께서 오늘 밤 선장을 거꾸로 매달기야 하겠소? 이자들 기분도 맞춰줍시다. 혹시 압니까? 기분이 좋아지면 감춰두었던 계집들을 선보일지?"

에보켄이 닭다리를 거침없이 뜯으며 말했다.

데니슨은 사흘 굶은 사람처럼 음식을 입 안에 쓸어담았다. 식탐에 관한 한 이교도에 못지않았다. 이교도들은 데니슨을 흐뭇한 눈길로 바라보았다. 마지못한 내가 다시 음식에 손을 대자 이교도들이 손뼉을 치며 좋아했다. 식사를 끝낸 이교도들은 바람을 가득 품은 돛처럼 부푼 배를 어루만지며 행복해했다.

상을 물리자 시종이 작은 상을 새로 내왔다. 상 위에는 복숭아, 사과, 배, 말린 감, 호두가 역시 탑처럼 쌓여 있었다. 후식이었다. 보기만 해도 속이 울렁거렸다. 이교도들은 기다렸다는 듯 하나씩 집어 들었다. 에보켄과 데니슨도 후식을 사양하지 않았다. 이교도의 예법을 거스르지 않기 위해 나는 말린 감 하나를 마지못해 집어먹었다. 말린 감을 삼킬 때 이마에 식은땀이 맺혔다.

영원히 끝나지 않을 것만 같던 식사를 마친 후 우리는 국왕 앞에서 그랬던 것처럼 고관대작과 그의 친척들을 위해 노래 부르고 춤을 췄다. 떠나온 고향에 대한 노래였고 다가올 운명을 맞이하는 춤이었다. 이교도들은 우리의 노래에 귀 기울이고 몸짓에 박수 쳤다. 광대극을 구경하는 아이처럼 흥분했다.

광대극이 끝나자 고관대작이 노랫말을 물었다. 고향과 그곳에서 기다리는 사람들을 그리워하는 노래라고 일러주었다. 고관대작이 눈시울을 붉혔다. 젖은 눈동자가 더욱 새까맣게 보였다. 고관대작의 친척들도 눈시울을 붉혔다. 그들은 우리의 가난한 운명이 제 것인 양 서러워했다. 이교도들은 기름진 음식에 탐닉하듯 이방인의 슬픔에 몰두했다. 이교도들의 음식에 대한 탐닉과 슬픔에 대한 몰입 사이에서 우리의 운명은 길을 잃었다. 그들의 진심 어린 눈물이 우리 운명의 가난을 돌이킬 수 없는 것으로 만들었다. 오히려 내가 그들을 위로했다.

"모든 것은 주님의 뜻이다. 다만 우리의 운이 어디까지인지 궁금할 따름이다. 그러니 너무 슬퍼하지 마라."

내 위로도 이교도들의 슬픔을 다독이지는 못했다. 내 헐벗은 운명을 슬퍼하는 이교도들의 눈물 앞에서 오히려 내 마음은 평안을 구했다. 낯선 이교도의 땅에 표착했다는 사실을 절망도 분노도 없이 되새길 수 있었다. 그런 기분은 처음이었다. 스스로의 운명에 대한 영웅적 무관심이 나는 싫지 않았다. 내 안의 두려움을 질식시킬 수만 있다면 남루한 내 운명을 사랑할 수도 있을 것이다. 만일 내가 이 야만의 땅에서 구원받는다면 그것은 운명에 대한 불굴의 사랑 때문이리라.

이교도들이 우는 모습을 물끄러미 바라보던 나는 인기척을 느꼈다. 방 한쪽에 드리워진 발 너머에 희미한 그림자가 어른거렸다. 그림자는 기왕 지나간 시간의 얼룩처럼 고즈넉했다. 열어젖힌 창문으로 한 줄기 바람이 불어왔다. 달착지근한 향기가 바람의 잔등에 실려왔다. 분 냄새였다. 에보켄이 코를 실룩거리더니 나를 보며 눈을 찡긋했다. 이교도 사내들은 여인들을 침묵의 장막 너머에 가뒀다. 훌쩍이는 소리가 들렸다. 침묵의 장막 너머에서 여인들이 울음을 가까스로 참아내고 있었다. 이교도들은 쾌락을 사랑하듯 슬픔을 사랑했다. 그들의 슬픔을 진정시킬 수 있는 것은 더 큰 슬픔뿐이었다. 나는 고관대작의 발치에 음식을 게워내고 말았다. 내 눈에도 이슬이 맺혔다.

4

고관대작의 초대에 응한 뒤에도 괴설은 좀체 가라앉지 않았다. 소문은 진실의 날개를 접고 거짓의 심연으로 곤두박질쳤다. 이교도들은 어린애 같은 무구한 표정으로 심연을 들여다보았다. 심연 속에서 우리는 돼지처럼 음식을 삼키고 화산처럼 음식을 토해냈다. 외눈박이 거인이 되어 겅중겅중 춤추는가 하면 절름발이 난쟁이가 되어 뒤뚱뒤뚱 재주넘었다. 미친 듯이 웃다가 넋을 놓고 울기도 했다. 심연 속에서 이교도들이 들여다보고 있는 것은 바로 그들 자신이었다.

이교도들이 눈을 희번덕거리며 찾는 것은 금발의 원숭이가 아니라 금발 원숭이의 눈에 비친 자기 자신의 모습이었다. 그들이 궁금해하는 것은 우리가 즐기는 음식이 아니라 자신들이 즐기는 음식에 대한 우리의 반응이었다. 그들이 알고 싶어하는 것은 우리가 살던 곳의 기후가 아니라 자신들 땅의 기후에 대한 우리의 논평이었다. 그들의 머릿속을 분주하게 만든 것은 자기 자신에 대한 것이 아니라 다른 자의 눈에 비치는 자기 자신에 대한 것이었다. 때문에 이교도들은 우리의 신에 대해 관심을 기울이지 않았고 우리의 풍속에 대해 묻지 않았다. 자기 자신의 평판에 대한 관심이 그러하듯 바깥 세계에 대한 이들의 무관심은 거의 병적이었다.

이교도들은 세계의 끝에서 세상의 중심을 숭배했다. 천 년을 이어온 이들의 은둔은 이제 불치의 지병이 되었다. 우리의 시체도 왕국 바깥으로 내보내지 않을 게 분명했다. 여인들을 감금하듯 우리의 육체와 영혼을 자신들의 심연 속에 가둘 것이었다. 이 은둔의 왕국을 빠져나갈 수 있는 것은 바람과 구름과 새뿐이다. 새로 만나는 이교도가 늘수록 나의 불안은 붉게 달궈졌다. 달궈진 불안은 내 영혼과 심장을 갉아먹었다. 이교도의 초대를 받으면 나는 전날부터 굶었다. 그것은 그들의 환대에 대한 최소한의 예의였다. 우리를 초대한 이교도들은 여인을 감추었고 성찬을 내왔다. 나는 이 은둔의 땅에서 배부른 광대로 죽을 것이다.

고관대작들의 무분별한 호기심으로부터 우리를 지켜준 것은 우리의 사령관[18]이었다. 그는 사령관들 중의 사령관, 총사령관이었다. 총사령관은 국왕의 명을 받들어 도성을 지키는 군대를 지휘했다. 광대놀음을 보다 못한 총사령관이 자신의 허락 없이는 우리를 초대할 수 없다고 못 박았다. 고관대작들도 국왕의 심복인 총사령관의 명을 무시하지는 못했다. 우리는 광대놀음에서 해방되었다. 총사령관은 우리를 금발의 원숭이가 아니라 국왕의 병사로, 고관대작들의 광대가 아니라 국왕의 친위병으로 대했다. 우리는 술잔 대신 총을 들어야 했다.

도성에는 국왕으로부터 급료를 받는 수천의 기병과 보병이 주둔했다. 도성 수비대[19]의 임무는 왕궁을 지키고 국왕의 행차를 호위하는 것이었다. 국왕이 궁 밖으로 행차할 때 우리는 국왕이 타는 들것[20]을 지키는 부대에 배속되었다. 우리의 눈에 띄는 외모가 국왕의 영광을 빛낼 것이었다.

우리는 국왕의 친위병으로서 새로운 삶을 살아야 했다. 그

18) 훈련대장.
19) 훈련도감.
20) 연(輦).

것은 신께서 선사한 삶이 아니라 이교도의 국왕이 마련한 삶이었다. 매해, 봄의 석 달과 가을의 석 달 동안 군사 훈련이 실시되었다. 가상의 적은 타타르 군대였다. 국왕과 국왕의 신하들이 품고 있던 타타르에 대한 적의는 깊고 가팔랐다. 그들의 적의는 두려움에 근거했다.

기독교 세계에서도 타타르는 공포의 대상이었다. 타타르는 『요한묵시록』에 등장하는 곡과 마곡의 후손이었다. 『요한묵시록』은 다음과 같이 예언한다.

"천 년이 지나면 사탄이 감옥에서 풀려나온 땅에 걸쳐 있는 나라, 곡과 마곡을 찾아가 그들을 현혹하여 전쟁을 일으킬 것이다."

예언에 따르면 타타르는 신의 이름으로 지어 올린 문명의 집을 파괴할 악마의 군대인 셈이었다. 그러나 지켜야 할 가족도 빛내야 할 이름도 잃은 나에게 이 왕국의 국왕도 타타르의 왕도 이교도일 뿐이었다. 이교도의 적의로써 또 다른 이교도를 증오할 수는 없는 노릇이었다. 타타르에 대한 적의로써 국왕이 마련해준 삶이 나에게는 무의미했다. 다만 그 무의미에 대한 적의로 하루하루 가까스로 견딜 수 있었다. 국왕이 마련한 삶에서 벗어나지 못한다면 언젠가는 무(無)의 심연이 나를 집어삼킬 것이다.

악마의 군대에 맞서기 위해 국왕의 병사들은 맹렬히 훈련했다. 국왕의 병사들은 세상의 무게가 제 어깨에 얹혀 있기라도 한 것처럼 필사적이었다. 벼락같은 포성이 산짐승을 내쫓는 사격 훈련장에서, 번개처럼 기동전을 전개하는 구릉에서 그들은 온 세상을 적으로 돌려세웠다. 눈먼 열정에 몸 던진 연인처럼 그들은 기꺼이 세상을 등졌다. 세상을 등진 채 제 영혼에 뿌리내린 적의를 못내 사랑했다. 보이지 않는 적을 향한 이교도 병사들의 아득한 분노 속에서 내 가엾은 고독은 피에 주린 칼날처럼 푸르렀다.

보이지 않는 적에 맞서 사격하고 공세의 진(陣)을 펼치는 병사들의 기세는 마왕의 군대도 일격에 섬멸할 것처럼 등등했다. 그러나 지난해 타타르 군대가 침공했을 때 적과 싸우다 죽은 병사보다 산에 들어가 스스로 목매단 병사들이 더 많았다고 했다. 이교도들은 스스로의 목숨을 거두는 행위를 부끄럽게 여기지 않았다. 주님의 율법에 의하면 스스로 목숨을 끊는 행위야말로 죄악 중의 죄악이고 베드로의 율법에 의하면 제 가족을 도륙하는 자에게 등을 보이는 것이야말로 배덕 중의 배덕이다. 보이지 않는 적에 대한 적의는 살과 뼈를 가진 적 앞에서 허망하게 무너졌다. 보이지 않는 적에 대한 적의를 무너뜨린 것은 보이는 적에 대한 연민이 아니라 보이는 적을 죽여야 하는 스스로의 운명에 대한 연민이었다. 연민은 주인된 자의 덕목이지 종 된 자의 덕목이 아니다. 이교도 병사들은 모두 신이 되고자 했던 것일까? 나는 저들의 불가해한 온순함에서 불경(不敬)의 기미를 읽어낸다.

5

도성 수비대는 기병과 화승총병, 그리고 포병으로 구성되었다. 황금빛의 투구와 갑옷을 갖춰 입는 기병은 활을 등에 메고 칼을 허리에 비껴 찼다. 화승총병은 화승총과 도끼와 단창으로 무장했다. 대부분의 병사들은 자비로 화약과 탄환 50발씩을 마련해야 했다. 일본과의 7년 전쟁[21]과 타타르와의 전쟁으로 국왕의 금고는 적막해졌다. 무역과는 담 쌓은 이 왕국에서 국왕이 자신의 금고를 채우기 위해서는 농사짓는 백성들에게 세금을 징수하는 수밖에 없었다. 흉년에는 세금이 걷히지 않았다. 사정이 이와 같으니 이 왕국의 국부와 군사력은 날씨에 달렸다 해도 과언이 아니다. 가뭄이 계속되면 국왕이 직접 하늘의 신께 제를 올렸다.

고대 로마인들이 그랬듯 이 왕국의 이교도들은 수많은 신을 섬겼다. 하늘의 신, 대지의 신, 산의 신, 바다의 신, 갓난

---

21) 임진왜란과 정유재란.

아이의 신, 부엌의 신…… 심지어 죽은 조상까지 신으로 떠받들었다. 이들이 숭배하는 신은 이 왕국 사람들의 숫자보다 많을 것이다. 이곳은 동방의 올림포스, 신들의 왕국이다.

사정거리를 확보할 수 없는 백병전이 벌어질 때 화승총병은 도끼와 단창을 휘두르며 기병을 보호해야 한다. 포병은 수성과 공성에서 핵심적인 역할을 할 것이다.

데니슨은 화승총병을 자청했다. 데니슨의 사격 솜씨는 이교도 병사들에게도 경이로운 것이었다. 백발백중의 정확성도 감탄할 만했지만 속사의 능력은 귀신의 솜씨에 가까웠다.

화승총은 재장전에 시간이 걸렸다. 재장전의 절차는 복잡했고 까다로웠다. 그 과정은 다음과 같다. 총통 안을 닦아내고 화약을 집어넣고서 삭장으로 다진다. 탄환과 종이를 총통 안으로 밀어넣은 후 점화약을 화문에 넣고 흔든다. 용두에 화승을 끼우고 화문의 덮개를 열면 격발 준비가 끝난다.

포탄과 탄환이 하늘을 덮는 전장에서 장약의 속도를 높이는 것만이 승리의 지름길이다. 격발의 간격을 줄이기 위해 병사들은 5열 종대로 포진해 1열씩 선두로 나가 발사했다. 선두의 열이 발사할 때 후미의 나머지 열은 장약할 시간을 벌 수 있었다. 화승총병의 전투력은 발사의 정확성과 더불어 장약의 신속함에 좌우되었다. 그러나 무턱대고 장약 시간을 줄이려다가는 불발과 폭발의 위험에 노출된다. 신속하고 정밀하게 장약하기 위해서는 총을 수족처럼 부릴 수 있어야 했다.

데니슨이 장약하는 데 걸리는 시간은 숙련된 이교도 병사가 쓰는 시간의 절반에 불과했다. 화승총병 부대장이 데니슨을 '신의 손'이라 치켜세웠다. 이교도 병사들이 자신을 '신의 손'이라 부를 때 데니슨은 대꾸하지 않았다. 데니슨의 얼굴에서 나는 어떤 감정도 읽어낼 수 없었다. 데니슨의 얼굴은 지상의 언어로는 해독할 수 없는 책이었다. 데니슨의 얼어붙은 눈빛은 신의 서고를 기웃거리고 있는지도 몰랐다. 데니슨의 무표정에서 나는 삶에의 의지를 읽어내려 했지만 죽음에 대한 도저한 열망만 엿볼 뿐이었다. 데니슨의 신기에 가까운 사격 솜씨도 그 자신의 심장을 파괴할 수는 없다는 사실이 그나마 나를 안도케 했다.

나와 에보켄은 포병 부대에 배속되었다. 청동제가 대부분인 이교도의 대포는 포신이 충분히 길지 않아 사정거리가 짧았다. 포신의 길이도 문제였지만 발포의 충격이 고스란히 전해지는 약실의 부실은 치명적인 결함이었다. 검이 무디면 목숨을 잃고 총이 신통치 않으면 전투를 잃고 포가 제구실을 못하면 전쟁을 잃는다. 성을 거점으로 전투를 벌이는 이 왕국에서 대포 성능의 취약은 전쟁을 그르치는 빌미가 될 것이다.

"포신이 길면 탄환이 더 멀리 날아갈 텐데……"

내가 무심코 중얼거렸다.

포격 훈련을 지켜보던 총사령관이 젊은 관리의 입을 빌려 내가 뭐라 말했는지 물었다. 나는 조금 전에 했던 말을 그대로 전했다. 그리고 이런 말도 덧붙였다.

"포신의 구경을 포문으로 갈수록 줄인다면 명중의 빈도를 높일 수 있을 것이다."

총사령관이 나더러 땅바닥에 대포를 그려보라고 명했다. 나는 나뭇가지를 꺾어 땅바닥에 대포를 그리기 시작했다. 눈 감고도 그릴 수 있었다.

독립전쟁은 배를 만드는 목수였던 아버지를 왕립해군학교의 교관으로 만들었다. 전쟁으로 아버지는 오른팔을 잃었고 명예를 얻었다. 한쪽 팔만으로 배를 만들 수는 없었다. 대신 유능한 항해사를 길러내기로 했다. 나에게 항해술을 가르쳐준 것도 아버지였다. 아버지는 내가 조국의 바다를 지키는 용사가 되기를 바랐다. 나는 밤을 새워가며 범선 각 부분의 명칭을 암기했다. 스팽커, 플라잉 집, 아우터 집, 메인 톱 갤런트 세일, 포어 스카이 세일, 메인 스카이 세일, 미즌 로열 세일, 하단 메인 톱 세일…… 숙지해야 할 돛의 명칭만 스무 개가 넘었다.

3돛대 범선 삭구의 모든 명칭을 암기하고 척척 그려낼 수 있게 되었을 즈음 나는 무(武)에 대한 열정을 잃었다. 내 영혼을 흔든 것은 함대의 포성이 아니라 루터의 격문이었고 규율이 아니라 자유였다. 내 귀를 솔깃하게 한 것은 코페르니쿠스의 학설을 이단으로 단죄한 교황의 칙서가 아니라 이단으로 단죄된 코페르니쿠스의 가설이었다. 지구가 우주의 중심임을 부정하는 것이 신의 권능에 대한 도전으로 받아들여질 이유는 없었다. 신은 우주의 창조자가 아니던가. 지구가 태양 주위를 도는 게 밝혀짐으로써 타격을 받는 것은 신이 아니라 신의 권능을 참칭한 교황과 사제들일 것이었다.

바야흐로 새로운 시대가 시작되려는 참이었다. 다가올 나날은 정복과 약탈의 시대가 아니라 외교와 교역의 시대가 될 것이었다. 스페인 함대를 몰아낸 후 네덜란드는 눈부신 번영을 구가했다. 인도로부터 막대한 물자를 실어온 배들로 항구는 북새통이었고 항구 한쪽에서는 장차 세계의 바다를 누빌 상선이 무수히 건조되었다. 효율을 자랑하는 네덜란드의 배는 영국이나 프랑스의 배보다 더 적은 선원을 태웠고 더 많은 화물을 실었다. 세계의 부가 네덜란드 항구로 밀려들었다. 건물들은 바로크풍을 좇아 세련되고 화려해졌으며 젊은이들은 신사와 숙녀의 예절을 배웠다. 병사들마저도 바다의 신사가 되어갔다. 갑작스러운 풍요는 모험의 정신을 위축시켰다. 오직 강철 같은 용기를 가진 자만이 나른한 풍요로부터 모험의 정신을 지켜낼 수 있었다. 부와 더불어 예술가, 우주학자, 금융가, 사상가, 망명객이 세계 도처에서 밀려들었다. 암스테르담은 일약 새로운 시대정신의 보루가 되었다. 이들의 자유분방한 정신은 풍요의 혼곤한 꿈에 젖은 네덜란드에 새바람을 일으켰다. 나는 내 영혼의 오지에서 들려오는 사자후를 좇아 바다로 나갔다. 제식과 규율에 길들여진 바다가 아니라 모험과 도전이 사자처럼 으르렁거리는 바다로.

"이와 같이 생긴 대포를 만들 수 있겠는가?"

총사령관이 땅바닥에 그려진 대포의 형상을 뚫어져라 내려다보며 물었다.

6

우기가 찾아왔다. 우기에는 군사 훈련이 없었다. 비 오는 날이 잦았고 비는 대지를 무너뜨릴 것처럼 거세게 쏟아졌다. 비에 젖은 기와는 태양을 향한 그리움으로 새파랗게 질렸다. 골목마다 쌓여 악취를 풍기던 오물 더미가 빗물에 남김없이 씻겨나갔다. 빗줄기가 잠시 숨 고르는 날에는 궁궐 뒤의 험준한 바위산 허리께가 물안개에 잠겼다. 우기에도 흰옷을 고집하는 이 왕국의 이교도들은 흙탕물 넘치는 비좁은 골목을 종이배처럼 떠다녔다.

비가 오나 비가 그치나 내 영혼은 여전히 이름 모를 바다

위를 떠돌았다. 내 가난한 영혼은 한 줌의 위안을 구하기 위해 온 우주를 헤매었으나 주인 없는 바다는 떠도는 영혼에게 한순간의 안식도 허락하지 않았다. 국왕이 내려준 이름은 내 육신을 결박했으나 내 영혼을 정박시키지는 못했다. 잠을 청하기 위해 드러누울 때도 보이지 않는 적을 향해 돌격할 때도 이름 모를 바다의 파도가 발치에서 뒤척였다. 달빛도 별빛도 사라진 암흑의 바다를 전전하는 어수선한 꿈자리 끝에 눈 뜨면 만발하는 물비린내에 가슴이 울렁거렸다.

국왕이 나에게 내린 이름을 나는 읽을 수 없었다. 국왕이 내린 신분증에 내 이름은 중국 문자로 적혀 있었다. 이 왕국의 문자는 세 가지였다. 먼저 중국 문자. 대부분의 책이 중국 문자로 적혀 있기 때문에 학식을 쌓기 위해서는 중국 문자를 깨우쳐야 했다. 학식 있는 자들은 문서와 서신을 작성할 때 중국 문자의 흘림체를 사용했다. 일종의 필기체다. 일반인들은 역시 해독할 수 없었다. 그리고 일반 백성들이 사용하는 문자. 이 문자는 소리를 본떠 만들어서 알파벳처럼 익히기 쉬워 보였다. 그러나 위로는 국왕으로부터 아래로는 하급 관리까지 굳이 복잡한 중국 문자를 고집했다. 문명의 중심, 빛의 제국에 대한 경외 때문이었다.

때때로 나는 국왕이 내린 신분증에 적힌 내 이름을 물끄러미 바라보았다. 불가해한 내 운명의 표정이 보였다. 내 장래의 향방은 그 표정 속에 있었다. 이교도들은 나를 '박연'이라 불렀다. 국왕이 지어준 이름이었다. 이교도들이 나를 '박연'이라 부를 때 나는 돌아보지 않았다. 이교도들이 나를 재차 '박연'이라 부를 때 나는 성난 얼굴로 돌아보았다. 돌아보면 흰옷을 어색하게 걸친 나 자신이 거기 있었다.

중국인들은 '마작'이라는 게임으로 우기의 무료를 견뎠다. 중국인들의 속내만큼이나 알기 힘든 게임이었다. 마작을 할 때 중국인들은 활기에 넘쳐, 기울어가는 제국의 명운도 그들의 근심을 깨우지 못했다. 에보켄은 그새 이교도의 담배에 푹 빠졌다. 이교도들은 대나무로 만든 긴 파이프로 담배를 피웠다. 대나무 양 끝에 놋쇠로 만든 대통과 물부리가 달려 있었다. 담뱃대의 길이는 반 바뎀이나 되어 제 손으로 불붙일 수 없었다. 이 왕국에서는 남녀노소 가리지 않고 담배를 즐겼다. 어린애들조차 길거리에서 태연스레 담뱃대를 입에 물었다. 담뱃대를 물고 있을 때 이교도들의 얼굴은 충만한 행복으로 빛났다. 제 키만 한 파이프를 물고 있는 아이가 천사처럼 해맑게 웃었다. 이교도들은 쾌락에 관대했다. 이곳에서는 담배를 피우지 못하는 것이 수치스러운 일이다.

무엇이든 사심 없이 받아들이는 에보켄은 이교도의 말을 제법 익혔다. 에보켄은 젊은 관리와 이교도의 말로 대화를 나누기도 했다. 에보켄이 익힌 이교도의 말이 우리에게 더 많은 소식을 실어왔다. 젊은 관리는 통역관을 양성하는 기관의 실무 책임자로 임명되었다. 젊은 관리는 그 모든 것이 국왕의 은혜라고 말했다. 내가 구사할 줄 아는 이교도의 말은 빈곤했다. 자주 들어서 귀에 익은 말도 더러 있었지만 부러 알은체하지 않았다. 이교도의 말에 능통하게 되면 고향에 영원히 돌아가지 못할 것 같았기 때문이었다. 데니슨의 침묵을 나는 이해할 수 있었다. 데니슨의 침묵은 필사적이었다. 필사적이어서 안쓰러운 침묵이었다. 가끔 입 열 때도 데니슨은 이교도의 말을 단 한 마디도 입에 올리지 않았다.

남쪽의 총독이 보낸 비단 꾸러미들이 도성에 도착했다. 난파한 중국 정크선에서 건진 것이었다. 무엇 때문인지 그제야 국왕에게 접수되었다. 총독은 직위를 이용해 사사로운 이익을 추구하는 자는 아니었다. 이교도 특유의 방만과 나태가 비단의 도착을 지연시켰을 것이다. 국왕의 기별을 기다리던 나날의 초조가 새삼스러웠다. 이 왕국에서는 뭐든 느긋하게 움직였다. 수레를 끄는 소도 짐을 진 조랑말도 비구름과 계절도 갈 길을 재촉하는 법이 없었다. 대낮의 도성 거리를 장악한 사내들은 삼삼오오 모여 시시덕거리거나 담뱃대를 입에 문 채 눈앞에 흘러가는 시간의 뒤통수를 게으른 눈길로 바라볼 뿐이었다. 그들에게서 노동의 활기와 근면의 긴장을 찾는 것은 난망했다. 그들을 대체 누가 먹여 살리는지 알 수 없었다. 그들이 숭상하는 수많은 신들이 이들을 부양하는 것인가?

총독이 보낸 비단 때문에 행정부에서 회의가 열렸다고 젊은 관리가 전했다. 젊은 관리는 행정부를 '조정'이라 했다. 회의에서는 비단의 용처에 대한 의견이 오갔다. 국왕으로서는 타타르 왕에게 형제의 예를 갖추기로 한 맹세를 저버릴 수 없었다. 타타르 왕은 끊임없이 국왕의 충성을 확인했다. 타타르 왕의 의심이 확신으로 변하는 날, 이 왕국은 다시 전쟁의 소용돌이에 휘말릴 것이었다. 국왕에게 필요한 것은 시간이었다. 수세에 몰린 빛의 제국이 전열을 정비할 시간, 잇따른 전쟁으로 맥진(脈盡)한 국력을 부양할 시간. 토론 끝에 타타르에 공물로 바치기로 결정했다.

회의가 마무리될 무렵 한 대신이 말했다.

"본래 이 비단은 난파한 자들의 것이었습니다. 이자들은 운이 부박하여 배도 잃고 도모할 장래마저 잃었습니다. 가족과의 재회도 기약할 수 없게 되었습니다. 난파한 자들의 처지의 긍휼함이 이와 같은데 이들을 돌보기는커녕 가진 것을 일방적으로 취하는 것은 도리에 어긋나는 일입니다. 먼 곳에서 온 사람들에 대한 대접이 이처럼 야박하다면 나라의 체면이 어찌 되겠나이까?"

"어찌해야 옳겠는가?"

국왕이 물었다.

"난파한 자들에게 마땅한 보상을 해주심이 옳을 줄 압니다. 이자들은 한겨울의 추위가 두려워 겨울을 날 땔감을 하룻밤에 탕진했답니다. 듣자하니 이자들이 살던 곳에서는 겨울에도 눈과 서리를 볼 수 없어 찬바람이 불기라도 하면 중국의 강이 얼었기 때문이라 여긴다 합니다. 그러니 이들이 갖고 있던 비단의 값에 상응하는 목화를 내리시어 미구에 다가올 겨울을 무사히 넘기도록 함이 어떠신지요?"

대신이 청했다.

"너의 의견이 지혜롭다. 그리하라."

국왕이 대답했다.

젊은 관리가 전한 대로 국왕은 우리에게 목화를 하사했다. 중국 정크선에 실려 있던 비단의 가치에는 한참 못 미치는 양이었지만 비단은 애당초 우리의 것이 아니었다. 어떤 대가도 치르지 않고 우리는 목화를 얻었다. 그러나 데니슨의 견해는 달랐다. 우리가 이교도의 땅에 난파하게 된 것은 전적으로 중국 정크선에 승선했기 때문이란다. 우베르케르크호에 그대로 남아 있었다면 지금쯤 암스테르담의 선술집에서 맥주를 마시며 바다에 나가본 적 없는 애송이들에게 모험담을 늘어놓고 있을 거라고 했다. 스스로 정한 침묵의 계율을 깬 데니슨의 탄식은 격하고 음울했다. 사실 데니슨이 정크선에 옮겨 탄 것은 그의 의지와 무관했다. 정크선이 이교도의 해안에 좌초한 것도 그가 선택한 결과는 아니었다. 그러니 데니슨의 비극은 자신에게 닥친 불행 속에서 아무것도 하지 않았다는 것이 아니라, 할 수 있는 일이 전무했다는 점이다. 데니슨의 비극은 나의 것이기도 했다.

"누가 너더러 바다에 나가라고 등 떠민 적 있냐? 바다에서는 네가 무엇을 상상하건 그 이상의 일들이 무시로 벌어진다. 네 좁쌀 대가리로 납득할 수 없는 일도 모두 바다의 일부다. 계집의 혀처럼 날름거리는 파랑(波浪)에 가슴이 벌렁거린 순간부터 우리의 생과 사, 행과 불행은 바다의 것이 되었다. 계집하고 재미보고 나서 네 방망이가 곤두선 것은 네 뜻과 무관하다고 씨부렁거려봐야 열없는 짓이다. 네 뜻과 무관하게 흥분하는 방망이도 네 자신의 일부니까."

에보켄이 말했다.

"요리사 영감은 죽을 때까지 이교도 계집 꽁무니나 쫓아다니쇼."

데니슨이 소리쳤다.

"그것도 나쁘진 않겠군."

에보켄이 말했다.

"요리사 영감이 정크선에 타겠다고 설레발칠 때부터 뭔가 불길하더니 결국 이런 꼴이 되고 말았어."

데니슨이 한숨을 내쉬며 중얼거렸다.

에보켄의 정크선 승선은 온전히 자신의 의지에 의한 것이었다. 또한 에보켄은 스스로의 선택이 가져온 비극조차 고스란히 받아들였다. 에보켄이 긍정하는 것은 자신의 선택이 초래한 비극이 아니라 비극조차도 스스로 선택할 수 있다는 사실이 아닐까?

지난겨울의 추위가 견디지 못할 정도는 아니었으므로 우리는 목화를 팔기로 했다. 목화 판 돈으로 초가집 한 채를 구해 두 계절에 걸친 유숙에 종지부를 찍었다. 중국인의 집에서 나올 때 챙겨야 할 짐은 없었다. 수시로 들락거리던 젊은 관리 덕에 제국의 명운에 관한 풍문을 들을 수 있었던 중국인들은 작별을 아쉬워했다. 우리는 그간의 유숙에 대한 답례로 면포 세 필을 중국인들에게 선물했다. 작별 인사를 할 때 중국인들은 울지 않았다. 우기가 끝나가고 있었다.

7

아침저녁으로 선선한 바람이 불기 시작하던 어느 날 밤 월식이 있었다. 무장하고 입궁하라는 급한 전갈이 왔다. 도성의 거리에는 개미 새끼 한 마리 보이지 않았다. 월식이 이교도들의 게걸스러운 호기심에 빗장을 질렀다. 무장한 국왕 호위대가 궁궐 앞 광장에 집결했다. 활활 타오르는 횃불이 칠흑의 어둠을 환하게 밝혔다. 일촉즉발의 긴장감이 흘렀다.

총사령관이 굳은 얼굴로 하늘을 올려다보았다. 어둠이 먹물 빛 머리채를 풀어헤치는 밤하늘, 달은 점차 지워지고 있었다. 번지는 어둠이 달을 지워감에 따라 대열에서 탄식과 한숨이 새어나왔다. 이제 달은 어둠에 새겨진 손톱자국만 해졌다. 격발 진용을 갖추라는 총사령관의 명령이 떨어졌다. 병사들은 활을 떠난 화살처럼 자리에서 튕겨져 나가 순식간에 격발 대형을 만들었다.

"발사하라!"

총사령관이 발사를 명했다.

병사들이 어둠을 향해 격발할 때 타들어가는 화승의 끝에서 불꽃이 춤을 췄다. 화약 연기가 광장을 가득 메우고 총성이 밤하늘을 찢었다. 격발과 격발 사이의 정적이 맹목적인 난사를 가까스로 견디게 했다. 나는 바위와 같은 침묵이 몹시 그리웠다. 영문도 모른 채 나는 총사령관의 명령에 따랐다. 허공을 향해 격발할 때 격발의 반동으로 어깻죽지가 무너졌다. 어둠의 장막 틈으로 달이 다시 얼굴을 내밀 때까지 과녁 없는 격발은 계속되었다. 어디선가 북소리가 들려왔다. 하늘의 개가 삼켰던 달이 살아 돌아왔다며 병사들이 만세를 불렀다. 병사들은 달을 물어뜯은 어둠의 개를 향해 발사했던 것이다. 어둠의 개는 패퇴했고 달은 무사했다.

토른 출신의 우주학자 코페르니쿠스의 학설에 따르면 월식은 지구가 태양과 달 사이에 들어가 벌어지는 천체 현상이다. 지구의 그림자에 가려 달이 보이지 않는 것이다. 지구의 그림자라! 진리는 시로써만 표현할 수 있는 것일까? 코페르니쿠스의 학설은 과학이라기보다는 시처럼 들렸다. 달이 잠시 지구의 그림자 속에 들어갔던 것이라고 설명하면 이교도들은 어떤 반응을 보일까? 이교도 병사들은 이 왕국을, 아니 이 세계를 구해낸 것처럼 기쁨에 겨워 함성을 질렀다. 적어도 지금 이 순간만큼은 그 어떤 진실도 이들의 자부심에 상처 낼 수는 없을 것이다.

"선장, 이놈이 쏜 탄환이 달을 물고 놓지 않던 그 개의 주둥이를 관통했는데 못 보았소? 선장은 어디를 맞췄소? 혹시 불꽃놀이쯤으로 착각한 것은 아니오? 불꽃놀이는 계집의 환심을 살 때나 하는 수작이오."

에보켄이 소리쳤다.

에보켄은 이제 이교도처럼 말했다. 에보켄의 머릿속에는 요정과 작은 악마들이 마구 뛰어놀았다.

달을 내뱉고 퇴각한 어둠의 개는 흉흉한 소문을 남겼다. 이교도들에게 월식은 상서롭지 못한 징조였다. 월식이나 일식은 전염병, 기근, 전란의 전조로 여겨졌다. 국왕의 신변에 변고가 생겼다는 소문이 퍼졌다. 험악한 소문 속에서 메뚜기 떼가 마을을 습격했고 궁녀는 돼지 꼬리가 달린 아이를 출산했다. 타타르의 10만 대군이 얼음의 강을 향해 진군했고 일본의 함대가 남쪽 해안을 겨눠 발진했다. 소문은 다른 소문을 잡아먹으면서 몸집을 불렸다. 또한 소문은 다른 소문에 잡아먹히지 않기 위해 제 몸집을 부풀렸다. 비대해진 소문에 따르면 얼음의 강 저편에 집결한 타타르 군대는 30만이었고 일본의 함대는 남쪽의 바다를 새까맣게 뒤덮었으며 국왕은 도성을 버리고 근처의 섬에 틀어박혔다. 실제로 피란길에 오르는 자들도 있었다. 도성을 뒤흔들었던 격렬한 총성이 소문을 키웠다. 국왕은 달을 얻고 민심을 잃었다.

며칠 후 국왕이 궁궐 밖으로 행차했다. 소문을 잠재우기 위해서였다. 우기가 끝난 하늘은 높고 맑았다. 궁궐 앞 대로변의 상점들은 빠짐없이 문 닫았고 잡인들의 활보는 봉쇄되었다. 국왕의 행차에 걸림돌이 될 집은 전격 철거되었고 길가 모든 집의 문과 창문은 금지를 뜻하는 중국 문자가 적힌 종이로 봉해졌다. 그 누구도 지고(至高)의 존재, 국왕보다 더 높은 곳에서 국왕을 내려다봐서는 안 되었다. 길바닥은 융단처럼 평평하고 부드럽게 다져졌다. 국왕이 지나갈 길 양편에는 긴 창을 치켜든 병사들이 길을 등진 채 한 걸음 간격으로 도열했다. 구경 인파 속의 거동 수상자를 색출하고 행렬이 무사히 지나갈 수 있도록 공간을 확보하는 것이 그들의 임무였다. 국왕의 가마가 지나갈 때 그들은 뒤를 돌아보아서도 입을 열어서도 안 되었다. 방책처럼 단호하게 늘어선 병사들의 입에는 저마다 버들가지가 물려 있었다. 버들가지를 땅에 떨어뜨리는 자는 죽음으로써 영원한 침묵을 배우게 될 것이었다. 깨끗하고 화사한 옷으로 성장한 백성들이 양 떼처럼 모여들어 국왕의 출현을 고대하고 있었다.

마침내 국왕의 행차를 알리는 나팔 소리가 하늘 높이 솟아올랐다. 그것은 국왕의 건재를 천하에 과시하는 포효였다. 소문이 갉아먹은 국왕의 권위가 복원되는 순간이었다. 국왕의 행차를 위해 차출된 사내들이 국왕의 가마가 지나갈 길에 붉은 흙을 뿌렸다. 태양의 총애를 받는 고귀한 존재인 국왕은 미천한 자들이 밟은 흙 위로 지나가서는 안 되었다.

나팔수들이 지나가고 기병대가 위용을 드러냈다. 말들은 황동 덮개와 금실이 수놓아진 안장으로 치장되었다. 기병들의 금빛 투구와 갑옷이 마른 대기 속에서 번개처럼 번쩍였다. 기병대가 지나갈 때 말발굽 소리가 대지를 두드렸다. 황금색, 청동색, 붉은색, 푸른색, 보라색, 흰색, 검은색의 깃발과 기장(旗章)이 기병대의 뒤를 따랐다. 크고 작은 깃발과 기장에는 용, 호랑이, 봉황, 거북 등이 섬세하게 그려졌다. 이 왕국의 안위를 지키는 수호신들이었다.

깃발과 기장 뒤로 화승총병, 창병, 궁사들로 구성된 보병대가 행진했다. 화승총병들은 가장자리에 금술이 달린 어깨띠를 둘렀다. 창병들의 창에 매달린 붉은 리본이 바람에 경쾌하게 나부꼈다. 궁사들은 챙 넓은 붉은 모자에 잘 다듬어진 꿩의 깃털을 꽂았다.

보병대에 이어 궁중악대가 지나갔다. 갖가지 타악기, 현악기, 관악기가 망라되었다. 궁중악대가 연주하는 음악은 산의 기세처럼 장중하고 강의 흐름처럼 유장했다. 궁중악대 뒤로 국왕의 관리들이 2열 종대로 걸었다. 관리들이 입은 검은 비단옷의 가슴에는 비상하는 학과 대지를 박차는 호랑이가 색색의 실로 수놓아졌다. 관리들의 행렬에 이어 붉은 옷을 걸친 검객들이 날카로운 눈매로 사주를 경계하며 나타났다. 지근거리에서 국왕의 낮과 밤을 지키는 경호 무사들이었다. 그들이 뿜어내는 예리한 검기(劍氣)에 공기마저 서늘해졌다.

드디어 국왕이 탄 금빛 가마가 나타났다. 수십 명의 건장한 사내들이 옮기는 국왕의 가마는 대지에 결박되지 않은 작은 궁전이었다. 황금빛 가마를 치장한 용문(龍紋)이 국왕의 위엄을 드러냈다. 그 뒤로 그와 똑같은 가마가 지나갔다. 국왕은 어느 가마에 타고 있는 것일까? 그것을 알고 있는 것은 국왕의 최측근 몇과 국왕 자신뿐이었다. 국왕이 타지 않은 가마에는 국왕과 같은 차림을 한 자가 타고 있을 것이었다. 시해 음모로부터 국왕을 보호하기 위함이었다. 국왕의 가마는 궁전이자 요새였다. 제아무리 예리한 살의도 국왕의 숨결조차 건드리지 못할 것이었다. 국왕의 가마가 지나갈 때 백성들은 머리를 조아린 채 미동도 하지 않았다. 숨소리조차 들리지 않았다. 저만치 앞서간 기병대의 말발굽 소리와 궁중악대 연주의 여음만이 그들의 공손한 잔등을 토닥거렸다.

우리가 속한 호위대는 화승총을 든 채 가마의 뒤를 따랐다. 이어 왕자들의 가마와 이미 지나간 수만큼의 병사들이 행진했다. 국왕의 행차는 도성의 구석구석을 누비며 흔들리는 민심을 다잡았다. 이 장엄한 행렬은 어둠이 내려앉을 때까지 계속되었다. 땅거미가 지자 병사들이 횃불을 밝혀 국왕의 가마가 궁궐로 돌아가는 길을 어둠의 습격으로부터 엄호했다. 시종과 관리들이 붉고 푸른 천을 씌운 등에 불을 밝혔다. 궁중악대의 연주음이 어둠의 정적 속으로 신성하게 울려 퍼졌다. 석양의 마지막 빛이 스러지는 하늘 아래, 울긋불긋한 등을 내건 국왕의 행렬이 회항하는 개선 함대처럼 도성의 한복판을 장엄하고 유유히 흘러갔다. 백성들이 본 것은 국왕이 아니라 국왕의 권위였다. 그것은 한여름밤의 꿈처럼 스쳐간 환영(幻影)이었다. 환영이 지나간 자리마다 불온한 소문은 씨가 말랐다. 그날 밤 국왕은 야간 통행금지령을 거두었다.

8

도성은 축제 분위기로 떠들썩했다. 행차에 참가한 병사들에게 국왕이 술과 고기를 내려 노고를 치하했다. 국왕의 덕에 대한 칭송이 여기저기서 꽃을 피웠다. 젊은 관리가 우리의 소매를 잡아끌었다. 술을 한잔 사겠다는 것이었다. 에보켄은 반색했고 데니슨은 시큰둥했다. 아리따운 여인들이 술을 따르는 곳이 있다고 했다. 에보켄의 입이 귀에 걸렸다. 데니슨은 숙소에 돌아가 쉬겠다고 했다.

"안 가면 후회할 것이다. 함께 가자."

젊은 관리가 말했다.

"애송아, 이교도 계집이 잡아먹을까 봐 겁나냐?"

에보켄이 말했다.

젊은 관리의 권유와 에보켄의 야유도 데니슨의 발길을 돌리지 못했다. 데니슨에게 이 왕국에서의 삶은 빨리 깨어나기만을 바라는 악몽인지도 몰랐다. 데니슨은 자신에게 닥친 삶의 불운을 납득할 수 없는 것이다. 납득할 수 없었으므로 눈앞의 모든 것을 부정했다. 어린 선원의 도저한 부정 앞에 무기력한 나 자신을 발견한다. 다만 그가 삶 자체를 부정하지 않기만을 바랄 뿐이다.

어둠 속에서 기묘한 소리가 메아리쳤다. 방망이로 뭔가를 두드리는 소리였다. 그 소리는 일정한 리듬을 만들어내며 어둠의 저편에서 쉼 없이 날아올랐다. 소리는 한곳에서 들려오는가 싶다가도 도처에서 들려오는 것 같아서 그 진원지를 짐작할 수 없었다. 젊은 관리에게 물으니 아낙네들이 옷을 손질하는 소리라고 했다. 옷을 방망이로 두들겨 하얗게 만든단다. 방망이질은 밤에만 한다고 덧붙였다. 이 왕국의 사내들을 먹여 살리는 것은 여인들이었다. 여인들의 헌신적인 노동이야말로 이 왕국 살림의 원동력이었다.

젊은 관리가 데려간 술집은 쾌락을 도모하는 자들의 욕망으로 왁자했다. 붉은 비단 저고리를 입은 여인이 우리를 내실로 안내했다. 여인의 머리 모양이 기묘했다. 새끼줄처럼 길게 땋은 머릿가닥을 빙 둘러 차곡차곡 얹은 것이 흡사 검은 뱀이 똬리를 튼 듯했다. 젊은 관리는 붉은 비단 저고리를 입은 여인과 스스럼없이 수작을 주고받았다.

벽과 천장, 바닥까지 엷은 분홍빛이 도는 종이를 발랐다. 방 한쪽 벽에는 바람막이가 세워졌다. 먹으로 그린 그림이 인상적인 바람막이였다. 그림 속에서 나비가 달을 향해 날갯짓하고 바람이 매화를 희롱했으며 눈 맞은 소나무가 바위의 고독을 곱씹었다. 그림의 필치는 사랑을 속삭이는 여인의 숨결처럼 섬세했으며 돌격하는 용사의 장딴지처럼 힘찼다. 가구는 보이지 않았다. 가구 한 점 없이 텅 빈 방은 황량하지 않았다. 방을 도배한 종이 때문이었다. 종이는 아늑한 분위기를 자아냈다. 종이 바른 창문을 햇빛이 적시기라도 하면 방은 애수 어린 매혹으로 물들 것이다. 텅 비었으나 황량함과 거리가 먼 방은 이교도의 모순에 찬 영혼을 비추는 거울이었다. 벽 여기저기에 짧은 글이 적혀 있었다. 먹으로 흘려 쓴 것이었다. 심지어 창문에 바른 종이 위에도 글이 적혀 있었다. 젊은 관리가 그 뜻을 새겨줬다.

이별의 슬픔에 달빛도 얼어붙는 밤
떠난 임 그리는 마음 천리를 헤매고
가없는 열정 심장을 태우는데
창문 두드리는 소리에 버선발로 나서니
임은 간데없고 빗방울만 서럽구나

세상 모든 창문 두드리는 이 비는
얼어붙은 달빛이 녹아 흘러내리는 것인가
천 리 밖 잠 못 이루는 이의 눈물인가
독주처럼 깊고 맑은 내 슬픔
빗방울 되어 임의 창문 두드려볼까나

여인들의 사랑은 사내에 대한 사랑이 아니라 눈물에 대한 사랑이고 슬픔에 대한 사랑이다. 눈물 흘리는 자신에 대한 사랑이고 슬픔으로 야위어가는 자신에 대한 사랑이다. 사내들의 사랑은 여인에 대한 사랑이 아니라 여인의 속살의 부드러움에 대한 사랑이고 여인의 속살에 핀 꽃의 향기로움에 대한 사랑이다. 여인들은 사내들의 품에서 생명을 꿈꾸고 사내들은 여인들의 품에서 죽음을 떠올린다. 문명을 건설하는 것은 사내들이지만 그 문명을 꽃피우는 것은 여인들의 몫이다. 사내들은 새로운 건설을 위해 파괴에 골몰한다. 창문에 적힌 시를 지은 자는 사내가 아니라 여인일 것이었다.

방 한구석에는 현을 팽팽하게 당겨 묶은 나무판이 세워져 있었다. 류트처럼 생긴 그것은 이교도의 현악기였다. 젊은 관리는 그것을 '가야금'이라 불렀다. 에보켄이 줄을 당겨보았다. 줄이 튕기면서 내는 소리는 청명하고 탄력 있었다. 세워놓고 튕기는 것이 아니라 뉘어놓고 튕기는 것이라고 젊은 관리가 설명했다.

"생김새가 계집의 탱탱하게 물오른 허벅지 같지 않소, 선장? 이놈이 어렸을 때 마을에 만돌린 켜는 풍각쟁이가 흘러들어 왔어요. 그 풍각쟁이, 만돌린 연주 솜씨보다는 계집 후리는 솜씨가 일품이었지요. 언젠가 풍각쟁이가 이렇게 말했죠. 이 세상 최고의 악기는 계집의 몸이다. 계집의 몸이야말로 천국의 소리를 낼 수 있는 유일한 악기다. 난 계집들을 보면 어떤 소리를 내는지 궁금해 견딜 수가 없다. 그땐 대체 무슨 말인가 했죠. 사랑을 나눌 때 계집이 내는 교성이야말로 사내를 천국으로 인도하는 복음이지요. 지상에서 천국의 소리를 탐했던 풍각쟁이에게 주의 은총이 함께하길!"

에보켄이 말했다.

잠시 후 화사한 비단옷을 입은 여인 둘이 술상을 내왔다. 여인들은 갓 피어나려는 꽃망울처럼 여리고 싱그러웠다. 짙게 바른 분도 물오른 풋풋함을 감추지 못했다. 그들의 얼굴은 사슴처럼 갸름했고 눈매는 초승달을 닮아 고즈넉했다. 크고 검은 눈동자와 꼭 다문 작은 입술은 슬픈 사연을 머금은 듯했다. 그들의 가냘픈 아름다움에는 우수가 질병처럼 들러붙었다. 화류계 여인들이었다. 일본 게이샤들의 아름다움이 태양의 당돌함을 닮았다면 이들의 아름다움은 달의 수줍음을 닮았다. 두 여인은 언뜻 보아서는 구분할 수 없었다.

여인들이 머리를 숙여 공손히 인사하며 자신들을 소개했다. 젊은 관리가 그들의 말을 우리에게 풀어주었다. 밝은 달, 복숭아꽃. 여인들의 이름이었다. 시적인 낭만으로 충만한 이름이 그들의 눈빛에 깃든 우수를 운명적인 것으로 부각했다. 신기하게도 이름을 듣고 나니 그들을 구별할 수 있었다. '밝은 달'의 이마와 콧날은 명민함으로 빛났다. 찬찬히 보니 '복숭아꽃'의 아랫입술에는 검은 점이 선명했다. 그것은 수줍음의 그늘에서 벼락처럼 피어난 관능의 꽃이었다. '밝은 달'과 '복숭아꽃'이 각자 자리를 찾아갔다. '밝은 달'이 내 앞의 잔에 술을 채울 때 아득한 분내가 코끝을 간질였다.

독한 술의 몽롱한 기운이 젊은 관리의 과묵을 무너뜨렸다. 젊은 관리는 부모가 정해준 여인과 결혼해야 한다고 했다. 젊은 관리의 배우자는 그의 나이 다섯 살 때 정해졌다. 젊은 관리와 한때 연모의 정을 나누던 여인도 부모가 정해준 사내와 이미 결혼했다. 옆집에 산단다. 남쪽 바닷가에 묻혀 지낼 때는 잦아들었던 연정이었다. 그 대상이 지척에서 살아 숨 쉬고 있다는 사실이 사그라진 연정의 불씨에 풀무질 했다. 밤마다 담장 넘는 꿈을 꾼단다. 변치 않은 사랑을 고백하는 편지를 수도 없이 썼지만 단 한 번도 전하지 못했다고 했다. 흉중에 묻어두었던 사연을 털어놓는 젊은 관리에게서는 평소의 침착과 평온을 찾아볼 수 없었다. 부치지 못한 그의 연서(戀書)는 닳고 닳아 누더기가 되었다. 젊은 관리의 심장을 찢는 것은 누더기가 된 연서가 아니라 누더기가 된 연서를 버리지 못하는 미련일 것이다. 젊은 관리는 부러 그 여인의 이웃이 되었는지도 몰랐다.

"강은 건너라고 있는 것이고 울타리는 넘으라고 있는 것이야. 달이 구름에 묻힌 밤을 골라 넘어버리라고. 사랑한다면 뭘 겁내나? 사랑에 빠진 사내가 두려워할 것은 이 세상에 없다네. 다만 그 사랑이 마지막 사랑이면 어쩌나 걱정할 뿐이지."

에보켄이 말했다.

"서신을 보내지 못하는 것은 그 부인도 나와 같은 마음일까 두려워서다."

젊은 관리가 쥐어짜듯 말했다.

이 왕국에서 간통한 자들은 벌거벗겨지고 얼굴에 석회가 칠해진다고 했다. 두 사람의 귀를 화살로 꿴 후 등에 작은 북을 채우고 마을을 돌아다니게 한단다. 마을 사람들은 그들의 등에 매달린 북을 때리며 "이들은 간통한 자들이다"라고 외친다. 형벌은 이에 그치지 않았다. 간통한 자들에게는 볼기 50대가 기다렸다. 간통한 자들의 영혼은 볼기를 맞기도 전에 견딜 수 없는 모욕과 수치로 파괴될 것이었다.

간통의 형벌을 상상하는지 젊은 관리의 얼굴이 고통으로 일그러졌다. 일부일처제를 탐탁지 않게 여기는 에보켄은 야만적인 짓거리라며 흥분했다. 내 생사조차 알지 못한 채 절망에 빠져 있을 아내의 얼굴이 눈에 밟혔다. 소식 끊긴 지 벌써 1년이었다. 아내는 과연 나의 생존을 믿고 있을까?

에보켄은 이렇게 말하곤 했다.

"선장, 이런 말 들어보셨소? 세상에 정숙한 계집은 없다. 왜냐? 정숙한 계집을 원하는 사내가 없기 때문이다."

내 귀환에 대한 희망을 버리는 편이 아내의 장래를 위해 더 나을지도 몰랐다. 내 유일한 희망은 아내가 나에 대한 희망을 버리는 것이었다.

사내들의 침묵으로 분위기가 무겁게 가라앉았다. '밝은 달'이 방구석에 세워진 악기를 가져왔다. 이들이 움직일 때 들려오는 비단 옷자락 사각거리는 소리조차 달빛의 은은함을 떠올리게 했다. '밝은 달'이 잠시 눈 감고 호흡을 고른 뒤 악기를 연주하기 시작했다. 연주음은 악마적인 우수에 젖었다. 탄주음은 태양을 향해 발돋움하는가 싶다가도 달의 심연으로 추락했다. '밝은 달'의 연주가 절정을 구가할 때 온 우주가 슬픔에 잠겼다. 이 여인들은 사내들의 환심을 얻기 위해 웃음을 팔지 않았다. 이교도 여인들이 파는 것은 예술로 승화된 슬픔이었다.

슬픔에 잠긴 우주를 애도하기 위해 나는 독주를 입 안에 털어넣었다. 술의 독한 기운에 숨통이 끊어질 듯했다. 나는 발작적으로 기침을 토해냈다. '복숭아꽃'의 살얼음 같은 얼굴 위로 희미한 미소가 떠올랐다 순식간에 사라졌다. 아름다운 것들의 덧없음이 나를 슬프게 했다. 이 가냘픈 여인들의 애잔한 미소야말로 이 왕국의 보배다. 돌연 심장을 후비는 통증에 숨이 막혔다. 그 격렬한 감정의 정체가 연정인지 욕정인지 나는 분간할 수 없었다. 의미를 분간할 수 없는 감정의 소용돌이가 나를 집어삼켰다. 소용돌이 한복판의 고요 속에서 나는 내 죽음을 보았다. 나는 내 죽음을 사랑할 수 없었다.

9

천고마비! 하늘이 높고 말이 살지면 빛의 제국 사람들은 타타르 군대가 변경을 넘는 것을 경계하며 깊어가는 가을을 탄식했단다. 타타르는 기마족이었다. 타타르 병사들은 말 위에서 사내가 되고 말 위에서 죽었다. 그들은 말 위에서 잠들었고 말 위에서 다음 날의 태양을 맞았다. 타타르 병사들은 달리는 말 위에서 자유자재로 활과 총을 다룬다고 했다. 그들에게 말은 금과도 바꿀 수 없는 재산이어서 타타르 병사들은 중국의 말이 가장 살진 때를 골라 국경을 넘었다.

고대 중국의 황제는 타타르의 약탈을 막기 위해 '끝없는 성'[22]을 쌓았다. 말을 약탈하던 변방의 기마족은 이제 중국을 통째 삼키려 하고 있다. 고대 중국 황제가 쌓았던 '끝없는 성'도 타타르의 야망을 막아내지는 못했다. 중국이라는 거대한 함선은 좌초 위기에 몰렸다. 황제의 권위는 광채를 잃었고

---

22) 만리장성.

군대의 사기는 땅에 떨어졌다. 각개 전투의 패배조차 제국의 존망에 치명적일 만큼 상황은 엄중했다. 지난 전쟁의 패배로 타타르 왕에게 형제의 예를 약속한 국왕은 그러나 제국의 부활을 의심하지 않았다. 국왕은 타타르 왕에게 조공을 바치면서도 제국 군대를 암암리에 지원했으며 군사를 모으고 성을 정비했다.

우기 동안 중단되었던 군사 훈련이 재개되었다. 타타르에 대한 들끓는 증오가 훈련을 실전과 구별할 수 없게 했다. 이 왕국의 불행은 친절한 이웃을 갖지 못했다는 데 있다. 이 왕국의 곤궁한 운명은 네덜란드의 그것과 닮았다. 그러나 운명을 맞이하는 방식은 달랐다. 네덜란드는 바다에서 구원을 얻고자 했으나 이 왕국은 살아서 구원을 갈구하지 않았다. 이 왕국의 이교도들은 오직 죽은 자만이 구원을 얻을 수 있다고 믿는다. 그리하여 죽음이 다가오는 것을 기다리느니 죽음을 스스로 찾아나선다. 사자의 영혼을 가진 이교도 병사들도 다가오는 죽음을 숨죽여 기다리기는 두려운 것이다. 경계해야 할 적은 다가오는 적이 아니라 다가오는 적을 기다리는 그들 자신이었다.

기다려야 할 적도 찾아나서야 할 적도 없는 나에게는 매 순간이 모두 적이었다. 나의 적은 이교도의 뭍에 지천으로 널린 무의미한 시간이었다. 지나간 적의 시체를 밟고 새로운 적이

들이닥쳤다. 새로 당도한 적도 다가올 적에게 죽음으로써 기꺼이 등을 내줄 것이니 애당초 승산은 나에게 있지 않았다. 그러나 패배도 내 수중의 것이 아니었다. 지나간 적은 결코 나에게 패배를 안겨줄 수 없다. 나에게 패배를 안겨줄 수 있는 것은 아직 당도하지 않은 적, 다가올 적뿐이리라.

간밤에 번을 서던 병사 둘이 호랑이에게 습격을 당했다. 한 명은 목이 뜯긴 채 절명했고 다른 한 명의 시체는 보이지 않았다. 우거진 소나무 숲 쪽으로 핏자국이 선명했다. 목이 뜯긴 시체를 본 병사들은 공포에 질렸다. 국경 너머 타타르의 10만 대군보다 숲속에 도사린 호랑이 한 마리가 더 무서웠다.

즉각 호랑이 토벌대가 조직되었고 사냥꾼 출신 화승총병들이 저격수로 차출되었다. 호랑이와 맞닥뜨린다면 격발의 기회는 단 한 번뿐일 것이니 단 한 번의 격발로 호랑이의 숨통을 끊어야 했다.

데니슨이 자원했다. 토벌대장은 데니슨에게 매복 사격의 임무를 줬다.

"애송아, 달아날 때는 바람이 불어가는 쪽으로 튀어라."

에보켄이 말했다.

"호랑이한테 등을 보이는 일은 없을 테니 걱정 붙들어 매쇼, 색골 영감."

데니슨이 총을 어루만지며 말했다.

"너무 무리하진 마라."

내가 당부했다.

"한 방이면 충분할 겁니다."

데니슨이 호기롭게 장담했다.

데니슨의 얼굴은 생기가 돌았고 눈빛은 활기를 되찾았다. 삶의 싱싱한 열정이 데니슨의 온몸을 으스러뜨릴 듯 휘감았다. 호랑이가 살아 있는 한 데니슨의 눈빛은 스러지지 않을 것이었다.

곧바로 추적이 시작되었다. 추적꾼이 호랑이의 흔적을 더듬었고 매복 사격조가 산의 속살 깊이 파고들었다. 나머지 병사들은 몰이꾼의 임무를 맡았다. 병사들은 팔 하나 간격으로 늘어서 산자락을 포위한 채 천천히 전진했다. 병사들은 북과 나팔과 징을 쳐대고 함성을 내질렀다. 병사들의 함성에 놀란 꿩이 허공으로 솟구쳤고 사슴과 노루가 튀어나왔다. 바람이 몰이꾼들의 등 뒤에서 불어왔다. 산을 흔드는 소음과 숲을 집어삼킨 인간의 냄새가 호랑이를 궁지로 몰아넣을 것이다. 매복 사격조는 호랑이가 달아날 길목을 지키게 될 것이었다.

산속에서 밤은 빨리 찾아왔다. 어둠이 내리기 시작하자 병사들은 횃불을 치켜들었다. 천지를 뒤흔들던 함성은 이제 불안한 침묵으로 바뀌었다. 행군의 속도를 조절하기 위해 간헐적으로 울려 퍼지는 나팔 소리의 쓸쓸함이 오히려 어둠의 진군을 재촉하는 것만 같았다. 어둠은 호랑이의 든든한 원군이었다. 병사들의 가슴에는 동요의 싹이 움텄다. 불안과 초조가 병사들의 발걸음을 무겁게 했다. 산속의 밤공기는 차가웠다. 한기가 옷섶을 파고들었다. 호랑이는 계곡을 타고 이미 산을 빠져나갔는지도 몰랐다. 병사들로서는 그편이 나을 수도 있었다. 걸음을 옮길 때마다 발밑에서 마른 나뭇잎이 바스락거렸다. 나뭇잎 밟는 소리에도 신경이 칼날처럼 곤두섰다.

늦은 저녁을 먹기 위해 잠시 휴식을 취했다. 식사는 윤기 잃은 주먹밥이 전부였다. 병사들은 모래알 같은 밥알을 씹지도 않고 허겁지겁 삼킨 후 짧은 휴식에 대한 미련을 뒤로하고 행군을 재개했다. 호랑이를 몰고 있다는 생각은 사라진 지 오래였다. 어둠의 본대에 포위된 병사들은 호랑이와 마주치지 않기를 바랄 뿐이었다.

속보 행군을 명하는 나팔 소리가 귓전을 때렸다. 호랑이의 흔적이 발견된 것이다. 병사들은 능선을 미끄러지듯 타고 내려가 계곡 쪽으로 압박해 들어갔다. 숨죽였던 북소리가 되살아나고 나팔 소리는 다급해졌다. 병사들은 구르다시피 달려 내려갔다. 호랑이가 드디어 덫에 걸려들었다.

지옥문에서 새어나오는 듯한 비명이 달빛을 찢어발겼다. 계곡 쪽이었다. 단말마의 비명이 꼬리를 물었고 비명 사이로 총성이 울려 퍼졌다. 숨이 턱밑까지 차오르고 심장이 터질 것만 같았다. 한달음에 계곡으로 내려갔다.

널따란 바위 위에 호랑이가 쓰러져 있었다. 털이 눈처럼 흰 호랑이였다. 아름다운 털이었다. 흰 털 때문에 얼룩무늬가 찍어놓은 듯 도드라졌다. 나도 모르게 절로 탄식이 새어나왔다. 호랑이는 한쪽 눈알이 날아갔다. 눈알이 있던 자리에서 피가 콸콸 솟구쳐 계곡물을 붉게 물들였다. 호랑이 주위에는 저격병의 시체가 널려 있었다. 팔이 떨어져나간 시체도 있었고 다리가 누더기가 된 시체도 보였다.

호랑이 머리맡에 데니슨이 넋이 나간 채 주저앉아 있었다. 데니슨의 상의가 찢겨 너덜너덜했다. 데니슨의 총탄이 두개골을 박살내기 전 호랑이는 세 명의 저격병을 제압했다. 그들이 쏜 세 발의 총알은 그들의 목숨을 구하지는 못했으나 데니슨에게 결정적 한 방의 시간을 벌어주었다. 허공에서 떨어지면서도 호랑이는 데니슨의 어깨를 으스러뜨렸다. 데니슨의 어깨에 호랑이의 발톱 자국이 또렷했다.

데니슨이 어둠 속에서 비틀거리며 걸어 나오자 이교도 병사들이 슬금슬금 비켜섰다. 병사들이 수군거렸다. 수군거리는 병사들의 표정이 밝지 않았다. 이교도 병사들의 어두운 얼굴에서 낭패와 당혹의 빛이 지워지지 않았다. 호랑이의 주검 앞에 무릎 끓고 합장하는 자도 있었다. 낭패와 당혹이 경이의 찬탄을 잠재웠다.

이교도들에게 털이 흰 호랑이는 신성한 존재였다. 신성한 존재는 숭배의 대상이지 도륙의 대상이 아니었다. 목숨을 잃은 세 명의 병사들은 신성한 존재에 총탄을 박아 넣는 대신 기꺼이 죽음을 택했다는 말까지 떠돌았다. 이교도들은 데니슨의 생존을 경원함으로써 그들의 죽음을 찬양했다. 변을 서다 먹잇감이 된 동료 병사의 주검 앞에서 들끓던 분노는 신성한 존재의 주검 앞에서 순식간에 증발해버렸다. 이교도들은 털이 흰 호랑이를 되살릴 수만 있다면 기꺼이 제 목숨을 부활의 제단에 바칠 태세였다.

이교도들은 눈이 영혼의 집이라고 믿었다. 호랑이의 눈을 쏘는 것은 사냥꾼들 사이에서도 금기였다. 눈알이 날아가 죽은 호랑이의 영혼은 별이 되지 못하고 호랑이를 죽인 자의 육체에 갇힌다고 했다. 신성한 영혼이 천상의 별이 되지 못하고 지상의 감옥에 갇히는 것은 우주의 질서를 거스르는 일이라고도 했다. 이교도들의 믿음에 따르면 데니슨의 죽음만이 어긋난 우주의 질서를 바로잡을 수 있을 것이었다. 그것은 건강한 믿음이 아니라 야만적 맹신이었다. 나는 저들의 맹신이 두려웠다. 나의 두려움은 믿음의 내용이 아니라 믿음의 맹목에 기인했다. 궁극에는 저들의 맹목 또한 두려움에 근거한 것이었다. 때문에 나는 나의 두려움을 증오했다. 이교도들이 내뱉는 우려의 말이 들려오면 나는 귀를 씻었다. 데니슨의 상처는 더디게 아물어서 한동안 한쪽 팔을 쓰지 못했다. 에보켄이 데니슨을 혈육처럼 돌보았다. 귀를 씻는 날이 잦았다. 이교도 병사들은 데니슨을 '호랑이의 눈'이라 불렀다.

10

포격 훈련 도중 총사령관이 나를 찾았다. 총사령관은 대장 막사에서 나를 맞았다. 막사에는 젊은 관리도 와 있었다. 젊은 관리가 나에게 목례를 보냈다. 젊은 관리의 눈빛에는 수심의 흔적이 역력했다. 꽃피우지 못한 열정에 겨워 젊은 관리의 얼굴은 수척했다. 사랑받는 자는 사랑받는다는 사실을 숨길 수 있지만 사랑하는 자는 사랑한다는 사실을 감출 수 없다. 그러니 감출 수 있는 사랑은 사랑이 아니다. 독한 열정에 사로잡힌 자들이 그러하듯 젊은 관리는 얼이 빠졌다. 젊은 관리의 연서는 아직 담장을 넘지 못한 것이 분명했다.

"지난번 땅바닥에 그렸던 대포를 종이 위에 그려보라."

총사령관이 말했다.

막사 가운데에 놓인 나무 탁자 위에는 종이, 붓, 먹물이 준비되어 있었다.

왕립해군학교에서 나는 유럽 각국 군대의 대포를 직접 볼 수 있었다. 스페인 무적함대에 장착되었던 대포는 긴 사정거리를 자랑했다. 무적함대는 월등한 사정거리를 십분 활용하기 위해 근접전을 피하고 원격전을 선호했다. 뱃전과 뱃전이 격하게 부딪히고 적이 내뱉는 저주와 욕설이 귓전을 때리는 돌격전은 그들의 스타일이 아니었다. 스페인 전함은 닻을 들고 날아오르는 천사와 화관을 쓴 인어가 정교하게 조각된 나무 장식으로 화려하게 치장되었다. 그들에게 전함은 아름다운 신부였고 전투는 우아한 스포츠였다. 스페인의 무적함대가 대포의 정확도보다 사정거리에 신경 쓴 것은 그들의 주된 전장이 지중해처럼 온순한 바다였기 때문이다. 온순한 바다에서 포격의 정확성은 절박하지 않았다. 반면 영국 함대와 네덜란드 함대는 멀리 쏘기보다는 정확한 타격을 원했다. 북해와 영국해협은 바람이 드세고 파도가 높았기 때문이다. 규모보다 효율을 중시하는 네덜란드 함대는 정확히 타격하고 신속하게 빠지는 기동전을 핵심 전술로 채택했다.

1588년 5월, 132척의 무적함대가 위풍당당하게 리스본을 떠났다. 주력함의 총 배수량이 1만 5천 톤에 육박했다. 총 2761문의 대포를 장착했으며 7천8백여 명의 선원과 2만 6천여 명의 수병이 동원되었다. 함대라기보다는 바다 위의 요새였다. 그러나 떠다니는 난공불락의 요새, 무적함대는 네덜란드와 영국의 연합 함대에 의해 재기불능의 궤멸적 타격을 입었다. 무적함대가 발사한 포탄은 대부분 북해의 거친 바다에 하릴없이 수장되었고 무적함대를 겨냥한 포탄은 어김없이 날아들었다. 리스본을 떠났던 배 중 3분의 1만 회항할 수 있었다. 신대륙과 인도로 가는 길목을 지키던 무적함대의 몰락으로 한 시대가 막을 내리고 새로운 시대가 열렸다.

나는 먹물 적신 붓으로 네덜란드 함대의 대포를 그렸다. 내가 그린 것은 단순한 무기가 아니라 새로운 시대정신이었고 우아함이 아니라 효율성이었다. 대포의 포신은 길었지만 늘씬했고 구경은 컸지만 날렵했다. 긴 포신은 짧지 않은 사정거리를, 포문으로 갈수록 작아지는 구경은 정밀한 타격을 약속할 것이었다.

"너의 대포가 믿음직스럽다."

총사령관이 말했다.

총사령관은 내 그림에 흡족해했다. 내가 그린 대포를 유심히 들여다보고 나서 다음과 같이 말했다.

"우리 수중의 대포는 병사들의 용기에 미치지 못한다. 용기로 적의 예기를 꺾을 수는 있겠지만 적의 전의를 뿌리 뽑을 수는 없다. 전쟁에서 명사수는 백 명의 목숨을 구하지만 좋은 총은 백 명의 명사수를 구하고 명포수는 천 명의 목숨을 구하지만 좋은 대포는 천 명의 명포수를 구한다. 너희가 타고 온 배를 태울 때 무시무시한 폭발이 있어 그 소리가 하늘을 무너뜨리고 바다를 밀어냈다고 들었다. 우리의 용기에 값하는 대포가 필요하다. 적의 전의를 박멸할 수 있는 대포가. 지원을 아끼지 않을 테니 경천동지할 대포를 만들라."

나는 대포를 만든 적이 없었다. 제작 과정을 어깨너머로 일별한 것이 고작이었다.

"나에게는 대포를 만들 능력이 없다."

내가 말했다.

"그 형상을 이미 가지고 있는데 어찌 만들 수 없단 말인가? 형상이 물질을 좇는 것이 아니라 물질이 형상을 좇는 법. 모름지기 물질이란 합당한 형상이 주어지면 그 안에 자연히 깃들게 마련이다. 네가 가진 대포의 형상이 이처럼 훌륭하니 실물로 빚어내기는 어렵지 않을 것이다. 전투 훈련을 면해줄 것이니 당장 내일부터 화포장들과 합심해 대포를 제작하라."

총사령관이 말했다.

그것은 부탁이 아니라 명령이었다. 총사령관의 명령이 내가 이교도 전사라는 사실을 새삼 일깨웠다. 총사령관의 엄한 표정은 나의 복종을 요구했다. 나에게는 더 이상의 항변이 준비되어 있지 않았다. 나에게 주어진 농담 같은 운명을 나는 침묵으로써 받아들일 수밖에 없었다.

무(武)의 길을 접겠다고 하자 아버지는 자신의 뒤를 이어 배를 만들라고 종용했다. 아버지는 가족보다 배를 더 사랑한 사람이었다. 내가 태어나던 순간에도 어머니가 열병으로 사경을 헤맬 때도 아버지는 배의 삭구를 다듬었다. 전쟁에서 한쪽 팔을 잃어 더 이상 배를 만들 수 없게 되었을 때 나는 아버지가 삶을 포기하지 않을까 걱정했다. 그러나 아버지는 내가 짐작했던 것보다 강한 사람이었다. 아버지는 내가 생각했던 것만큼 배를 사랑하지 않았는지도 모른다. 그런 상상이 나를 더욱 못 견디게 했다. 아버지의 얼굴을 똑바로 바라보며 나는 말했다.

"배를 만드느니 차라리 배를 부수는 대포를 만들겠어요."

아버지의 기대에 부응하기 위해 나 자신을 속일 수는 없었다. 그러나 이제 나는 이교도들을 위해 대포를 만들어야 한다. 나에게는 모든 것이 장난처럼 여겨졌다. 이 모든 장난이 언제 어떤 방식으로 끝장날 것인지 궁금했다. 무의미한 장난이 막 내리면 이 세계는 과연 무엇으로 지탱될 것인지 알고 싶었다.

"동료들과 함께 일할 수 있도록 해주시오."

나는 총사령관에게 청했다.

"그리하라."

총사령관이 대답했다.

"선장 그림 솜씨 덕에 팔자에도 없는 대장장이가 되게 생겼구려. 그나저나 어쩔 셈이오? 정말 대포를 만들 수 있겠소? 대포라면 아랫도리에 붙은 물대포밖에 모르니 이놈은 선장만 믿소. 선장도 딱하지만 선장에게 대포를 만들라는 자들은 더 딱하오. 일 돌아가는 꼴이 요지경입니다. 이놈이야 한뎃잠과는 이별이니 더 바랄 것이 없지만."

에보켄이 말했다.

에보켄은 대포를 만들어야 한다는 사실에 실소를 금치 못하면서도 군사 훈련으로부터 자유로워진다는 것에 만족했다. 그러나 데니슨은 훈련장을 떠나지 않겠다고 고집 부렸다.

"나는 여기가 좋습니다. 내가 있어야 할 곳은 대장간이 아니라 여깁니다."

데니슨은 끝내 뜻을 굽히지 않았다. 이교도들의 믿음대로 죽은 호랑이의 영혼이 데니슨의 몸에 깃든 것일까? 나는 데니슨의 강고한 눈빛에서 죽은 호랑이의 영혼을 본다. 데니슨은 딴사람 같았다. 데니슨의 말 한 마디 한 마디에는 강철 같은 의지가 담겨 있었다. 나는 설득을 포기했다. 호랑이를 잡고 데니슨은 진정한 전사가 되었다. 에보켄도 데니슨을 조롱하는 짓을 삼갔다. 데니슨의 침묵이 나를 불안케 했지만 그나마 그의 침묵이 어울리는 곳은 화약 냄새 진동하는 사격 훈련장뿐이었다.

11

다음 날 나는 에보켄과 함께 화포를 제작하는 대장간을 찾아갔다. 젊은 관리가 우리를 맞았다. 수시로 우리를 찾아가 도우라는 총사령관의 분부가 있었다고 했다. 총사령관이 우리에게 거는 기대가 크다는 것이었다. 편지는 전했느냐고 에보켄이 물었다. 젊은 관리가 얼굴을 붉히며 고개를 끄덕였다. 에보켄이 젊은 관리를 와락 껴안았다.

"드디어 사내구실을 했구만. 숨어서 눈물짓고 가슴 쥐어짜는 짓은 계집들이나 할 일이지. 용기 있는 자만이 미인을 얻는 법이야."

에보켄이 제 일처럼 기뻐했다.

젊은 관리의 얼굴에 드리워졌던 수심의 그늘이 말끔히 걷혔다. 이제 젊은 관리에게 필요한 것은 인내심이다. 산 같은 인내심으로 사랑의 여신이 보내는 답장을 기다려야 할 것이었다. 기다려야 할 것이 있다는 것은 진정 행복한 일이 아닐 수 없다.

화포장의 우두머리는 백발의 노인이었다. 화상의 흉터로 얼굴 반쪽이 일그러졌다. 벗겨진 피부 위로 죽은 살이 고스란히 드러났다. 한쪽 눈두덩이 짓물러 눈을 덮었고 코는 주저앉았다. 일본과의 7년 전쟁이 남긴 상흔이라고 했다. 전쟁이 노인에게 남긴 상처는 그뿐이 아니었다. 도자기공이던 노인의 아들은 일본군에게 잡혀갔고 며느리는 일본군에게 욕 당한 뒤 혀를 물어 자결했다. 졸지에 고아가 된 두 명의 어린 손자가 아니었다면 진작 실성했을 것이라고 젊은 관리가 말했다. 사실 지금도 정신이 오락가락하는 것 같다고 했다. 노인은 본래 도공이었다.

노인의 얼굴에 생긴 흉터는 빙산의 일각일 터. 전쟁은 보이지 않는 곳에 더 많은 흉터를 남긴다. 노인의 심장은 살아남은 자의 비애로 새까맣게 타들어갔을 것이다. 흙은 생명을 돌보지만 쇠는 생명을 파괴한다. 살육의 지옥에서 살아남은 자는 쇠의 잔혹에서 생존의 교훈을 얻는다. 이 왕국의 수난의 역사는 필부들의 몸에 고스란히 새겨졌다. 역사는 양피지나 종이가 아니라 역사가 돌보지 않은 자들의 몸에 기록된다. 노인은 자신의 불우한 내력을 들추는 대화에는 아랑곳하지 않은 채 흙 반죽에만 몰두했다. 내가 노인의 눈치를 보자 젊은 관리가 이렇게 말했다.

"괜찮다. 듣지 못한다. 폭발의 충격으로 소리를 잃었다. 소리를 잃은 탓에 말도 잃었다."

"노인이 빚고 있는 것은 무엇인가?"

내가 물었다.

"화포의 주형을 빚고 있다."

"흙으로 어찌 대포의 형상을 만들 수 있는가?"

"흙을 화포 모양으로 빚은 후 뜨거운 불에 구워 단단하게 만든다. 그것에 쇳물을 부어 화포를 만든다."

노인은 능숙한 솜씨로 흙을 반죽했다.

"선장, 이 노인은 흙을 밀가루 다루듯 합니다. 이 노인이 요리를 했다면 천하제일의 요리사가 되었을 것입니다."

에보켄이 말했다.

나는 숨죽인 채 노인의 손놀림을 지켜보았다. 이 왕국에 온 후 일을 하는 사내를 본 것은 그때가 처음이었다. 주름이 자글자글하고 검버섯이 내려앉은 노인의 앙상한 손은 채 베어내지 못한 삭정이 같았지만 노인의 손재주는 경이로웠다. 두툼한 약실과 격목을 끼우게 될 격목통, 그리고 마디가 다부진 부리까지, 재게 놀리는 노인의 손에 의해 흙덩이는 점차 대포의 형상으로 변해갔다. 대포 주형을 빚어내는 노인의 얼굴에는 신성한 기운마저 감돌았다. 우리는 노인이 작업을 마칠 때까지 잠자코 기다렸다.

작업을 마친 노인은 우리에게 눈길도 주지 않은 채 담뱃대를 꺼내 담배를 채우고 불을 붙였다. 담뱃대의 부리를 빨 때 볼이 움푹 패어 얼굴의 흉터가 더욱 도드라졌다. 담배 연기를 내뿜는 노인의 눈빛은 꿈속을 헤매는 것 같았다. 젊은 관리가 헛기침을 뱉으며 소매에서 두루마리를 꺼냈다. 둘둘 말린 종이를 펼쳐 노인의 눈앞에 내밀었다. 내가 대포를 그렸던 종이였다. 내가 그린 대포를 물끄러미 응시하던 노인이 손사래를 쳤다. 젊은 관리가 노인의 귀에 대고 총사령관의 분부라고 고함쳤다. 노인은 꿈쩍도 안 했다.

"선장의 그림이 마음에 들지 않나 봅니다."

에보켄이 말했다.

"하루에 하나만 만든다고 한다. 국왕의 명령이라 해도 고집을 꺾지 않을 것이다."

젊은 관리가 푸념했다.

우리는 대장간 구석구석을 둘러보았다. 웃통을 벗은 사내들이 땀을 쏟으며 풀무질했다. 가마에서는 주형이 구워졌고 용광로에서는 주형에 부을 쇳물이 펄펄 끓었다.

"주형을 매번 구워야 하는가?"

내가 젊은 관리에게 물었다.

"그렇다. 주형 하나로 두 문의 대포를 얻을 수는 없다."

젊은 관리가 대답했다.

"선장, 이자들은 대포를 파이 굽듯 하는군요. 이자들이 점점 맘에 듭니다. 이자들은 하나같이 시인, 예술가들입니다."

에보켄이 말했다.

흙으로 빚은 주형은 대포가 완성되면 깨뜨려야 했다. 에보켄의 말대로 이교도들은 무기를 만드는 것이 아니라 예술품을 만들고 있었다. 나는 이교도들의 순진한 수고가 가여웠다.

"하나의 틀로 백 자루의 대포를 얻을 수 있다."

내가 말했다.

"너의 말이 허황되다. 어찌 하나의 틀로 백 문의 대포를 얻을 수 있는가?"

젊은 관리는 내 말을 믿지 못하겠다는 태도였다.

"천 자루의 대포도 얻을 수 있다."

내가 웃으며 말했다.

12

며칠 후 다시 대장간을 찾아갔다. 화포장 노인은 내가 그린 대포와 똑같이 생긴 주형을 그새 만들어냈다. 일별만으로도 완벽하게 재현해내는 솜씨에 소름이 돋을 지경이었다. 노인이 만들어낸 주형은 네덜란드 함대의 대포보다 작았다. 내가 실물 크기대로 그리지 않았기 때문이었다. 노인은 자신들이 제작하던 대포의 크기에 맞춰 주형을 만들었던 것이다.

이교도의 대포는 네덜란드 함대의 대포보다 짧고 투박했으며 구경도 작았다. 짧은 포신과 작은 구경 때문에 대포는 철환을 견디지 못할 것이다. 철환은 제작이 쉽고 제작비도 쌌다. 그러나 대포가 견디지 못하면 무용지물이었다. 철환은 멀리 날아가지 못할 것이고 포강은 몇 번의 발사에도 쉬이 마모될 것이 자명했다.

훈련 때도 이교도들은 철환 대신 납탄을 사용했다. 납탄은 철환보다 가벼워 멀리 날아가고 타격 시 산산이 부서져 치명적이었다. 그러나 제작에 돈이 더 들고 파괴력이 떨어졌다. 성을 부수거나 적의 전함을 격침시키는 데에는 철환의 묵직함이 요긴했다. 수많은 침략에 시달려온 이 왕국의 전략과 전술은 방어를 위한 것이었다. 공성보다는 수성이 화급해서 대포의 전술적 사용은 대인 살상에 초점이 맞춰졌다. 따라서 산탄을 주로 사용했다. 심지어 대포로 다수의 화살을 쏘기도 했다. 그러나 성을 포위한 적이 사정거리를 허락하지 않은 채 더 긴 사정거리의 대포로 공격해오면 속수무책이었다. 산탄은 적에게 명중하지 않으면 무력했다.

노인이 만든 주형으로 대포 한 자루를 얻었다. 대포의 성능을 시험해보기로 했다. 대량 생산은 대포의 성능을 확보한 연후의 문제였다. 새로 제작한 대포의 구경에 맞는 철환도 만들었다. 포대에 나무 바퀴를 달아 대장간 뒤 개활지로 대포를 끌고 갔다.

총사령관이 전갈을 듣고 달려왔다. 젊은 관리도 함께 왔다.

총사령관은 대포 제작의 신속함에 놀라움을 표하며 그간의 노고를 치하했다. 국왕도 우리가 새 대포를 개발하고 있다는 사실을 알고 있으며 각별한 관심을 보였다고 말했다. 총사령관의 얼굴에는 기대와 우려가 교차했다.

하늘은 구름 한 점 없이 청명했다. 대체 나는 여기서 무슨 짓을 하고 있는 것인가? 불현듯, 쉬이 답을 구할 수 없는 의문이 머리를 어지럽혔다.

"국왕까지 관심을 갖게 되었다니! 선장, 일이 너무 커지는 것 아닙니까? 어째 사기라도 치는 기분입니다. 그 짓하다 계집의 서방이라도 맞닥뜨린 꼴이랄까."

에보켄이 귀엣말을 했다.

나는 입을 다문 채 대포에 탄환을 장전하는 과정을 주의 깊게 바라보았다. 애당초 나는 화포장이 아니라 항해사였다. 내가 아는 것은 망망한 바다에서 물길을 열고 나아가는 법이었다. 대포는 단순한 외관과 달리 정교한 병기다. 대포의 형상이 대포의 성능을 담보할 수는 없을 것이었다. 그러나 이미 돌이킬 수 없었다. 바다로 나온 순간부터 내가 돌이킬 수 있는 것은 아무것도 없었다. 그 참기 힘든 사실이 가끔은 위안이 되기도 한다. 돌이킬 수 없는 일들은 돌이킬 수 없다는 점 때문에 나를 절망에서 구원한다.

대포의 시험을 위해 숙련된 포병들이 차출되었다. 총사령관의 명을 좇아 포병들은 군더더기 없는 동작으로 포격을 준비했다. 병사들이 대포의 내부를 말끔하게 닦아냈다. 불순물은 불발의 원인이 되기 때문이었다. 도화선을 발화 구멍에 집어넣은 후 밖으로 노출된 부분을 구부리고 종이를 붙여 고정시켰다. 장약할 때, 화약을 다루는 병사들의 손길은 조심스러우면서도 확신에 차 있어 일말의 주저나 망설임을 찾아볼 수 없었다. 잘 훈련된 병사들이었다. 긴 나무 막대로 화약을 눌러 다지고 그 위에 흙을 채웠다. 흙은 화약이 터질 때 발생하는 가스의 누출을 막아 폭발의 힘이 고스란히 탄환에 전해지게 한다. 흙 대신 원통 모양의 나무판을 끼우기도 했다. 격목을 사용하면 발사된 탄환이 안정된 궤도를 확보할 수 있지만 사정거리가 짧아졌다. 철환을 대포에 집어넣고 도화선에 붙였던 종이를 떼어냈다. 발포 준비는 끝났다. 도화선에 불을 붙이는 일만 남았다.

병사들과 화포장들이 뒷걸음으로 대포로부터 물러났다. 침 삼키는 소리조차 들리지 않았다. 정적으로 얼어붙은 들판에는 부신 햇빛만 가득했다. 도화선은 이미 내 머릿속에서 불꽃을 일렁이며 타들어가고 있었다. 팽팽하게 부풀어오른 심장이 금세라도 터질 것만 같았다. 나는 두 눈에 바투 힘을 줬다.

"발포하라!"

총사령관의 외침이 정적을 깨부쉈다.

포병이 들고 있던 횃불로 도화선에 불을 붙였다. 도화선이 불꽃을 일으키며 타들어가는가 싶더니 폭발음과 함께 철환이 허공을 갈랐다. 포탄이 제 궤도에 온전히 오르지 못하고 땅바닥에 곤두박질쳤다. 포탄이 날아간 거리는 100바뎀도 채 안 될 듯했다. 참혹한 결과였다. 대포로서 제 구실을 하기 위해서는 사정거리가 적어도 1000바뎀은 넘어야 할 것이었다. 여기저기서 실망의 탄식이 터져나왔다. 포격은 실패였다. 포신이 식기를 기다린 후 총사령관이 재발포를 명했다.

"화약의 양을 늘려라!"

포병들이 굳은 얼굴로 전과 같은 동작을 반복했다. 도화선을 연결하고 화약을 다져넣고 탄환을 장착하는 일련의 동작을 기억하는 것은 그들의 머리가 아니라 몸이었다. 반복된 훈련을 통해 발포의 과정이 그들의 근육과 힘줄에 각인되었다. 총사령관의 지시대로 지난 발사 때보다 더 많은 화약을 장약했다. 늘어난 화약이 탄환을 더 멀리 밀쳐낼 것인가. 결과는 신만이 아실 것이었다.

총사령관의 발포 명령이 떨어지기 무섭게 도화선에 불이 붙고 거대한 폭발음이 터져 나왔다. 포탄은 150바뎀쯤 날아가다 추락했다. 세 차례 더 발포했지만 사정거리는 늘어나지 않았다. 발사의 다급함을 감당하지 못해 포신이 뒤틀리고 포강이 일그러졌다. 화약의 양을 무리하게 늘린 탓이었다. 탄환의 사정거리를 제고하는 것은 화약의 양이 아니라 화약의 질이며 무엇보다 포신의 길이와 구경과의 조화다. 포 길이와 구경의 황금 비율을 찾아내야 했다. 새 대포의 시험 발포는 실패로 돌아갔지만 총사령관은 실망의 빛을 애써 감추며 말했다.

"오늘의 실패가 내일의 성공을 더욱 빛낼 것이다. 화포장들은 낙담하지 말고 더욱 분발하라."

총사령관은 포병들에게 철수를 지시하고 말에 올랐다.

"저희는 어떻게 합니까?"

에보켄이 물었다.

"너희는 이제 포병이 아니라 화포장이다. 대포를 쏘는 것이 아니라 대포를 만드는 것이 너희 임무다. 주어진 임무를 다하라."

총사령관이 답했다.

가을이 저물도록 나는 대장간에서 대포와 씨름했다. 길이와 구경의 황금 비율을 찾기 위해 부심했지만 기왕 만들어진 대포는 또 다른 대포를 만들어야 할 당위에 불과했다. 대포의 형상이 대포의 실체를 구하지 못했고 실패가 반복됨에 따라 내가 가진 대포의 형상마저 미심쩍어졌다.

이교도 땅에서 두번째 겨울을 맞았다. 바람이 매섭고 눈이 잦았다. 도성 밖의 거대한 강이 얼어붙었다. 얼음에 구멍을 내 물고기를 낚기도 했다. 얼어붙은 강 위에서 아이들이 썰매를 탔고 바람이 가파른 날은 강 위로 형형색색의 연이 날아올랐다. 이교도들은 불행을 막기 위해 까마득히 날아오른 연의 줄을 끊었다. 줄이 끊긴 연은 불투명한 미래의 불운을 껴안고 보이지 않는 곳으로 아스라이 사라졌다. 겨우내, 보이지 않는 것을 겨냥해 쏘아올린 포탄은 어김없이 보이는 곳에 떨어졌다. 소득 없이 해를 넘겼다.

13

반복되는 것들의 반복이 또렷해질수록 삶의 기미는 희미해졌다. 계절은 뒤도 돌아보지 않고 줄행랑쳤다 탕아처럼 슬그머니 돌아왔다. 반복되는 것은 계절만이 아니었다. 뜨고 지는 태양이 지배하는 수많은 나날은 서로 크게 다르지 않아 단 하루처럼 여겨졌다. 지나간 날을 돌아보면 다가올 날이 훤히 내다보였다. 지나간 날에 대한 회한도 다가올 날에 대한 불안도 더 이상 내 것이 아니었다. 고만고만한 날들의 행진 속에서 삶은 고착되었고 장래에 대한 불안마저 식상해졌다. 불안마저 시들어버린 미래는 죽은 것이나 다름없었다. 이교도의 땅에서 두 번의 겨울을 난 나에게는 어김없이 들이닥칠 무수한 겨울도 두렵지 않았다.

그즈음 나를 두렵게 한 것은 다가올 무수한 겨울을 두려워하지 않게 되었다는 사실이었다. 불안이 희박해짐에 따라 살아서 고향 땅을 다시 밟으리라는 희망도 야위어갔다. 에보켄의 손에서 담뱃대가 떠나지 않았고 데니슨은 말을 잃고 화석이 되어갔다. 데니슨은 저녁때면 호랑이의 발톱에 찢겼던 어깨를 연신 주물렀다. 젊은 관리의 열정은 밀어로 가득 찬 답장으로 보상받았다. 서로의 마음을 확인하자 열정은 한결 뜨겁게 타올랐다. 희망 없이 봄이 찾아왔다.

눈이 녹자 타타르 왕이 사신을 파견했다. 타타르 왕은 국왕의 충성이 못 미더웠다. 국왕은 사신에 대한 극진한 환대로 충성심을 증명해야 했다. 타타르 사신을 맞이하기 위해 국왕은 친히 도성 밖까지 나갔다. 국왕이 도성 밖으로 나갈 때 대신들과 백성들이 구름처럼 뒤따랐다. 국왕의 영접을 받을 때 타타르 사신은 타타르 왕과 구분되지 않았다. 궁중악사들이 장중하고 기품 있는 음악으로 사신의 귀를 즐겁게 했고 곡예사들이 신기에 가까운 곡예로 사신의 눈을 기쁘게 했다.

이 모든 것을 나는 풍문으로 들어야 했다. 우리는 연금되었기 때문이다. 병사들이 출입문을 단단히 지켰다. 타타르 사신이 도성에 머무는 동안 우리는 숙소 밖으로 한 발짝도 나갈 수 없었다. 국왕과 국왕의 관리들은 우리의 존재가 타타르에 알려지는 것을 원치 않았다. 서양과 내통해 모반을 획책한다는 의심을 살까 두려웠던 것이다.

이 왕국의 병사들 눈에 우리는 격리해야 할 이방인이 아니라 타타르라는 적에 함께 맞서는 전우로 비춰졌던 것일까? 감시를 위해 파견된 병사들은 우리에게 호의적이었다. 우리를 가두고 감시하는 것을 미안해했으며 명령이라 어쩔 수 없다는 변명까지 늘어놓았다. 병사들은 묻지도 않은 바깥소식을 기꺼이 알려줌으로써 호의를 입증하고자 했다. 갇혀 있었지만 바깥세상의 일을 우리는 훤히 알 수 있었다.

궁궐과 타타르 사신의 숙소를 잇는 길 위에는 병사들이 10바뎀 간격으로 배치되었단다. 촘촘히 늘어선 병사들에 의해 신속하게 전달되는 서신이 사신의 편의를 보장했다. 타타르 사신은 융숭한 대접을 받았다. 병사들이 전하는 소식을 통해 우리는 사신의 일거수일투족을 상세히 알 수 있었다. 사신이 도성을 떠날 날이 가까워지자 감시의 눈길이 한결 부드러워졌다. 병사들의 얼굴에서 긴장의 빛이 사라졌다. 자리를 지키지 않는 병사들도 있었다.

타타르 사신이 도성을 떠나던 날 느슨한 감시를 피해 데니슨이 사라졌다. 데니슨의 종적을 아는 자는 아무도 없었다. 불길한 기분이 엄습했다. 이교도 병사들은 사색이 되어 허둥거렸다. 데니슨이 갈 만한 곳이 어딘지를 다급히 물었지만 나는 아무 말도 할 수 없었다. 내 예감이 빗나가기만 바랄 뿐이었다. 그동안 갇혀 지낸 게 억울해 타타르 사신의 멱살이라도 잡으러 간 게 아니겠느냐는 농담을 던지는 에보켄의 얼굴에도 불안의 그림자가 드리워졌다. 나는 데니슨의 짐 꾸러미를 뒤졌다. 고향으로 돌아가는 날 입기 위해 보관해두었던 선원복이 보이지 않았다. 나는 절망에 빠졌다.

죽은 호랑이의 저주가 데니슨의 영혼을 마비시킨 것일까? 데니슨은 목숨을 걸고 운명의 주사위를 던졌다. 데니슨은 타타르 사신이 지나칠 길목에 숨어 있다 사신의 행렬로 뛰어들었다. 사신 앞에 나서 손짓과 발짓을 동원해 집으로 돌아갈 수 있게 해달라고 했을 것이다. 모험가들의 기록에 따르면 중국의 황제들은 이방인들의 왕래에 관대했다. 중국의 황제들은 자신의 제국이 세계의 중심이라고 굳게 믿었으므로 찾아오는 자를 막지 않았고 떠나려는 자를 붙들지 않았다. 중국 황제들의 관대는 자만과 무심에 근거했다. 중국에 다녀온 모험가들이 쓴 글을 데니슨이 읽었는지 나는 알 수 없었다. 타타르 사신은 이 왕국의 국왕과는 다른 결정을 내릴 것이라는 기대를 품었음은 분명했다.

돌발적인 사건이 타타르 사신의 발길을 돌려놓았다. 타타르 사신은 상황을 파악할 시간을 벌기 위해 데니슨을 데리고 숙소로 돌아갔다. 타타르 사신은 자신이 국왕의 약점을 잡았음을 본능적으로 느꼈을 것이다.

조정이 발칵 뒤집혔다. 왕명을 받드는 수사대[23]의 병사들이 들이닥쳐 나와 에보켄을 궁궐로 압송했다. 병사들의 표정이 험악했다. 나와 에보켄은 국왕 앞으로 끌려갔다. 국왕은 침통한 얼굴이었고 말을 아꼈다. 국왕의 침묵이 질책보다 더 삼엄했다.

국왕이 보는 앞에서 관리들이 나와 에보켄을 심문했다.

"탈출 기도를 미리 알고 있지 않았는가?"

"알았다면 말렸을 것이다."

"탈출을 공모한 것은 아닌가?"

"공모했다면 남아 있었겠는가?"

관리들의 추궁은 우리의 죄를 입증하고자 했으나 그들이 입증할 수 있는 죄는 애당초 우리의 것이 아니었다. 노기 서린 그들의 심문은 데니슨의 탈출을 보고하지 않은 연유를 캐는 데 집중되었다. 알지 못하는 탈출을 보고할 수는 없는 노릇이었다. 관리들이 원하는 것은 죄가 아니라 죄인이었다. 그들은 자신들의 숨통을 조일지 모를 정치적 책임을 면하고자 사력을 다했다. 관리들은 탈출 사실을 보고하지 않은 죄를 50대의 매로 다스릴 것을 국왕에게 제안했다.

---

23) 의금부.

마침내 국왕이 입을 열었다.

"저들은 폭풍 때문에 이 나라에 오게 된 것이다. 약탈이나 노략질을 위해 온 도적이 아니다. 저들도 이 나라의 손님이다. 고향에 돌아가지 못하고 가족도 만나지 못하는 가여운 손님이다. 그런데 경들의 마음 씀이 어찌 이리 용렬한가? 힘센 손님의 눈치를 보기 위해 가엾은 손님을 벌할 수는 없다. 문제는 우리 수중의 이방인이 아니라 우리 수중에 있지 않은 이방인이다. 우리 수중에서 벗어난 이방인의 거취가 화급하다. 저들의 잘못은 사태를 수습한 연후에 따져도 늦지 않을 것이니 숙소로 돌려보내 대기시키라."

국왕이 원한 것은 죄도 죄인도 아니라 사태의 원만한 해결이었다. 국왕은 데니슨의 신병 확보와 입막음을 위해 타타르 사신에게 값비싼 뇌물을 쥐여줘야 했다. 데니슨은 감옥에 감금되었다.

데니슨에 대한 처벌 문제로 조정에서는 3일 동안 격론이 벌어졌다. 우리의 존재를 타타르 왕이 알게 되면 왕국의 장래를 장담할 수 없다고 생각했던 대신들은 차제에 화근의 싹을 제거하고자 했다. 이 왕국에서 국왕의 권능은 의심의 여지가 없지만 국왕이 대신들의 의견을 묵살하지 않는 것 또한 이 왕국의 법도였다. 죄인을 만들고자 하는 대신들의 집념 앞에서 국왕의 동정은 수세적일 수밖에 없었다.

"어찌 될 것 같은가?"

소식을 전하기 위해 들른 젊은 관리에게 내가 물었다.

"앞으로 사흘 동안 목숨이 붙어 있다면 더 오래 살 것이다."

젊은 관리가 어두운 표정으로 대답했다.

고귀한 야만

1

일찍이 세상의 바다를 떠다닐 때 데니슨의 운명은 온전히 바다의 것이었다. 두려움도 질투도 바다의 언어와는 무관했다. 태양 아래 두려울 것도 부러울 것도 없어서 바다는 갓난 아이와 같은 천진함으로 울고 싶을 때 울고 뛰놀고 싶을 때 뛰어놀았다. 그리하여 바다는 인간의 생과 사에 공평하게 무심했다. 그러나 여기는 이교도의 땅, 신의 섭리조차 길을 잃은 이 야만의 왕국에서 데니슨의 운명은 한 치 앞을 장담할 수 없는 궁지에 내몰렸다.

데니슨의 숨통을 옥죄는 것은 대신들의 영혼을 잠식한 두려움이었다. 빛의 제국을 파천황의 기세로 집어삼키며 가공할 괴물이 되어버린 타타르에 대한 두려움이 대신들의 살의를 일깨웠다. 두려움은 살의를 잉태했고 살의는 두려움을 사육했다. 대신들의 두려움은 불편부당을 돌보지 않아서 죽음을 편애했다. 대신들은 왕국의 안녕에 걸림돌이 된 이방인을 죽일 방식을 결정하기 위해 무릎과 이마를 맞댔다. 로테르담 출신의 어린 선원을 결박한 운명의 불모가 못내 힘겨워 잠 못 이루는 밤마다 나는 바다의 무구한 무관심이 새삼 사무쳤다.

데니슨은 고향에 돌아가고자 했을 뿐이다. 그것은 바다로 나온 자들 모두의 꿈이 아니던가. 모름지기 뱃사람이란 영혼은 바다에 묻고 뼈는 고향에 묻는 법. 트로이를 멸망시킨 저 그리스의 영웅도 20년의 간난신고 끝에 마침내 귀향하지 않았던가. 온 바다의 선원들을 죽음의 심연에 떨어뜨린 세이렌의 노래도 귀향을 향한 영웅의 강고한 열망 앞에 무력했다. 지혜로운 자 오디세우스는 귀를 밀랍으로 봉했으며 자신을 돛대에 결박하도록 했다. 고향을 떠나 바다로 나온 자들에게는 영웅의 지혜와 용기가 절실했다. 오직 그것만이 이교도의 거친 난바다를 가로질러 고향의 항구에 우리를 무사히 데려다 줄 것이다.

영웅이 아닌 우리가 살아서 고향 땅을 밟는 것은 지난(至難)해 보였다. 바다의 당당한 오연에 매료되었던 시절 내 푸른 영혼을 사로잡았던 영웅의 무용담도 창궐하는 절망을 잠재우지는 못했다. 모든 것을 체념하면 영원한 평화를 얻을 수 있을까? 손쉬운 절망은 얼마나 매혹적인 방편인가! 세이렌의 노래는 망자의 협곡이 아니라 내 안에서 새어나왔다. 오디세우스였다면 제 입을 밀랍으로 봉했을 테지만 미욱한 내가 할 수 있는 일은 기도뿐이었다. 살아서 고향에 함께 돌아갈 수 있게 해달라고 신께 기도했다.

나와 에보켄은 국왕의 동생에게도 탄원했다. 국왕의 동생은 데니슨의 신병 처리에 관한 조정 회의를 주재했다. 국왕의 동생이 지나가는 길에 엎드려 데니슨이 목숨을 잃지 않게 해달라고 간청했다. 호위 무사들이 나와 에보켄을 끌어내려 할 때 국왕의 동생은 손을 들어 그들을 제지했다. 국왕의 동생도 국왕과 마찬가지로 우리의 처지를 측은하게 여겼다. 국왕의 동생은 기꺼이 나와 에보켄의 손을 잡아주며 말했다.

"너희의 근심은 나의 것이기도 하다. 힘써보겠다."

나는 국왕과 국왕의 동생이 품고 있는 동정이 대신들의 살의로부터 데니슨을 지켜주길 바랐다. 우리가 기댈 것은 국왕과 국왕 동생의 동정밖에는 없었으나 바로 그 이유 때문에 모든 것이 하릴없이 느껴졌다. 이교도의 왕국에서도 어린양의 목숨을 거둘 수 있는 존재는 하늘에 계신 주님뿐이다. 이 세상은 은혜로우신 주님의 품 안에서만 무의미의 굴레로부터 자유를 얻을 수 있으리라.

데니슨의 신병 처리에 관한 조정의 격론은 3일 동안 계속되었다. 나중에 젊은 관리가 들려준 바에 의하면 처형하자는 쪽이 다수였다. 국왕과 국왕의 동생, 그리고 총사령관만이 대신들의 적의에 맞서 분투했다. 왕국의 존망이라는 명분을 등에 업은 대신들의 등등한 살기 앞에서 그들의 동정은 수세를 면치 못했다. 심지어 총사령관은 사사로운 감정에 휘둘려 왕국의 장래를 미궁에 빠뜨리려 한다는 질책을 감내해야 했다. 왕국의 반역자, 이방인과 내통한 자라는 비난이 쏟아졌다. 총사령관이 힐문당할 때 국왕은 질끈 눈 감았다. 폐주를 몰아낸 왕위에 자신을 옹립한 공신들이었다. 폐주를 파멸시킨 것은 보이는 실정이 아니라 보이지 않는 명분이었다. 명분을 잃는 순간 왕위를, 세상을 잃게 될 것이라고 국왕은 염려했을 것이다. 날 선 언어의 공방이 거듭될수록 데니슨의 죽음은 돌이킬 수 없는 것이 되었다. 왕국의 경영자, 국왕으로서는 대신들의 서슬 퍼런 적의를 달래야 했다.

대신들의 관심사는 데니슨의 죽음이 아니라 그 죽음의 방식이었다. 이 왕국의 형법이 허락하는 모든 죽음의 방식이 낱낱이 검토되었다. 이교도의 형법은 잔혹하다고 들었다. 사지를 찢어 죽이고 무덤에 묻힌 자의 목을 베어 저잣거리에 내건다 했다. 국왕의 충복이자 데니슨의 지휘관이며 강직한 무인이었던 총사령관은 데니슨이 국왕의 병사로서 명예롭게 죽도록 기회를 주어야 한다고 청했다.

총사령관이 자신의 직(職)을 걸고 청원한 명예로운 죽음의 형식은 이런 것이었다. 두 명의 이교도 병사들과 같은 무기를 들고 싸우게 한다. 이 결투에서 살아남으면 다른 두 명의 병사들과 동일한 방식으로 대결한다. 대결은 데니슨의 숨이 끊어질 때까지 계속된다. 그것은 결투의 형식을 빈 처형이었다.

"……그리하면 전하께서도 무고한 이방인을 죽였다는 수치와 이방인의 가련한 처지를 동정하는 세간의 입방아로부터 자유로울 수 있을 것입니다. 한 명의 이방인 때문에 만백성의 어버이이신 전하의 높으신 덕에 금이 가서는 안 될 일입니다."

총사령관이 말했다.

허울뿐인 결투로써 총사령관이 정작 지키고자 했던 명예는 데니슨의 것이 아니라 국왕의 것이었다. 총사령관의 계획대로라면 살아서 국왕의 위엄을 부각했던 이방의 전사는 죽음으로써 국왕의 명예를 빛내게 될 것이었다. 애당초 대신들이 원한 것은 데니슨의 죽음이었으므로 그들은 자발적 침묵으로써 총사령관의 제안을 받아들였다. 굳은 표정으로 난상토론을 경청하던 국왕이 무겁게 입을 열었다.

"그리하라."

2

사흘 후 나와 에보켄은 소환되었다. 우리가 끌려간 장소는 중죄인을 심문하는 곳이었다. 화강암이 촘촘히 깔린 널찍한 마당을 에워싼 병사들의 눈초리가 삼엄했다. 궁궐을 지키는 병사들이었다. 훈련장에서 낯이 익은 자들도 더러 있었다. 그들은 약속이라도 한 것처럼 내 시선을 외면했다. 그들이 연민의 눈빛으로 맞아주지 않아 다행이었다.

마당은 부신 햇살만 가득해 오히려 살풍경했다. 그곳은 배우들의 입장을 숨죽여 기다리는 무대처럼 적막 속에서 오롯했다. 화강암 여기저기 검은 얼룩이 묻어 있었다. 핏자국이었다. 세월의 풍화에도 지워지지 않은 고문과 살육의 흔적이었다. 지난날 왕권을 능멸하거나 혁명을 도모했던 자들이 흘렸을 피의 연대기였다. 나와 에보켄은 손이 뒤로 묶인 채 꿇어앉았다. 이 참담한 연극의 사심 없는 유일한 관객인 태양은 어느새 무대의 머리 위로 떠올랐다. 잔뜩 쪼그라든 그림자가 짐승의 허물처럼 발치에 맥없이 고꾸라졌다. 이교도 병사들이 뿜어내는 냉랭한 긴장으로 햇살마저 하얗게 질렸다.

"선장, 설마?"

에보켄이 신음을 내뱉듯 중얼거렸다.

나는 대꾸할 수 없었다.

"국왕 전하 납시오!"

국왕의 시종이 새된 소리로 외쳤다.

국왕이 시종들과 대신들을 거느리고 모습을 드러내자 병사들은 태양을 향해 창을 치켜들어 경의를 표했다. 국왕은 화강암 계단 위에 마련된 용상에 앉았고 시종들과 대신들은 그 좌우에 늘어섰다.

"죄인을 대령하라!"

총사령관이 명했다.

병사들이 데니슨을 끌고 왔다. 걱정과 달리 데니슨은 크게 상하지 않았다. 문초가 아주 견디지 못할 정도는 아닌 모양이었다. 데니슨은 부신 햇살이 거슬리는지 눈살을 찌푸렸고 어리둥절한 듯 주위를 두리번거렸다. 나와 데니슨의 눈이 마주쳤다. 무슨 말을 하려는지 데니슨의 입 꼬리가 실룩거렸다. 그것은 긴장에서 비롯된 가벼운 경련 같기도 했다. 불투명한 훗날에 대한 근심으로 뒤척였을 옥중의 나날이 데니슨의 눈밑에 짙은 그늘을 드리웠다. 얼굴은 수척했지만 눈빛만큼은 어둠 속에 도사린 호랑이의 그것처럼 형형했다. 목전의 죽음마저도 태워버릴 듯 이글거리는 눈빛에서 나는 운명을 당당하게 맞이하는 자의 비장한 의연을 읽었다. 이교도들이 옳았다. 나는 데니슨의 눈에서 그가 쏜 총탄에 맞아 죽은 호랑이를 보았다. 하늘에 별로 박히지 못한 호랑이의 영혼이 데니슨의 육신을 빌려 우리 앞에 서 있었다.

"염병할! 하늘은 왜 이리 파랗담! 아무 데서나 아랫도리를 까던 과부년 볼기짝처럼 파랗군. 덴마크에서 만났던 과부년 볼기가 저리 새파랬죠. 볼기를 맞아야 쾌감을 느낀다는 계집이었답니다. 볼기짝이 늘 시퍼렇게 멍들어 있었죠. 동네북이 따로 없었어요. 이놈도 철썩, 저놈도 철썩. 그 계집, 손 큰 사내만 보면 몸을 배배 꼬았는데 솥뚜껑 같은 이놈의 손을 보고는 침을 삼키며 환장했죠."

에보켄의 목소리가 음울했다.

"집행하라!"

총사령관이 명했다.

형리들이 데니슨에게 달려들어 밧줄을 풀었다. 자유를 되찾은 데니슨의 손에 긴 칼이 들렸다. 기병들이 쓰는 칼이었다. 데니슨은 수중에 들어온 이교도의 무기를 물끄러미 내려다보았다. 자살할 때 일본의 무사들은 긴 칼로 자신의 배를 가른다고 했다. 자신의 팔보다 더 긴 칼로 베어야 할 것이 무엇인지 데니슨은 궁금했을 것이다. 눈매가 사나운 이교도 병사 둘이 역시 긴 칼을 들고 마당 가운데로 나섰다. 한 명은 거인처럼 기골이 장대했고 다른 한 명은 다람쥐처럼 날렵한 체격의 소유자였다. 데니슨이 이교도의 칼로 베어야 할 것은 자신의 배가 아니라 이교도 병사의 목이었다. 엉겁결에 무대에 오른 풋내기 배우처럼 주춤거리는 데니슨의 등을 형리가 떠밀었다. 데니슨은 그제야 자신에게 주어진 배역의 의미를 깨달았다.

데니슨의 얼굴에 절망의 빛이 스쳤다. 온 세상이 데니슨의 목숨을 원하고 있는 듯했다. 절망의 빛은 순식간에 분노의 불꽃으로 너울너울 타올랐다. 데니슨의 눈빛이 이글거리고 근육이 팽팽해졌다. 나는 데니슨의 분노가 무엇을 겨누고 있는지 알 수 없었다. 다만 데니슨의 분노가 그의 영혼에 사자와 같은 용기를 장전하기를 바랐다.

쟁투를 독려하는 북소리가 바짝 마른 대기의 갈피 사이로 가파르게 울려 퍼졌다. 북소리를 기다렸다는 듯 이교도 병사들이 공세를 취했다. 몸을 낮춘 채 공격의 기회를 엿볼 때 이교도 병사들의 간격은 넓어졌고 데니슨과의 거리는 좁혀졌다. 키 큰 이교도 병사는 칼끝을 비스듬히 늘어뜨렸고 키 작은 이교도 병사는 칼날을 곧추세웠다. 이교도 병사들의 움직임은 빈틈없고 간결했다. 나아갈 때는 물 흐르듯 유연했으며 버틸 때는 산처럼 묵직했다. 데니슨은 사냥꾼들에게 포위된 짐승처럼 잔뜩 도사렸다.

"이건 미친 짓이야!"

에보켄이 울부짖었다.

곁을 지키고 있던 이교도 병사가 몽둥이로 에보켄의 어깻죽지를 내려쳤다. 에보켄의 상체가 비 맞은 꽃잎처럼 속절없이 무너져내렸다. 에보켄은 비명조차 내뱉지 못했다. 이교도 병사들은 내남 없이 신경이 곤두섰다. 조만간 눈앞에서 펼쳐질 목숨을 건 결투를 기다리는 조바심과 긴장으로 온 우주가 숨죽였다. 나는 마른침을 삼켰다.

데니슨은 푸주한의 아들이었다. 그의 할아버지도 푸주한이었고 할아버지의 할아버지도 푸주한이었다. 데니슨도 일곱 살 때부터 돼지의 살을 바르고 소의 장딴지를 끊었다. 칼날이 짐승의 살점 깊이 박히는 순간의 이물감에 데니슨은 진저리치곤 했다. 데니슨의 아버지는 돼지의 숨통 끊는 법을 아들 앞에서 시범했다.

"번개처럼 멱을 따야 한다. 계집들의 수다처럼 질질 끌면 살코기가 딱딱해져 값어치가 떨어진다."

데니슨의 아버지는 말이 끝나기 무섭게 돼지의 멱 깊숙이 칼을 쑤셔넣었다. 공포에 질려 꽥꽥 소리 지르며 눈알을 뒤룩거리던 돼지는 자신에게 무슨 일이 벌어졌는지 알아차릴 겨를도 없이 바닥에 널브러졌다. 데니슨의 나이 열 살 때의 일이었다.

푸주한이 되는 것이 내키지 않았지만 데니슨에게 선택의 여지는 없었다. 대대로 이어져온 가업이었다. 데니슨은 푸줏간에서 태어나 푸줏간에서 머리가 여물었다. 푸줏간은 데니슨에게 세상의 전부였다. 그러나 고기 살점을 자르면서도 데니슨은 자신의 숨통을 짓누르는 갑갑증에 가쁜 숨을 몰아쉬었다. 산더미 같은 바위가 숨통 위에 얹힌 듯했다. 해가 갈수록 갑갑증은 심해졌다. 갑갑증이 극에 달해 숨을 쉴 수 없을 지경이 되면 바닷가 선술집으로 달려갔다. 기나긴 항해를 마치고 돌아온 뱃사람들이 풍기는 모험과 분방의 분위기 속에서 데니슨은 편히 숨 쉴 수 있었다. 푸줏간은 세상의 전부가 아니라 세상의 한 점에 불과했다. 데니슨은 더 큰 세상을 보고 싶었다. 푸줏간을 벗어날 수만 있다면 뭐든 할 수 있을 것 같았다. 고기를 사러 자주 오던 계집아이에게 난생처음 연모의 정을 고백했을 때 데니슨에게는 이런 말이 돌아왔다.

"푸주한의 아내가 되고 싶지는 않아!"

푸주한이 되지 않기 위해 데니슨은 열다섯에 바다로 나왔다.

누구보다 잘 다룰 자신이 있었지만 데니슨은 칼을 애써 멀리했다. 칼을 쥐지 않기 위해 총을 잡았다. 칼자루와 영원히 결별하기 위해서는 명사수가 되어야 했다. 다른 선원들이 삭구 사이에 건 해먹 위에서 망중한을 즐길 때도 데니슨은 갈매기를 향해 총을 겨눴다. 처음으로 갈매기를 떨어뜨리던 순간 데니슨의 볼 위로 기쁨의 눈물이 흘러내렸다. 데니슨이 저격한 것은 갈매기가 아니라 태생의 굴레였다. 기쁨의 눈물이 말랐을 때 데니슨은 살생에 대한 죄의식을 느끼지 않는 스스로를 발견하고 새삼 놀랐다.

데니슨은 몸의 중심을 낮추고 칼자루를 두 손으로 바투 움켜쥔 채 이교도 병사들에 정면으로 맞섰다. 돼지의 살을 바르고 소의 장딴지를 끊을 때 데니슨이 쥐었던 칼은 날이 짧았을 것이다. 긴 칼을 쥔 데니슨의 자세는 몸에 맞지 않는 옷을 입은 것처럼 어색했다. 바늘이 떨어지는 소리도 들릴 정도의 정적이 숨통을 조였다. 나도 모르게 손을 움켜쥐었다. 땀에 젖은 손이 차가웠다. 데니슨과 이교도 병사들의 거리는 서로의 숨소리가 들릴 정도로 좁혀졌다. 상대는 자신들이 신성한 짐승으로 숭배하는 흰 털 호랑이를 일격에 제압한 전사였다. 무예의 출중함 때문에 뽑혔을 것이 분명한 이교도 병사들이었지만 선불리 칼을 내밀지 못했다. 영원과도 같은 순간들이 턱을 꼿꼿이 치켜든 채 소리 없이 지나갔다.

키 작은 이교도 병사가 벼락 같은 소리를 내지르며 데니슨을 향해 몸을 날렸다. 이마를 쪼갤 듯 떨어지는 칼을 데니슨은 자신의 칼로 막아냈다. 죽이고자 하는 칼날과 살리고자 하는 칼날이 부딪힐 때 데니슨의 이마 위에서 불꽃이 튀었다. 키 큰 이교도 병사의 칼날이 숨 돌릴 겨를을 허용하지 않으며 데니슨의 왼쪽 옆구리를 향해 육박했다. 데니슨은 황급히 뒤로 물러서며 적의 살기를 수습했다. 엉거주춤한 품새였지만 데니슨은 손목의 움직임이 그려내는 칼날의 궤적을 꿰뚫고 있었다.

허를 엿보던 이교도 병사들이 동시에 출수했다. 두 개의 칼날이 하나의 목표를 향해 들이닥쳤다. 데니슨은 왼쪽으로 몸을 틀어 오른쪽에서 날아오는 칼날을 모면하고 오른쪽 전방으로 칼을 뻗어 왼쪽 허방을 파고드는 칼날을 견뎠다. 여기저기서 탄식이 터졌다. 이교도 병사들의 공세는 밀물처럼 들이닥쳤다 썰물처럼 물러났다. 물러났다가 더욱 거센 물결로 달려들었다. 데니슨은 적의 칼날이 그려내는 살기등등한 파상(波狀)을 가까스로 막아냈다.

동정을 모르는 살의의 거친 물결이 데니슨을 생의 막다른 곳으로 밀어냈지만 거듭되는 일 합의 긴박은 긴 칼의 부림에 대한 데니슨의 이해를 돕기도 했다. 긴 칼의 파괴력은 원심력에 근거했다. 수세의 사각(死角)을 베며 들이닥친 칼날을 막아낸 데니슨의 칼날이 회전력에 의지해 적의 허를 추궁했다. 키 작은 이교도 병사는 데니슨의 긴 팔이 예리하게 그려내는 반격의 궤적 바깥으로 미처 물러서지 못했다. 데니슨의 칼날이 키 작은 이교도 병사의 왼 어깨를 베었다. 다시 탄식이 터졌다.

생과 사를 넘나드는 활극에 관객들은 넋을 빼앗겼다. 칼날과 칼날이 엉킬 때 허공에 벼락처럼 피어나는 죽음의 꽃에 영혼을 빼앗긴 관객들에게 배우들이 목숨을 걸고 겨루는 이유 따위는 무의미했다. 죽음을 향한 열정적인 몸짓은 시들어가던 삶의 열정에 독한 영감을 불어넣었다. 관객들은 죽음의 허방을 딛고 일어서는 활달한 생의 쾌감에 진저리쳤다. 사투를 주시하는 이교도들의 생기로 빛나는 눈빛에서 나는 생의 속살 깊이 뿌리박힌 권태를 보았다. 그들은 죽음의 무(武)로써 삶의 무(無)를 견디고자 했다.

부상의 여파로 키 작은 이교도 병사의 칼날이 무뎌지자 수세에서 공세로 전환하는 데니슨의 칼날은 더욱 날카로웠다. 이제 데니슨은 육박하는 적의 칼날을 수습할 때도 뒤로 물러서는 법이 없었다. 공세를 도모하는 수세였고 수세를 염두에 둔 공세였다. 공수의 전환이 민첩함을 얻음에 따라 수비는 단호해졌고 공격은 대담해졌다. 호랑이의 영혼을 거느린 데니슨은 용맹하게 죽음의 형제, 삶의 허방에 맞섰다.

결투하는 자들의 호흡이 공세의 밀물과 수세의 썰물 사이에서 거칠어졌다. 몸 낮춘 데니슨의 움츠린 칼날이 키 큰 이교도 병사의 오른 허벅지를 짧게 베고 돌아 나올 때 데니슨의 우측 허를 파고든 키 작은 이교도 병사의 칼날이 날카롭게 반원을 그렸다. 먼저 쓰러진 것은 키 큰 이교도 병사였다. 중심을 잃은 이교도 병사는 칼을 놓친 채 바닥에 히뜩 나가떨어졌다.

남은 적에게 등을 내주지 않기 위해 데니슨은 비틀거리며 필사적으로 뒷걸음질쳤다. 가슴팍을 움켜쥔 데니슨의 손등이 붉게 물들었다. 터질 것만 같은 정적이 벌떡거리는 내 심장을 짓눌렀다. 내가 몸을 들썩이자 이교도 병사들의 몽둥이가 내 양어깨를 모질게 단속했다. 키 작은 이교도 병사가 물러서는 데니슨에게 다가가며 결정적 일격을 노렸다. 불친절한 운명에게 사정거리를 허용하지 않기 위해 물러서던 데니슨은 쓰러져 있던 키 큰 이교도 병사의 다리에 걸려 엉덩방아를 찧고 허물어졌다.

키 작은 이교도 병사의 칼날이 태양을 향해 솟구쳤다. 피 묻은 칼날이 세상을 두 동강 낼 것처럼 섬뜩하게 번뜩였다. 나는 장딴지에 힘을 모아 결박을 박차고 일어섰다. 앞으로 달려 나가려는 순간 옆구리가 불에 덴 듯 뜨거웠다. 숨이 멎고 발치가 까마득히 무너졌다. 나는 검게 입 벌린 대지의 틈으로 추락했다. 머리 위 아득한 곳에서 칼칼한 음성이 들려왔다.

"멈춰라!"

국왕의 목소리였다.

3

바다는 뱃전으로 거친 숨을 토해낸다. 바람은 파도를 부추기고 파도는 바람을 고무한다. 파도가 전력으로 부딪혀올 때마다 배는 감당할 수 없는 수고를 짊어진 늙은 나귀처럼 끙끙거린다. 수평선 너머로부터 암흑의 군대가 속보로 전력 진군해오고 있다. 수평선을 검게 물들인 암흑의 본대는 남은 한 줌의 별빛마저 차폐(遮蔽)했다. 별은 갈 곳을 잃었고 배는 가야 할 곳을 잃었다. 파도를 부추기며 미친 듯 나부끼는 바람의 머리채 사이로 정체불명의 노래가 들려온다. 이제껏 들어본 적 없는 노래는 천상에서 울려오는 것처럼 아득해서 아름답다. 내 다급한 손길은 내 귀를 봉한 밀랍을 파낸다. 노랫소리는 검게 얼어붙은 밤하늘을 지키는 북극성처럼 또렷해진다. 노래의 매혹에 몽롱해진 내 영혼은 돛대에 결박된 자의 귀를 봉한 밀랍을 떼어내는 나 자신을 발견한다. 돛대에 결박된 자의 얼굴은 지옥을 엿본 자의 침통으로 일그러진다. 돛대에 결박된 자가 창자를 쥐어짜듯 비통하게 외친다.

"신이시여, 어디로 가시나이까!"

눈을 떴을 때 나는 숙소 방에 누워 있었다. 식은땀에 전 몸에서 쉰내가 났다. 열에 들떠 입이 마르고 귀가 먹먹했다.

"선장, 이제 정신이 드쇼?"

수심에 잠긴 에보켄의 얼굴이 보였다. 뒤숭숭한 꿈이었다.

"선장, 이놈도 그것이 궁금하오. 신은 대체 뭘 하고 계신 거요? 길 잃은 어린양들이 이리 애타게 찾고 있는데…… 어디서 재미를 보고 계시는지. 이 돼먹지 못한 세상을 굽어보는 것에 염증이 나신 게 분명하오. 권태야말로 신의 지병 아니겠소?"

상체를 일으켜 세울 때 옆구리가 떨어져나가는 듯했다. 앙다문 잇새로 신음이 새나왔다.

"선장, 괜찮소? 무리하지 말고 누워 있으쇼. 뼈가 상했을지도 모르니."

노도와 같은 격통이 내 몸을 허물어뜨렸다. 나는 몸을 누이고 옆구리를 조심스럽게 더듬어보았다. 오른쪽 세번째 갈빗대를 만질 때 불화살이 관통한 듯 몸뚱이가 뒤틀렸다. 에보켄의 말대로 갈빗대에 금이 간 모양이었다. 이마에 진땀이 맺혔다.

"선장, 아무래도 뼈다귀에 문제가 생긴 것 같소."

"얼마나 누워 있었소?"

"불덩이가 되어 하루 종일 정신을 놓았습죠. 산송장 치우는 줄 알았소이다. 이제 겨우 열이 내렸어요."

에보켄은 찬물에 적신 무명천을 내 이마에 새로 얹었다.

"데니슨은?"

내가 물었다.

에보켄이 굳은 얼굴로 고개를 가로저었다.

"죽었는가?"

"중상을 입고 옥에 갇혔소."

"칼날을 가슴으로 막았는데……"

"상처가…… 깊답니다."

"……"

"뼈가 빨리 아물도록 상체를 고정시켜야겠습니다."

에보켄은 자신의 상의를 벗어 가늘고 길게 찢었다. 길게 찢긴 천을 매듭지어 묶었다. 에보켄이 나를 일으켜 세우고 상의를 벗겼다. 제 상의를 찢어 만든 띠로 내 몸통을 조심스레 동여맸다.

"애송이 놈, 사자처럼 싸우더군요."

에보켄이 말했다.

에보켄의 말이 이명이 되어 귓전에 윙윙거렸다. 에보켄의 손놀림이 다친 가슴뼈를 압박할 때 다치지 않은 명치가 저렸다. 다치지 않은 명치의 호들갑에 나는 목이 메었다.

"호랑이처럼 싸웠지."

내가 말했다.

"호랑이처럼?"

에보켄이 손길을 멈추고 반문했다.

"그래, 호랑이처럼!"

에보켄이 멍한 표정으로 나를 바라보았다. 내 마음의 행간을 읽어내려는 에보켄의 눈빛이 망연했다. 마음 깊은 곳에서 독신(瀆神)의 물결이 출렁이는 것을 나는 느낀다. 나는 데니슨의 육신에 호랑이의 영혼이 살아 숨 쉬고 있기를 진심으로 바랐다.

철창 없는 감옥에 산송장으로 누운 채 나는 지난가을 죽었던 흰 털 호랑이의 모습을 떠올리려 애썼다. 호랑이의 모습은 좀체 그려지지 않았고 데니슨의 얼굴만 또렷했다. 지난겨울 지붕을 덮었던 눈이 녹은 흔적으로 천장이 얼룩덜룩했다. 못 보던 얼룩이었다. 상처는 안 보이던 것들을 볼 수 있게 했다. 가만히 들여다보니 얼룩은 호랑이 무늬를 닮았다. 나는 그제야 죽은 호랑이의 모습을 온전히 그려낼 수 있었다. 갑자기 긴장이 풀리는가 싶더니 금 간 내 육신은 암흑의 심연으로 가라앉았다.

바깥에서 들려오는 소란스러운 기척에 눈 떴다. 전령이 국왕의 명을 가져왔다. 통역을 위해 젊은 관리도 함께 왔다. 우리를 감시하던 병사들이 방문을 열어젖혔다. 밀려든 봄 햇살에 눈이 아렸다.

"죄인들은 밖으로 나와 어명을 받들라!"

국왕의 전령이 소리쳤다.

"선장은 몸이 불편해 거동이 어렵다."

에보켄이 대꾸했다.

"지엄하신 전하의 명이다. 죄인들은 밖으로 나오라!"

국왕의 전령이 더욱 소리를 높였다.

"염병할 이교도 놈들, 호랑이나 물어가라지. 너희 눈구멍에는 산송장 같은 몰골이 안 보이냐?"

에보켄도 물러서지 않았다.

젊은 관리의 얼굴이 흙빛이 되었다. 나는 에보켄에게 손사래 쳤다. 에보켄의 부축을 받으며 힘겹게 마당으로 내려섰다. 마당에 발 디딜 때 옆구리가 무너졌다. 전령이 국왕의 명을 전했다.

"죄인들은 듣거라. 내 너희의 곤궁한 내력을 어여삐 여겨 마음 씀에 소홀하지 않았거늘 너희는 어찌 나의 성심을 저버리는가. 서글프고 서글픈 일이로다. 헛된 기대를 좇아 몸 가벼이 움직인 동료의 경솔에 뇌동하지 않은 너희의 진중은 칭찬받아 마땅할 것이다. 그러나 너희 동료의 경박은 이 나라 종묘와 사직을 누란의 위험에 빠뜨릴 뻔했다. 그 과실의 무거움이 예사롭지 않으니 동료의 경거망동을 미리 살피지 못한 너희의 행동 또한 어질지 못했다. 그리하여 내 너희의 허물에 값하는 벌을 내린다. 너희에게 매달 주기로 약속한 쌀의 양을 절반으로 줄일 것이다. 또한 죄인들은 앞으로 두 달 동안 근신해야 한다. 근신하면서 마음자리를 어지럽히는 사특한 망상을 발본하여 나의 충직하고 용맹한 병사로 거듭나라. 너희가 맞이할 이 봄의 가난을 헤아리면 한낮에도 무릎이 시리다."

전령이 전하는 국왕의 명을 들을 때 등골에 식은땀이 흘렀다. 상체를 꼿꼿이 세우는 것조차 힘겨웠다. 국왕의 명을 읊는 전령의 표정은 지나치게 근엄해서 성난 것처럼 보이기도 했다. 나는 전령의 굳은 표정에서 국왕의 실망을 읽을 수 있었다. 젊은 관리가 국왕의 명을 우리가 이해할 수 있는 언어로 옮겼다. 젊은 관리의 입을 빌려 들려오는 국왕의 언어는 매서우면서 우아했다. 우리의 불찰을 꾸짖을 때는 침을 쏘는 벌처럼 매서웠고 우리의 불운을 안타까워할 때는 꽃을 어루만지는 나비처럼 우아했다. 세련된 언어를 벽돌 삼아 국왕은 자신만의 또 다른 왕국을 건축하고 있었다. 백 년이 지나고 천 년이 흘러도 건재할 불멸의 왕국을. 불멸의 왕국을 건축하는 데 바쳐진 국왕의 언어는 개별적인 고통과 번뇌와는 무관해서 한없이 자비로웠다. 우리에 대한 국왕의 동정도 그와 같은 것이 아닐까?

국왕이 일개 죄인에게 친히 쓴 명령서를 내리는 것은 지극히 이례적인 일이라고 젊은 관리가 말했다. 나는 젊은 관리에게 데니슨의 안부를 물었다. 데니슨의 목숨을 장담할 수 없다고 젊은 관리는 대답했다. 상처는 어느 정도이며 장래는 어찌될 것 같으냐고 에보켄이 물었지만 젊은 관리는 말을 아꼈다.

전령과 젊은 관리가 떠날 때까지 나와 에보켄은 무릎 꿇고 있었다. 일어설 때 나는 중심을 잃고 에보켄의 가슴팍으로 무너졌다. 감시병들이 득달같이 달려와 나를 부축했다. 이교도 병사들의 병적인 다정은 국왕의 세련된 언어와 달라서 개별적인 고통을 제 것으로 끌어안았다. 내 어깨를 부축한 이교도 병사에게서 고약한 땀내가 훅 끼쳐왔다. 우아하지만 땀내 나지 않는 국왕의 자비와 땀내 나지만 투박한 병사의 다정 사이의 간극으로 나는 어지러웠다. 담벼락 밑에서 밥풀 같은 꽃이 태양을 향해 핏빛으로 타올랐다. 또 하나의 세상이 거기 새로 건축되고 있었다. 이제 왕은 매달 35캐티의 쌀만 지급할 것이었다.

4

누군가 그랬다. 세상에는 세 가지 부류의 사람이 있다. 산 자와 죽은 자, 그리고 바다 위를 떠도는 자. 이교도의 땅에 표착한 이후로도 내 영혼은 정박할 곳을 찾지 못한 채 바다 위를 떠돌았다. 에보켄도 데니슨도 사정은 다르지 않을 것이었다. 탈출 사건 이후 나는 데니슨의 영혼을 품은 바다의 일기를 짐작할 수 없었다. 다만 데니슨의 바다가 생과 사 그 어디에도 기항하지 못했다는 것만은 분명했다.

금족령이 아니더라도 나는 숙소 바깥으로 한 발짝도 나갈 수 없었다. 봄 내내 나는 방구들을 짊어져야 했다. 금 간 뼈는 쉽게 아물지 않았다. 거동이 불편해진 나를 에보켄이 형제처럼 돌보았다. 병사들에게 부탁해 얻은 콩을 삶아주기도 했다. 에보켄은 음식과 작물의 효능에 밝았다.

젊은 관리는 뼈를 아물게 해줄 거라며 소 뼈다귀를 가져왔다. 넓적다리뼈라고 했다. 젊은 관리의 조언에 따라 에보켄이 소뼈를 물과 함께 끓였다. 물빛이 뽀얗게 될 때까지 끓였다. 소뼈 수프에 소금을 타서 마셨다. 수프가 뜨거워 입천장이 헐었다.

담장 너머의 봄은 냄새로써 자신의 난숙을 과시했다. 너덜너덜한 문풍지 사이로 꽃냄새가 스며들었다. 영혼을 마비시키는 방향(芳香)에 겨워 벌컥 문 열면 세상은 화들짝 놀라 얼굴을 붉혔다. 날마다 새로운 세상이 문밖에 펼쳐졌다. 태양이 떠오르면 세상은 간밤의 단장을 수줍게 드러냈다. 서늘한 그늘 속에서 귀 세우고 있으면 꽃망울 터지는 소리가 그윽했다.

치명적인 상처도 데니슨을 쉬이 무너뜨리지 못했다. 칼을 가슴에 맞고도 그리 오래 버틸 수 있느냐며 이교도 병사들은 놀라움을 금치 못했다. 호랑이의 영혼이 데니슨을 돌보고 있는 게 분명했다.

움직이지 못하는 나의 정신은 세상의 모든 움직임에 집중

되었다. 움직임을 사랑한 나머지 움직이는 모든 것들을 예외 없이 질투했다. 나의 질투는 내 투병의 값싼 원동력이었다.

어느 날 비를 피해 날아든 나비 한 마리가 이마 위에서 힘겹게 팔랑거렸다. 드러누운 나는 팔을 들어 올리고 곧게 뻗은 검지를 허공에 정박시켜 나비에게 머물 곳을 내주었다. 나비는 마스트처럼 곧게 세워진 내 검지 위를 탐색하듯 맴돌았다. 나비의 경계심을 달래기 위해 나는 정물처럼 가만히 있었지만 나비는 내 검지를 버리고 빗줄기 거센 문밖으로 날아갔다. 향기가 없어 꽃이 될 수 없는 내 검지의 불운이 나는 가여웠다. 아둔한 나는 나비의 날갯짓을 질투했다. 뼈아프도록 질투했다. 질투하는 나 자신을 돌아보지 않기 위해 또 다른 질투의 대상을 찾았다. 땅거미가 질 무렵에는 마음의 밑자리까지 서늘해졌다. 나는 하루빨리 늙어버리기를 바랐다.

젊은 관리가 해 저물녘 종종 찾아왔다. 젊은 관리가 가져오는 데니슨에 관한 소식은 그가 몰고 오는 땅거미만큼이나 어두웠다. 데니슨은 음식을 입에 대지 않는다고 했다. 데니슨은 죽기로 작정한 모양이었다. 머리가 돈 게 분명하다며 에보켄이 펄쩍 뛰었다. 데니슨은 신의 섭리를 부정하고 스스로 제 운명의 신이 되고자 하는 것일까? 젊은 관리는 깊어가는 상처보다 돌보지 않는 끼니를 우려했다. 먹지 않는다면 상처는 돌이킬 수 없을 것이라며 우려를 감추지 못했다. 에보켄이 데니슨을 만나 설득해보겠다고 했으나 젊은 관리로서는 국왕이 내린 금족령을 어쩔 수 없었다.

문 너머로 인기척이 들릴 때마다 나는 가슴이 내려앉았다. 데니슨의 부고를 듣게 될까 봐 조바심쳤다. 나는 젊은 관리가 차라리 오지 않기를 바랐다. 그러나 젊은 관리의 기척조차 잠잠한 날의 해 질 녘은 견디기 힘들었다. 그 무렵 나의 유일한 낙은 젊은 관리가 전하는 바깥세상의 이야기를 듣는 것이었다. 국왕의 뇌물이 타타르 사신의 입을 봉했는지 타타르 왕은 눈 푸른 이방인의 존재에 대해 추궁하지 않았다. 젊은 관리와 그의 연인은 세상의 이목을 피해 은밀히 만났다. 발각되면 무사하기 힘들 것이라고 근심하는 젊은 관리의 얼굴에는 그러나 열정의 꽃이 만개했다.

"사랑을 위해 죽지 못하는 것이야말로 사내들의 수치다. 계집들은 사랑받기 위해 태어난 족속이고 사내들은 사랑하기 위해 태어난 족속이다. 모든 사내들은 계집의 뱃속에서 태어나지만 계집들을 잉태한 것은 사내들의 고독이다."

에보켄이 간만에 웃으며 말했다.

"너의 말이 오묘하다. 여인이 어찌 사내의 고독에서 태어나는가?"

젊은 관리가 눈을 빛내며 물었다.

"지어낸 말이 아니다. 신께서 행하신 일이다. 신은 사내의 갈비뼈로 최초의 계집을 만들었다."

에보켄이 말했다.

그 순간 내 눈에 비친 에보켄은 이교도를 개종하는 성직자와도 같았다.

"이치에 어긋나는 말이다. 이 우주의 삼라만상은 애당초 양과 음의 기운으로 이루어졌다. 하나에서 또 다른 하나가 나오는 것이 아니다. 하나는 둘이고 둘은 하나다. 이치는 기운을 만나 실현되고 기운은 이치를 살펴 운동한다."

젊은 관리가 철학자처럼 말했다.

"너의 말이야말로 허황되다. 하나는 하나고 둘은 둘이다. 어찌 하나가 둘이고 둘이 하나인가?"

내가 끼어들었다.

"겨울이 저물면 봄이 온다는 것을 우리는 눈 감고도 알 수 있다. 여름이 끝나면 가을이 찾아온다는 것 또한 우리는 모르지 않는다. 이것을 이치라고 한다. 이치라는 것은 그렇게 될 수밖에 없는 만물 운행의 법칙이다. 그러나 작년의 봄과 올해의 봄은 같지 않다. 한번 지나간 봄을 우리는 영원히 다시 만날 수 없다. 봄의 기운이 저마다 다르기 때문이다. 하늘의 이치가 지상에 구현되는 양상을 기운이라 한다."

젊은 관리의 대답은 범신론적 요설로 점철되었다.

"이치를 만드는 것은 누구인가?"

내가 물었다.

“이치는 누가 만드는 것이 아니라 저절로 그렇게 된 것이다. 우리는 다만 그것을 헤아릴 뿐이다.”

젊은 관리의 말은 나름의 체계를 갖추고 있었다.

“겨울이 저물면 봄이 찾아오는 이치는 무엇인가?”

내가 재차 물었다.

“겨울은 노인이고 봄은 갓난애다. 노인은 죽고 갓난애는 새로 태어난다. 차오른 달은 저물고 저문 달은 다시 차오른다.”

젊은 관리의 대답은 과학과는 거리가 멀었다. 그러나 이들의 몽매에는 시적 기품이 어른거렸다.

“지구는 태양의 주위를 돈다. 태양과 가장 멀어질 때 겨울이 오고 태양과 가까워지기 시작할 때 봄이 찾아온다.”

내가 말했다.

“너의 말은 신기하지만 맹랑하다.”

젊은 관리가 대꾸했다.

“선장, 지구가 사내라면 태양은 계집이구려.”

에보켄이 말했다.

“너의 말이 걸작이다.”

젊은 관리가 이를 드러내며 소년처럼 환하게 웃었다. 사랑에 대한 열정은 소년을 사내로 만들고 열정에 대한 사랑은 사내를 소년으로 만든다. 에보켄도 껄껄 웃었다. 나도 따라 웃었다. 얼마 만의 웃음인지 알 수 없었다. 웃을 때 옆구리가 결렸다. 국왕의 기별을 기다리던 나날, 나와 에보켄과 데니슨은 미치지 않기 위해 시답잖은 말에도 미친 듯 웃곤 했었다. 데니슨의 빈자리가 그 시절의 기억을 새삼스럽게 했다.

데니슨의 생존을 확인해주는 것도 데니슨에게 드리운 죽음의 그림자를 환기하는 것도 젊은 관리였다. 그해 봄 나는 찾아오지 않는 젊은 관리가 두려웠고 찾아오는 젊은 관리 또한 섬뜩했다. 연분홍 꽃비가 흩뿌리던 날 데니슨이 죽었다. 데니슨의 나이 열여덟이었다. 어쩌면 더 어린지도 몰랐다.

5

데니슨은 주려 죽었다. 이교도 병사의 칼날이 만든 상처도 데니슨의 목숨을 앗아가지는 못했다. 자신을 향해 무거운 걸음을 옮기던 운명을 데니슨은 맨발로 달려가 맞았다. 운명은 데니슨을 돌보지 않았지만 데니슨은 운명을 외면하지 않았다.

바다에서 나는 무수한 죽음을 보았다. 적과의 교전에서, 폭풍우와의 사투에서 죽음은 내 형제이자 자매였다. 바다에서 나는 죽음이 두렵지 않았다. 바다에서 생과 사는 한 몸이었다. 파도에 이리저리 몸 흔들릴 때 그것은 삶의 박자이면서 죽음의 리듬이기도 했다. 그러나 뭍에서 죽음은 삶의 대극으로 유배되었다. 결별한 연인처럼 삶과 죽음은 사력을 다해 서로를 경원했다. 뭍에서의 죽음이 나는 두려웠다. 나는 이교도의 땅에서 죽는 게 두려웠다. 데니슨의 최후를 통해 나는 내 삶의 뒤통수를 본다. 신의 영광에 바쳐진 내 믿음의 맹목을 나는 철회할 것이다. 등에 욕창이 생겼다.

국왕에게 청원의 편지를 보내기로 했다. 데니슨의 죽음은 우리의 수중에 있지 않았지만 주검만큼은 방기할 수 없었다. 젊은 관리에게 내 말을 받아 적도록 했다.

"국왕 전하, 전하의 병사였던 데니슨은 죽음으로써 자신의 죗값을 치렀습니다. 제 고향 속담대로 죽은 자는 말이 없으니 이제 더는 무모한 탈출 기도로 이 왕국을 위험에 빠뜨리지 못할 것입니다. 고향 땅을 밟으려다 죽음을 앞당긴 어린 선원의 불행을 가엾게 여기신다면 그의 영혼이나마 바다로 나갈 수 있도록 자비를 베풀어주소서."

"데니슨은 전하께서 내리신 이름이 아니다."

젊은 관리가 난색을 표했다.

"데니슨은 죽음으로써 자신의 이름을 되찾았다."

나도 물러서지 않았다.

"그는 전하의 병사로서 죽었다."

"칼날을 가슴으로 막은 순간 국왕의 전사는 죽었다."

"한번 전하의 병사는 영원히 전하의 병사다."

"데니슨은 고향을 잃은 불우한 뱃사람으로서 굶어 죽었다. 국왕과는 무관한 죽음이다. 데니슨의 죽음은 국왕의 것이 아니라 데니슨 자신의 것이다."

"너의 말이 불경하다."

"내가 믿는 신 앞이라도 내 뜻은 변함없을 것이다. 데니슨의 죽음은 국왕의 것도 신의 것도 아닌 온전히 데니슨의 것이다."

"육신을 내주는 것은 부모지만 목숨을 내리고 거두는 것은 하늘이다. 지상에서 하늘의 뜻을 대신하는 존재가 전하이시다."

"선장, 선장답지 않게 왜 이러시오. 그렇게 흥분하면 붙으려던 뼈가 다시 벌어지겠소. 이 사람 입장도 생각해줍시다. 다 우리를 위하는 마음에서 그러는 게 아닙니까? 지금은 데니슨의 시신을 수습하는 것이 급하니 고집을 거두는 게 낫겠소. 고작 이름 때문에, 투기하는 계집들처럼 씨근덕거려서야 되겠소?"

에보켄이 나를 만류했다.

"겨우 이름이라고?"

젊은 관리가 발끈했다.

젊은 관리의 음성에는 노기가 서려 있었다. 젊은 관리의 말은 내가 할 말이기도 했다.

"우리 속담에 이런 말이 있다. 호랑이는 죽어 가죽을 남기고 사람은 죽어 이름을 남긴다. 사내대장부는 이름을 빛내기 위해서라면 죽음도 불사해야 한다."

젊은 관리가 말했다.

"호랑이는 염병할 가죽 때문에 죽고 사람은 염병할 호랑이 때문에 죽는다. 데니슨이 저리 된 것도 호랑이 때문이다. 죽은 호랑이의 저주 때문에 죽은 것이다."

에보켄이 버럭 소리쳤다.

에보켄의 말에 나는 놀라지 않을 수 없었다. 죽은 호랑이의 저주가 데니슨의 목숨을 앗아갔다고 말할 때 에보켄은 문명 세계의 시민이 아니었다. 에보켄은 경험으로써 증명할 수 없는 말을 지껄였다. 명백한 결과에 대해 허황된 원인을 도모했다. 그러나 정작 나를 놀라게 한 것은 에보켄의 말이 내 마음을 대변하고 있다는 점이었다. 문명 세계의 빛은 내 가슴 속에서 시득시득 죽어가고 있었다. 문명 세계의 빛이 다하는 날 내 영혼은 야만의 암흑 속에 내던져질 것이다.

국왕은 우리의 간청을 물리치지 않았다. 데니슨의 시신을 수습할 수 있도록 우리에게 하룻밤의 말미를 주었다. 데니슨은 낮게 깔리는 어둠을 틈타 나귀가 끄는 수레에 실려 돌아왔다. 대장간에서 데니슨의 시신을 태우기로 했다. 수레가 돌부리에 걸릴 때마다 거적때기에 덮였던 데니슨의 얼굴이 소스라치듯 드러났다. 어둠 속에서 데니슨의 얼굴은 오히려 평안했다. 절명의 순간을 편안하게 맞은 듯했다. 데니슨의 얼굴을 가리기 위해 나는 거적때기를 거듭 끌어올렸다. 오랫동안 걷지 못한 탓에 잠깐의 보행으로도 온몸이 땀에 젖었다.

데니슨의 시신을 대포 주형 굽는 가마에 넣고 태웠다. 데니슨의 육신은 연기도 없이 오래 탔다. 젊은 관리가 수도승을 불렀다. 수도승은 삭발했고 다른 이교도들과 달리 잿빛 옷을 입고 있었다. 수도승에게서는 삶의 냄새도 죽음의 냄새도 느껴지지 않았다. 삶과 죽음 그 사이 어디쯤에 거처를 마련한 것 같았다. 수도승은 나무를 둥글게 다듬은 악기를 막대로 연신 두드렸다. 손잡이가 달린 그것은 속을 파내서, 보기에 커다란 방울 같았다. 두드릴 때 방울 모양의 악기는 말을 빠르게 배우는 총명한 아이처럼 또랑또랑했다. 악기 소리에 맞춰 수도승은 주문을 외며 기도했다. 수도승이 어떤 신에게 기도하는지 알 수 없었다.

데니슨은 과연 구원받을 수 있을까? 종교 혁명가들의 말처럼 구원이 예정된 것이라면 인간의 삶은 과연 어떤 의미를 갖는가? 칼뱅은 설파했다. 근면한 노동의 대가로 얻은 부야말로 신의 은총의 결정적 증거라고. 네덜란드의 상인들은 칼뱅의 혁명적 교리에 열광했다. 칼뱅의 발상은 상인들의 치부를 신학적으로 정당화시켰다. 심지어 전통 기독교 교리가 금했던 이자 놀이까지 수락했다.

일찍이 성경은 말했다.

"이방인들에게는 이자를 받되 형제들에게는 이자를 받지 마라."

유대인들의 전유물이던 돈놀이가 모든 기독교인들에게 신의 이름으로 허용된 것이다. 금융업자들이 열렬한 지지를 보냈음은 물론이다.

금융가, 자산가들이 급진적 교리에 관대한 신교의 심장, 암스테르담으로 모여들었다. 구질서를 고집했던 스페인 제국의 몰락은 자명한 결과였다. 그러나 나는 데니슨의 부박한 운명 앞에서 새로운 시대정신의 허구성을 의심한다. 한밑천 잡기 위해 바다로 나와 빈털터리로 죽은 데니슨은 과연 구원받을 수 있을까? 신의 존재조차 모른 채 살아가고 있는 이교도들에게 신은 과연 어떤 심판을 내릴 것인가? 부가 구원의 척도라면 면죄부를 팔았던 부패한 성직자들과 종교 혁명가들이 다를 게 뭐가 있을까? 새로운 시대정신이란 한낱 새로운 시대의 정신에 불과한 것이 아닐까? 의념이 깊어갈수록 신심은 바닥을 드러냈다.

화포장 노인은 데니슨의 시신이 재가 될 때까지 가마의 불을 지켰다. 슬픔에 잠긴 화포장 노인의 눈망울이 오래 우려낸 소뼈 수프처럼 말갛다. 이 왕국의 이교도들은 모든 죽음 앞에 겸허했다. 죽음은 생을 윽박지르지 않았고 생은 죽음을 따돌리지 않았다. 저들은 망자의 구원이 아니라 평안을 기원했으며 부(富)가 아니라 의(義)를 추구했다. 저들은 의를 위해서라면 형제에게도 받는 이자를 이방인에게는 받지 않으리라. 데니슨의 영원한 안식을 위해 나는 신께 기도하지 않았다. 이교도 땅에서 나는 구원이라는 단어의 무책임에 대한 분노로 눈이 멀 것이다.

데니슨의 육신이 타고 남은 재를 수습해 상앗빛 자기에 담아준 것은 화포장 노인이었다. 자기에는 날개를 활짝 펼친 채 구름 사이로 날아가는 두루미가 그려져 있었다. 전쟁 전까지만 해도 도공이었던 화포장 노인은 직접 흙을 빚고 그림을 그렸을 것이다. 화포장 노인은 데니슨과 일면식도 없었다. 화포장 노인은 제 피붙이의 장례인 양 정성을 아끼지 않았다. 대장간을 떠날 때 나는 화포장 노인에게 감사의 표시로 이교도의 예법에 따라 허리 숙여 인사했다.

데니슨의 재를 도성 밖의 거대한 강에 뿌렸다. 젊은 관리는 거대한 강이 서쪽의 바다에 이른다고 했다. 중국을 바라보는 바다를 지나 더 크고 먼 바다로 나아갈 것이라고 했다. 거룻배를 타고 나가 뿌렸다. 이교도 병사들이 거룻배에 올라타 나와 에보켄을 감시했다. 데니슨의 영혼이 넓고 큰 바다로 나아갈 수 있도록 물살 급한 곳에 뿌렸다. 달빛 머금어 은멸치 떼처럼 반짝이는 물비늘 위로 데니슨의 재가 하얗게 흩날렸다.

"염병할! 달빛 한번 우라지게 곱다!"

에보켄이 푸념하듯 중얼거렸다.

나는 밤하늘을 올려다보았다. 또 하나의 거대한 강이 머리 위에서 소리 없이 흘러가고 있었다. 우주의 젖줄, 은하의 남쪽 가장자리에 못 보던 별들이 옹기종기 둥지를 틀었다. 찬찬히 보니 기지개를 켜는 호랑이 같았다. 그중 유난히 환한 별 하나가 눈길을 끌었다. 그것은 호랑이의 눈처럼 번뜩였다. 데니슨의 영혼이 거기 맹렬한 기세로 빛나고 있었다.

6

날이 더워질 무렵 나는 자리를 털고 일어났다. 뼈는 단단히 아물었다. 따뜻해진 공기가 도움이 되었다. 우기의 장마처럼 지루했던 연금에서도 풀려났다. 나와 에보켄은 다시 국왕의 병사가 되었다. 국왕은 매달 지급되는 쌀을 70캐티로 늘렸다. 총사령관의 명에 따라 나와 에보켄은 대포를 제작하는 대장간에 다시 배속되었다. 오랜만에 맛보는 바깥 공기는 폐를 신선하게 부풀렸고 눈을 밝게 만들었다. 데니슨의 죽음으로 침울했던 에보켄도 쾌활을 되찾았다. 젊은 관리가 나들이를 제안했다.

젊은 관리가 조랑말을 끌고 숙소로 찾아왔다. 이 왕국의 조랑말은 스코틀랜드산(産)보다 왜소했다. 내가 올라타려 할 때 키 작은 조랑말이 앞다리를 접어 몸을 낮췄다. 조랑말이 다리를 펴고 일어났지만 내 다리는 대지를 박차지 못했다. 조랑말이 걸음을 옮길 때 다리가 땅에 질질 끌렸다. 땅에 끌리지 않기 위해서는 발을 엉거주춤 내디뎌야 했다. 뒤뚱거리며 걷는 조랑말 위에서 종종걸음치는 꼴이었다. 젊은 관리와 에보켄이 배꼽을 쥐고 웃었다.

"선장, 저 녀석 자존심도 생각해야죠. 명색이 말인데 강아지처럼 가랑이 밑에서 버둥거리게 해서야 되겠소? 차라리 선장이 짊어지고 가는 게 낫겠구려."

젊은 관리가 안장을 한껏 높여주었다. 조랑말이 움직일 때 나는 균형을 잡느라 진땀 흘렸다. 젊은 관리는 남쪽의 산을 향해 말을 몰았다. 남쪽의 산은 궁궐을 굽어보듯 도성의 남쪽 중심부에 우뚝 솟아 있어, 도성 어디에서나 고개를 들면 그 모습을 드러냈다. 때문에 군사적으로 중요한 거점이 되었다. 남쪽 산의 정상에는 다섯 개의 돌무더기가 탑처럼 쌓여 있었다. 밤이 되면 돌탑에 불이 타올랐다. 불은 변경과 해안의 초소로부터 비롯되어 이 왕국의 첩첩한 산등성에 올라타 바람보다 빨리 달려왔다. 불은 타오르거나 타오르지 않음으로써 변방의 정황을 보고했다. 타오르지 않는 불은 변방의 안녕을, 타오르는 불은 변방의 변고를 알렸다. 적이 전면적으로 침공해오거나 반란이 일어날 때 다섯 개의 불이 동시에 타올라 정세의 다급함을 고할 것이었다.

남쪽의 산에 접어들자 울창하게 우거진 원시림이 눈에 들어왔다. 태양의 각별한 관심을 끌려는 나무들은 다투어 자라 하늘을 덮었다. 소나무가 특히 많았다. 아름드리 고목의 군단이 저 옛날 로마의 중갑보병대처럼 밀집 대형을 이루며 능선을 타고 촘촘히 진군했다. 조랑말은 다리가 짧아서 비탈길을 잘 올랐다. 저만치 앞에서 이교도 사내들이 가마를 어깨에 짊어진 채 뒤뚱거리며 오르고 있었다. 가마는 울창하게 솟아오른 수목의 궁륭 너머로 사라졌다. 길만 끊어지지 않는다면 저들은 제 숙명의 무게를 짊어진 채 하늘 끝까지라도 올라갈 것이다.

산의 북쪽 능선을 따라 오르니 도성이 한눈에 들어왔다. 도성은 온순한 짐승처럼 발아래 낮게 엎드린 채 영원한 잠에 빠져든 듯 고즈넉했다. 숲의 가장자리에서 선선한 바람이 불어와 콧잔등을 부드럽게 간질였다. 대자연의 약동하는 생기가 고스란히 온몸에 스며드는 듯했다. 숲의 중심으로 들어가니

나무가 태양을 감추고 하늘을 덮었다. 사위가 어둑어둑했고 공기가 차가워져 목덜미가 서늘했다. 숲의 음영 속에서도 젊은 관리의 얼굴은 환하게 빛났다. 신중하기가 바위와 같은 젊은 관리도 사랑의 희열에 겨워 얼굴에 기쁨의 열꽃을 피웠다. 감출 수 없는 사랑의 기쁨이 장차 젊은 관리의 앞날에 암운을 드리울까 두려웠다.

"간밤에 쌍봉낙타에 올라타 천국 구경이라도 다녀왔소?"

에보켄이 능청스럽게 물었다.

"쌍봉낙타가 무엇인가?"

진지하게 반문할 때도 젊은 관리의 얼굴에 핀 미소는 시들지 않았다.

"사막을 건너는 짐승이다."

"사막은 어느 바다인가?"

"모래의 바다다."

"모래의 바다를 건너면 천국에 갈 수 있는가?"

"쌍봉낙타를 타야만 갈 수 있다."

"타본 적 있는가?"

"헤아릴 수 없이 타보았지만 천국에 가려면 아직 멀었다."

"천국은 당신 마음속에 있다."

"신은 천국을 여인의 배꼽 아래 숨겨두셨다."

에보켄과 젊은 관리의 문답이 꼬리를 물었다.

에보켄과 젊은 관리는 동족처럼 말을 주고받았다. 이교도의 말과 모국어가 종작없이 뒤섞였다. 젊은 관리가 구사하는 네덜란드어는 귀에 거슬리지 않았고 에보켄이 입에 올리는 이교도의 말은 경청할 만했다.

수목의 미궁을 빠져나오자 단애가 깎아지른 듯 도성을 굽어보고 있었다. 단애의 발치에는 잎이 넓은 나무들이 해자처럼 둘러쳐졌고, 단애의 어깨 너머에는 기암과 괴석이 바람벽처럼 발돋움했다. 바위마다 글자가 새겨져 있었다. 젊은 관리에게 물으니 이곳을 다녀간 자들이 기념으로 새긴 것이라 했다. 자신의 이름을 새기기도 하고 시구를 새기기도 한다는 것이었다. 세월의 풍화에도 끄떡없을 만큼 또렷하게 각인된 이름과 시구는 한 번뿐인 삶의 덧없음을 견고한 침묵으로 웅변했다.

단애의 끄트머리에 세워진 정자는 금방이라도 허공에 몸을 날릴 듯했다. 그것은 지상의 남루함을 떨쳐버리기 위해 날개를 활짝 펼친 채 비상하는 한 마리 새와 같았다. 나와 에보켄의 입에서 절로 경탄의 감탄사가 터져나왔다. 그것은 하늘을 떠다니는 별장이었다. 도성의 고관대작들이 종종 유흥을 즐기는 곳이라고 젊은 관리가 말했다.

"선장, 이자들은 지상에 천국을 건설했군요."

견문 넓은 에보켄도 혀를 내둘렀다. 쾌락을 향한 이교도들의 열정은 광기에 가까웠다. 지상의 천국을 뒤로하고 산 정상을 향해 걸음을 재촉했다. 길은 계곡을 끼고 숨 가쁘게 뻗어갔다. 길이 가팔라 조랑말을 나무에 묶어두고 걸어서 올라갔다.

산 정상이 멀지 않은 곳에 사원이 나타났다. 사원은 산 정상에서 질풍처럼 내달려온 계곡이 잠시 숨을 고르는 둔덕에 몸을 숨기듯 들어서 있었다. 담장도 출입문도 보이지 않았다. 지붕에 기와를 얹은 작은 건물과 오두막 한 채가 전부였다. 기와를 얹은 건물이 본채고 오두막이 부속 건물인 듯했다. 이교도의 사원을 감싸고 있는 요요(寥寥)한 공기는 일찍이 프랑스의 남쪽을 여행할 때 들렀던 퇴락한 수도원을 떠올리게 했다. 마당에 가마와 가마꾼들이 보였다. 숲의 그늘 속으로 사라졌던 가마였다.

오두막에서 나온 수도승이 젊은 관리를 보며 합장했다. 젊은 관리도 손을 모으고 고개 숙였다. 데니슨의 시신을 태울 때 기도 올렸던 수도승이었다. 수도승이 나와 에보켄에게 같은 방식으로 인사했다. 나와 에보켄은 수도승에게 답례했다. 수도승이 우리를 사원의 본채로 안내했다. 궁궐에서 본 것처럼 붉은색과 푸른색, 그리고 노란색과 흰색으로 화려하게 칠한 정교한 장식이 지붕을 떠받치고 있었다. 이교도의 예법에 따라 신발을 벗고 건물 안으로 들어갔다.

나무로 짠 제단 위의 거대한 우상이 단연 눈길을 끌었다.

우상은 가부좌를 했다. 곱슬곱슬한 머리카락은 이마 위에서 차분했고 이마 한복판에는 보석이 빛나고 있었다. 얼굴의 윤곽은 토실토실했지만 이목구비의 선은 갸름했다. 표정이 미묘했다. 거만해 보이기도 하고 인자해 보이기도 했다. 몸통에 비해 얼굴이 우스꽝스러울 정도로 컸으며 귓불은 어깨까지 내려왔다. 전체적으로 비례와 균형과는 거리가 멀어서 기이한 느낌을 자아냈다. 우상 뒤 벽에는 마왕의 장군들처럼 무시무시하게 생긴 자들이 그려져 있었다. 우상 좌우에 그려진 우아한 자태의 여인들이 우상을 보필하고 있었다. 우상의 시녀들이리라.

곱게 차려입은 젊은 여인이 이마가 마룻바닥에 닿도록 우상에게 거듭 절했다.

"저것은 성인의 상(像)인가?"

내가 물었다.

"부처다."

젊은 관리가 대답했다.

일찍이 중국에 다녀온 모험가들이 남긴 동방의 견문록에 따르면 그는 깨달음을 얻기 위해 왕자의 지위를 버렸다. 성 베네딕트나 성 도미니크처럼 금욕과 수행을 통해 우주의 이치를 깨우쳤다고 했다. 이 왕국은 중국으로부터 문자뿐만 아니라 종교까지 받아들인 모양이었다.

"저 여인은 뭘 하고 있는가?"

내가 물었다.

"아들을 낳게 해달라고 기도하고 있다. 하루에 백 번 절한다."

젊은 관리가 대답했다.

"며칠 동안 저러는가?"

"백 일을 기도한다."

"그러면 아들을 얻을 수 있는가?"

"그것은 하늘의 뜻에 달렸다."

"하늘의 뜻에 달린 거라면 만 번의 기도가 무슨 소용인가?"

"정성이 지극하면 하늘도 감동한다."

이단 중의 이단으로 낙인 찍혔던 채찍질 고행자들도 저 여인처럼 제 육신에 대한 학대를 통해 구원을 얻고자 했다. 하늘이 감동하기 전에 여인의 무릎이 망가질지도 몰랐다.

수도승이 작은 나무패를 제단에 올렸다. 나무패에는 중국 문자가 적힌 종이가 붙어 있었다. 수도승이 우상 발치의 향로에 불을 피웠다. 향로 좌우의 촛대에 끼워진 초에도 불을 붙였다. 촛불 위로 흘러가는 향내가 고즈넉했다. 데니슨의 시신을 태울 때 그랬듯 수도승이 나무 방울을 두드리며 알아들을 수 없는 말을 중얼거렸다. 마법사가 주문을 외는 것 같았다.

"데니슨이 죽은 지 오늘로 사십구 일째다. 극락왕생을 기원하는 법문을 외는 중이다."

젊은 관리가 말했다.

"극락왕생이란 무엇인가?"

내가 물었다.

"영원한 새 삶을 얻는 것이다."

"죽은 자가 다시 태어난다는 말인가?"

"이생에서 선을 행한 자는 천국에 가거나 인간으로 다시 태어나지만 죄를 지은 자는 지옥에 떨어지거나 짐승으로 다시 태어난다."

"왜 사십구 일째인가?"

"이 우주에는 일곱 개의 행성이 있다. 각 행성에는 일곱 개의 역이 있다. 죽은 자의 영혼은 다음 생으로 가기 위해 마흔아홉 개의 역을 거쳐야 한다. 마지막 역에서 다음 생의 거처가 결정된다. 새로운 거처를 얻지 못한 영혼은 바람처럼 이생을 떠돌게 된다."

젊은 관리의 말이 나를 어리둥절하게 했다.

"작은 모래알도 물에 가라앉지만 큰 바위라도 배에 실으면 능히 물 위에 뜰 수 있다. 마찬가지로 사람의 죄는 비록 사소한 것이라도 그 대가를 치르게 되지만 아무리 큰 죄도 부처님의 공덕에 의탁하면 능히 구제받을 수 있다. 너희 동료의 영혼을 위해 부처님께 절을 올리라."

수도승이 말했다.

"선장, 뭘 꾸물거리쇼? 데니슨이 천국에 간다지 않소?"

에보켄이 나의 주저를 책망했다.

나는 엉거주춤 바닥에 무릎 꿇으며 이마를 조아렸다. 마룻바닥은 겨울 동안의 한기를 머금어 선뜩했다. 수도승이 나무패에 붙인 종이를 떼어내 촛불로 불을 붙였다. 종이에 적힌 글자는 국왕이 데니슨에게 내린 이름이라고 젊은 관리가 설명했다. 종이가 불타 흔적도 없이 사라지듯 데니슨의 영혼에 묻은 죄악의 얼룩도 지워질 것이라고도 했다. 우리 일행이 산을 내려갈 때까지도 젊은 여인의 절은 계속되었다.

7

태양에 달궈진 대지가 뜨거운 김을 토해냈다. 나무들은 태양에 대한 경외로 저마다 푸르고 무성했다. 대지에 뿌리박지 못한 것들은 대지와 함께 태양의 위세에 숨죽였다. 풀벌레만이 녹음 속에 숨어 느껴 울었다. 한낮의 적요도 이글거리는 태양열에 흐물흐물 녹아내렸다. 이곳 이교도의 땅은 계절이 천사와 악마의 형상처럼 또렷하게 구분되어서 뜨거울 때 불의 왕국이 되었고 추울 때 얼음의 왕국이 되었다. 극과 극을 요동하는 이교도들의 성정은 계절의 악마적 변덕을 닮았다.

불과 얼음을 오가며 담금질된 이교도들의 영혼은 삶을 사랑할 때나 증오할 때나 어김없이 격렬했다.

평소 우리의 처지를 동정하던 고관대작들이 연회를 마련했다. 지난날의 불상사로 인한 마음고생을 위로하기 위한 자리라고 젊은 관리가 설명했다. 연회는 지난번 남쪽 산을 오를 때 보았던 정자에서 열렸다.

고관대작들은 안면이 익은 자들이었다. 그들은 일찍이 우리를 자신들의 집에 초대했었다. 고관대작들은 나와 에보켄에게 위로의 말을 건넸다. 데니슨의 불운을 안타까워했고 나와 에보켄의 고초를 제 일처럼 아파했다.

저들의 슬픔이 격식이 아니라 진심이라는 것을 나는 의심하지 않는다. 또한 나는 안다. 데니슨을 죽음으로 몰고 간 대신들의 살의와 저들의 애도는 그 뿌리가 다르지 않다는 것을. 아름다운 향기와 날카로운 가시가 장미에서 비롯되듯 천사의 선량과 악마의 잔혹은 모두 저들의 뜨거운 심장에서 뛰쳐나온다. 보이지 않는 두려움에 대한 강박과 보이는 쾌락에 대한 집착은 별개의 것이 아니라 하나다. 저들은 알고 있을까? 향기는 시들고 가시는 삭아도 장미의 이름은 남는다는 것을. 그리하여 저들은 이 높은 산, 깊은 골짜기의 바위에도 자신들의 이름을 새기는 것일까? 고관대작들의 위로는 하나같이 이런 말로 마무리되었다.

"모든 게 하늘의 뜻이다."

눈을 지그시 감으며 그리 말할 때 고관대작들은 모두 성자와 같았다.

고관대작들의 집에 초대받았을 때와 마찬가지로 갖은 진미가 차려졌다. 각종 고기와 생선, 그리고 과일이 층층이 쌓아 올려졌다. 고관대작의 시종들이 이곳까지 운반해온 음식이었다. 그들은 주인의 명이라면 지옥 끝까지라도 음식을 싸갈 것이다.

고관대작들은 그림처럼 펼쳐진 풍광을 감상하며 이런저런 한담을 주고받았다. 화창한 날씨에서부터 북방의 정세에 이르기까지 그들의 입에 오르는 화제는 음식의 종류만큼 다채로웠다. 술도 준비되었다. 술과 함께 화류계 여인들도 모습을 드러냈다. 분홍색, 붉은색, 노란색, 보라색…… 여인들은 봄꽃처럼 화사한 빛깔의 비단옷으로 한껏 멋을 냈다. 고관대작들이 아름다운 자태에 대한 찬사로 화류계 여인들을 반겼다.

"꽃들이 집 안으로 걸어 들어오니 산천이 캄캄해지는구나!"

고관대작들 중 한 명이 말했다.

"꽃은 찾아드는 벌에게 꿀을 내주는데 벌은 찾아드는 꽃에게 무엇을 줄 것인가?"

붉은 비단옷을 입은 여인이 응수했다.

좌중에 웃음이 일었다. 이교도들은 남녀 간의 수작조차 시적이었다.

화류계 여인들이 차례로 자신을 소개했다. 초승달, 매화, 봄눈, 붉은 난, 배꽃……여인들의 이름은 자연의 숭고를 모방했다. 나와 에보켄을 처음 보는 여인들의 반응은 제각각이었다. 유령이라도 만난 듯 놀라는 치도 있었고 호기심을 드러내는 치도 있었다. 나와 시선이 엉키자 볼을 붉히는 여인도 있었다. 이름을 듣고도 나는 그들을 구분할 수 없었다.

'밝은 달'과 '복숭아꽃'도 있었다. 그들은 우리를 기억했다. 나도 그들을 잊지 않았다. 내 귓전에는 '밝은 달'의 탄주음이 쟁쟁했다. '복숭아꽃'의 고혹적인 자태는 한층 무르익었다. 그들이 기예를 통해 연마한 우아한 슬픔에 나 자신을 내맡기고 싶은 충동으로 온몸의 혈관이 팽팽하게 조율되었다.

여인들은 바람에 날리는 꽃잎처럼 사내들 틈에 내려앉았다. 그들의 몸짓은 우수를 가장하고 교태를 과장했다. 고관대작의 눈에 든 화류계 여인은 부귀와 영화를 손에 넣게 된다고 젊은 관리가 귀띔했다. 이 왕국의 귀족들은 쾌락의 멍에를 짊어짐으로써 자신의 권위를 확인하고자 하는 것일까? '밝은 달'이 내 옆에 앉았다.

술잔이 비어감에 따라 연회의 분위기가 고조되었다. 고관대작과 화류계 여인들은 즉흥적인 시로써 서로의 마음을 희롱했다.

이별은 이번 생에 있고 사랑은 다음 생에 있네
사랑은 이번 생에 없고 이별은 다음 생에 없네
사랑도 이별도 숨죽인 이 밤은 이생인가 저생인가

화류계 여인들은 교묘하게 고안된 우수로 사내들의 심장을 데웠다. 화류계 여인들의 시는 관능으로 물오른 봄기운처럼 몽롱했다. 고관대작들은 음탕한 욕망의 시위를 아슬아슬하게 당김으로써 화답했다.

밤은 사랑을 노래하고 아침은 이별을 노래하니
밤이슬은 아랫입술을 적시고 아침이슬은 윗입술을 적시네
이별을 사랑하는 내 님의 젖은 입술은 아랫입술인가 윗입술인가

연회의 질펀함이 절정으로 치달을 때 태양은 어느새 지평선으로 물러가고 있었다. 독주가 담긴 잔 위로 거처 잃은 꽃잎이 분분했다. 꽃잎은 바람이 불어오는 쪽에서 저희끼리 까르르 이마를 맞대다 바람이 불어가는 쪽에서 황망히 서로를 등졌다. 사내들과 여인들은 꽃잎이 불어오는 쪽에서 세상을

등졌고 꽃잎이 불어가는 쪽에서 마음을 맞댔다. 밥 짓는 연기가 도성의 하늘을 덮었다. 구름 위에 떠 있는 기분이었다.

'밝은 달'의 가야금 연주에 맞춰 두 명의 여인들이 칼춤을 췄다. 여인들은 양손에 칼을 쥔 채 탄주음에 맞춰 기이한 춤을 췄다. 칼은 길게 자라난 손톱처럼 여인들의 손끝에서 일사불란하게 허공을 갈랐다. '밝은 달'의 연주음이 생의 우듬지를 향해 달음박질치자 여인들의 칼은 죽음의 뿌리를 향해 곤두박질쳤다. 악마적 안무에 의해 연출된 칼부림은 무(武)가 아니라 예(藝)의 방편이 되었다.

데니슨이 쥐었던 칼은 죽음을 긍정함으로써 생을 수락했다. 그러나 유희의 도구로 전락한 칼은 죽음을 조롱함으로써 생을 희롱했다. 나는 맹렬한 살의에 치를 떨었다. 태양을 삼킨 듯 온몸이 신열에 들떴다. 내력을 짐작할 수 없는 돌연한 살의를 달래기 위해 나는 독주를 입 안에 들이부었다. 이 세계를 파괴하지 않기 위해서는 나 자신을 파괴하는 수밖에 없었다. 마왕의 군대가 내 심장을 전력으로 밟고 지나갔다. 혼미해지는 정신의 끝자락을 물고 늘어진 것은 살의가 아니라 욕정이었다.

달빛도 몸 숨긴 유곽의 골방에서 나는 '밝은 달'의 속살을 악귀처럼 파고들었다. 폭발 직전의 흥분으로 곤두선 내 성기는 이교도 여인의 꽃잎을 짓이겼다. 꽃잎의 헐떡임에 내 성기는 잔뜩 독이 올랐다. 나는 꽃잎을 떨게 하고 떨리는 꽃잎은 나를 집어삼킨다. 단단해진 내 성기가 칼날이기를 나는 바랐다. 칼날이 되어 생의 허무가 잉태된 곳, 우주의 배꼽 깊숙이 박히기를 바랐다. 버둥거리는 몸뚱이 아래에서 문명이, 야만이 파괴되기를 고대했다. 칼날 위로 지는 꽃잎의 무게에 칼은 부릅뜬 눈을 질끈 감았다.

쾌락의 절정에서 죽음을 감싼 고요를, 마녀로 지목되어 분형당한 여인의 눈동자를 보았다. 나는 길들여지지 않는 생의 맹독을 게워냈다. 우주가 파르르 눈 깜박였다. 나는 여인의 몸 길을 열고 죽음의 물길로 나아갔다. 이교도 여인의 몸 깊은 곳에서 나는 죽었고, 다시 태어났다. 문명은 죽고 야만은 살아남았다. 구원의 은혜 없이도 다시 태어날 수 있다는 사실이 나를 절망케 했으나 구원의 믿음 없이도 죽을 수 있다는 사실이 나에게 용기를 주었다. 이교도 여인은 '밝은 달'이 아니라 어쩌면 '복숭아꽃'이었는지도 모른다. 그날 밤 내 영혼을 움켜쥔 살의가 살해한 것은 금욕의 계율이었다.

날이 밝아올 때 나는 배덕을 완성하기 위해 이교도 여인의 목에 십자가 목걸이를 걸어주었다. 목걸이를 걸어줄 때 여인의 목덜미가 붉게 물들었다. 화류계 여인의 꾸밈없는 수줍음이 나는 힘겨웠다. 밤새 비워낸 욕망의 샘물이 목구멍까지 다시 차올랐다. 십자가를 목에 건 이교도 여인의 예기치 않은 수줍음이 나를 흥분에 떨게 했다. 쾌락에 대한 갈급으로 눈먼 나는 달인지 꽃인지 분간할 수 없는 이교도 여인의 고요하고 향기로운 몸속으로 재차 파고들었다. 찰나의 희열이 시들면 나는 살아서 지옥을 맛보리라. 이교도 여인의 붉은 신음이 온 세상을 태워버리기를 나는 바랐다.

8

잦은 비로 윤기를 잃은 이교도의 땅을 또 한 번의 우기가 유린했다. 총사령관은 수시로 대장간을 방문해 새 대포 제작을 독려했다. 총사령관은 국왕의 각별한 관심을 전하기도 했다. 국왕은 신무기 개발에 이 왕국의 명운을 걸었다. 타타르의 대군을 상대할 현실적인 방책은 그것뿐이기도 했다. 북방의 정세는 여전히 혼미했고 타타르 왕은 변덕이 들끓었다. 벼락처럼 수중에 떨어진 권력은 영혼의 균형을 무너뜨린다. 이미 많은 것을 손에 넣은 타타르 왕은 여태 손에 넣지 못한 것 때문에 노심초사했다.

타타르 왕은 국왕에게 빛의 제국 정벌을 위한 군사와 군선을 요구했다. 타타르 병사들은 무시로 얼음의 강을 건너 약탈과 노략을 일삼았다. 지난 전쟁 끝에 맺은 형제의 협약은 누더기가 되었다. 국왕은 전열 정비에 박차를 가했다. 세금을 징수해 군비를 확충하고 군사를 모아 조련했다. 자신의 치세에 거듭되는 전란으로 마음 무거운 국왕은 강병에 전력을 기울였다.

정변의 성공으로 지금의 국왕이 왕위에 오르자마자 이 왕국은 내전의 소용돌이에 빠졌다. 폐주를 몰아낸 결정적 명분은 빛의 제국에 대한 신의를 저버리고 신흥 강자로 부상한 타타르의 눈치를 보았다는 것이었다. 쇠락하는 문명과 발흥하는 야만 사이에서 중립은 정변 세력[24]에게 치욕이었다. 정변의 성공으로 왕위에 오른 국왕의 마음을 어지럽히는 것은 요동치는 북방의 정세였다. 국왕은 정변의 행동 대장[25]에게 1만의 군사를 주어 북방의 긴장을 단속하게 했다. 1만의 정예병은 북방 수비대의 주력이었다.

논공행상을 통해 권력의 심장부를 장악한 정변 세력은 용케 살아남은 정적[26]의 씨를 말리기 위해 역모의 올가미를 씌웠다. 폐주와 친분이 있던 자들이 1만의 정예를 거느린 북방의 장군과 결탁해 반혁명을 책략하고 있다는 밀고가 국왕의 무릎 위로 올라왔다. 칼로 왕위를 빼앗은 국왕은 칼 쥔 자를

---

24) 서인.
25) 이괄.
26) 북인.

믿지 않았다. 그러나 국왕은 칼이 누구의 수중에 있는지 속단할 수 없었다. 멀리 있는 장수의 칼날은 선뜩했고 가까이 있는 공신들의 칼날은 버거웠다.

국왕은 북방 수비대 진영으로 조사관을 급파했다. 북방을 지키던 장수의 무고(無辜)를 확인한 조사관은 무고(誣告)한 자들의 목을 베야 한다고 국왕에게 보고했다. 국왕은 자신이 누리는 권력의 버팀목을 제 손으로 허물 수 없었다. 움켜쥔 힘은 취약해 보였고 움켜쥐어지지 않는 힘은 막강해 보였다. 칼의 향배는 선명해졌으나 국왕은 자신이 쥔 칼의 예기를 믿을 수 없었다. 역모를 꾀한 자들의 목을 베라며 공신들은 국왕의 칼자루를 압박했다. 논공행상의 결과에 불만을 품은 북방의 장수가 군사를 일으켜 쳐들어올 것이라는 소문이 도성에 파다했다. 국왕으로서는 칼을 뽑으면 장수를 잃고 칼을 뽑지 않으면 권위를 잃을 것이었다. 꾸며지지 않은 역모가 꾸민 역모보다 더 치명적이었다.

장수도 권위도 잃고 싶지 않았던 국왕은 반역자로 지목된 장수의 아들을 압송하라고 명했다. 북방의 장수는 자신의 아들을 잡으러 온 국왕의 사자를 베고 도성을 향해 전격 진군했다. 반란군의 전위는 1백의 일본군이 맡았다. 지난 7년 전쟁 때 포로가 된 병사들이었다. 반란군의 수뇌는 야전에서 뼈가 굵은 노련한 장수들이었다. 반란군은 진압군의 저지선을 우회하여 배후를 급습했다. 반란군은 전력으로 부딪혀 오지 않았고 치고 빠지기를 거듭했다. 거듭되는 전투로 진압군의 피가 강을 적시고 들을 물들였다. 진압군의 우두머리 장수는 국왕에게 다급한 첩보를 올렸다.

"적이 교활하게도 샛길로 출몰하여 종잡을 수 없습니다."

반란군이 파죽의 기세로 도성을 향해 남하하자 국왕은 도성을 버리고 남쪽으로 퇴각했다. 퇴각할 때 옥에 갇혀 있던 정치범들의 목을 남김없이 베었다. 피란 가는 국왕의 행렬을 따르는 백성은 셀 수 있었고 입성하는 반란군을 환영하는 백성들은 셀 수 없었다. 반란군의 수뇌가 입성할 때 관청의 관리들이 부리나케 달려와 영접했고 도성의 백성들은 길에 붉은 흙을 깔았다. 무혈입성에 성공한 반란군은 국왕의 삼촌을 새로운 왕으로 내세웠다. 반란군이 왕으로 옹립한 왕족은 달아난 국왕 아버지의 배다른 형제였다. 도성 곳곳에 다음과 같은 격문이 나붙었다.

"도성 주민들은 동요하지 말고 생업에 종사하라."

반란군은 내전의 주도권을 수중에 넣었고 빠르게 정국을 장악했다. 군사를 일으킨 지 19일 만의 전과였다.

전란이 아닌 내전으로 국왕이 도성을 버린 것은 이 왕국 역사상 유례가 없었다. 이 왕국의 왕위에 오른 자는 빛의 제국 황제의 추인을 얻어야 공식적으로 국왕이 되었다. 도성을 버린 국왕도 도성을 얻은 국왕도 빛의 제국 황제의 재가를 얻지 못했다. 바야흐로 하늘에 두 개의 태양이 떠 있는 셈이었다.

도성을 버린 국왕은 절박했다. 도성을 얻은 국왕이 빛의 제국 황제의 승인을 얻는다면 모든 게 끝장이었다. 시간은 진압군의 편이 아니었다. 신속하게 전열을 가다듬은 진압군이 세를 규합해 필사적으로 반격했다. 진압군은 도성을 굽어보는 고지를 급습해 점령했다. 패배를 몰라 자신감으로 충만했던 반란군은 유리한 위치에서 기다리고 있는 적을 향해 전력을 쏟아부었다. 주력과 주력이 후일을 돌보지 않고 부딪치는 전면전이었고 내전 발발 이래 최초의 대회전이었다. 진압군의 대승이었다. 단 한순간의 자만이 거듭되었던 수많은 승리의 영광을 물거품으로 만들었다. 최초의 패배는 치명적이었다. 치명적 패배보다 더 치명적인 것은 또 다른 패배에 대한 두려움이었다. 반란군은 동요했다.

반란군 대장은 국면을 전환하기 위해 결단을 내렸다. 남쪽으로 퇴각한 국왕을 추격했다. 국왕의 목을 베면 세상을 얻을 수 있을 것이었다. 목이 달아난 것은 쫓기던 국왕이 아니라 쫓던 장수였다. 최후의 일전을 앞두고 반란군은 내부로부터 붕괴되었다. 숙영지에서 반란군 대장과 그 아들의 목을 벤 것은 반란군 대장의 부장들이었다. 그들은 반란군 대장의 목을 쫓기던 국왕에게 바쳤다. 반란군 대장을 추종하던 북방의 병사들은 얼음의 강을 건너 타타르로 도주했다.

타타르의 횡포가 심해지면서 타타르에 대한 적개심이 고조되었다. 국왕이 타타르에 대해 품은 적대감에 동조하는 대신들도 늘었다. 그러나 엄연한 힘의 열세가 대신들에게 신중을 강요했다. 그것은 지난 전쟁을 통해 얻은 값비싼 교훈이었다.

날이 추워질 무렵 타타르 사신이 왔다. 타타르 사신은 얼어붙은 얼음의 강을 말을 타고 건너왔다. 국왕이 보낸 신하는 접경의 도시[27]까지 가서 타타르 사신을 맞았다. 타타르 사신이 도성에 도착하기 전 나와 에보켄은 도성을 떠나야 했다. 국왕과 대신들은 타타르 사신이 머무는 동안 나와 에보켄을 도성 밖에 격리시키기로 결정했다. 이교도 병사들은 우리를 결박하지는 않았다. 거룻배를 타고 도성 남쪽의 거대한 강을 건널 때도 내 팔은 자유로웠다.

이교도 병사들은 우리를 동정했고 타타르를 비난했다. 머지않은 장래에 타타르가 다시 쳐들어올지 모른다고 우려하기도 했다. 자신들은 평화를 사랑해서 단 한 번도 이방의 나라를 침공한 적 없다고 이교도 병사들이 말했다. 사격 훈련에 매진하고 있지만 총을 쓸 일이 없었으면 좋겠다고 고백했다. 얼굴이 앳된 병사는 노모의 힘겨웠을 추수를 근심했다. 앳된

27) 의주.

병사는 데니슨을 떠올리게 했다. 추수가 끝나 맨얼굴을 드러낸 들판을 바라보는 이교도 병사의 얼굴이 어두웠다.

들판이 끝나는 곳에 험준한 산이 나타났다. 산의 형세가 가팔랐다. 산 정상에 요새가 구축되었다. 산 정상을 둘러싼 성벽은 높고 길었다. 낮은 곳은 어른 키의 두 배였고 높은 곳은 어른 키의 다섯 배에 이르렀다. 성벽 곳곳에 총안과 포혈이 마련되었다. 결연한 전의로 이를 앙다문 성벽이 험준한 능선의 굴곡을 따라 끝없이 뻗어나갔다.

성 밖의 다급한 경사와 달리 성안의 지형은 완만했다. 물도 넉넉했다. 산의 서쪽에서 비롯한 계곡물이 남동쪽으로 흘러내렸다. 물이 넉넉해 농사를 지을 정도였다. 요새 도처에 우물과 연못이 눈에 띄었고 군막도 설치되어 있었다. 백 명의 병사가 만 명의 적을 거뜬히 감당할 수 있을 천혜의 요새였다. 도성의 남쪽을 수비하기 위해 지은 요새[28]라고 했다. 나와 에보켄은 타타르 사신이 도성에 머무는 내내 남쪽 요새에 억류되었다.

국왕을 접견할 때 타타르 사신이 물었다.

"혹 귀국에 벽안의 이방인이 머물고 있소이까?"

대신들의 얼굴이 창백해졌다.

---

28) 남한산성.

"사실이 아니오."

국왕이 대답했다.

"폐하께선 목하 중원 도모의 대업을 이루기 위해 전력을 기울이고 계십니다. 형제의 예를 약속한 이상 폐하의 영광은 또한 전하의 영광이 아니겠소이까? 폐하께서는 선린의 마음으로 귀국과의 우애가 변치 않기를 바라십니다. 그런데 동남쪽에서 들려오는 수상한 소문이 폐하의 총기를 어지럽히고 있소이다."

"소문은 소문일 뿐이오."

"우애의 마음이 처음과 같기 위해서는 서로 숨기는 것이 없어야 합니다."

"지당하오."

"전하의 성심을 폐하께 전할 것입니다."

"그리하시오."

대신들은 가슴을 쓸어내렸다. 국왕이 쥐여준 뇌물이 지난봄에 다녀간 타타르 사신의 입에 추를 매단 것이 분명했다. 그렇다면 대체 어떤 자가? 얼음의 강을 오가며 호피를 거래하는 상인들일까? 도성에서 암약하는 타타르 왕의 간자(間者)일까? 이도 저도 아니면 타타르에 망명한 역도의 잔당일까? 대신들의 머릿속은 소문의 진원지를 수색하느라 분주했을 것이다. 타타르 사신은 도성에 열흘 동안 머물렀다.

그해 겨울에는 눈이 귀했다. 새로 고안한 대포는 포탄을 멀리 보내지 못했다. 겨울에 눈이 드물면 이듬해 흉년이 든다며 이교도들이 근심했다.

겨울이 물러갔는가 싶더니 갓 맺힌 꽃망울 위로 때늦은 눈발이 떨어졌다. 눈발은 거침없었고 바람은 매서웠다. 바람에 날린 눈송이는 허공에서 저희끼리 몰려다니며 술래잡기를 했다. 찬바람의 서슬에 꽃망울은 시퍼렇게 질렸다. 꽃을 시샘하는 추위라고 젊은 관리가 말했다. 나는 젊은 관리의 말을 어지간히 알아들을 수 있게 되었다. 귀는 열렸으나 입은 쉽사리 열리지 않았다. 에보켄이 나에게 이교도의 말을 더듬더듬 가르쳤다. 이런 단어들이었다. 기생, 기방, 비녀, 버선, 노리개, 연지……

9

전령이 총사령관의 명을 가져왔다.

"남쪽 해안에 정체불명의 배가 난파했다는 보고가 올라왔다. 난파한 자들과 말이 통하지 않는다 하니 속히 가서 어느 나라 밴지 알아보라."

나와 에보켄은 총사령관의 명을 좇아 남쪽 해안을 향해 길을 나섰다. 이교도 병사 셋이 앞장섰다. 도성을 떠나던 날 바람이 몹시 불었다. 바람의 예리한 결마다 모래알이 버석버석 일어났다. 이름 모를 꽃잎이 한낮의 꿈처럼 시선의 가장자리에서 언뜻언뜻 소스라쳤다. 젊은 관리는 도성 밖의 거대한 강까지 따라왔다. 내내 말이 없었다. 입을 굳게 다문 탓인지 피로해 보이기도 했다. 연애가 시들해졌냐는 에보켄의 농담에도 대꾸가 없었다.

"남쪽 해안에 좌초했다는 자들에 대해 아는 게 있는가?"

내가 물었다.

"없다."

대답하는 젊은 관리의 얼굴이 밝지 못했다.

"무슨 일이 있는가?"

내가 재차 물었다.

"별일 없다."

젊은 관리의 대답이 미덥지 않았다.

"선장도 참! 젊은 사내가 심각할 때는 둘 중 하나 아니겠소? 사랑이 시작되거나 사랑이 끝장나거나. 척하면 척입죠. 개중 가장 심각한 것은 두 가지가 겹치는 경우죠. 사람이 사랑을 잡지 못하면 사랑이 사람을 잡는답니다. 아! 썩을 놈의 사랑."

에보켄이 말했다.

젊은 관리는 희미하게 미소 지을 뿐 대꾸가 없었다. 겨우내 얼어붙었던 거대한 강은 이마를 반짝이며 태양의 빛을 우리 얼굴에 되비추었다. 강가의 습지에는 푸른 이끼가 융단처럼 얼굴을 내밀었다. 나와 에보켄은 거룻배에 올라탔다.

"몸조심하시오."

젊은 관리가 네덜란드어로 소리쳤다. 간만에 들어본 모국의 인사말이 귀에 설었다. 젊은 관리는 작은 점이 될 때까지 강가에 서 있었다. 손을 흔드는 것 같기도 했다.

도성을 떠난 지 보름 만에 우리는 바다가 지척인 남쪽의 고을에 당도했다. 병영(兵營)이 설치된 성곽 마을이었다. 이교도 병사들이 나와 에보켄을 병영 사령관 앞으로 데려갔다. 병영 사령관은 얼굴이 까무잡잡하고 체구가 우람했다. 나와 에보켄을 바라보는 눈빛이 엄중했다. 길게 째진 눈은 우리의 속내를 탐문하는 듯했다. 나는 병영 사령관에게 좌초한 배에 대해 물었다.

"배는 완파되어 바다에 가라앉았고 생존자는 없다."

병영 사령관의 대답은 실망스러웠다. 먼 길을 달려온 수고는 도로(徒勞)가 되었고 동포를 만날지 모른다는 기대는 스러졌다.

"도성으로 돌아가겠다."

내가 말했다.

"도성에서 기별이 올 때까지 여기 머물러야 한다."

병영 사령관이 손짓을 섞어 말했다.

병영 사령관의 말은 아주 이해하지 못할 정도는 아니었다. 에보켄이 대화를 도왔다. 에보켄의 이교도 말솜씨는 그새 많이 늘었다. 병영 사령관도 놀란 기색이었다. 병영 사령관의 대답은 뜻밖이었다. 불길한 예감에 콧잔등이 서늘해졌다.

"이곳에 온 것은 좌초한 배를 조사하기 위함이었다. 배를 잃었으니 여기 머물 이유가 없다."

내가 항변했다.

"나는 명령에 따를 뿐이다. 너희는 당분간 이곳에 머물러야 한다. 다른 곳에 갈 수 없다."

"누구의 명령인가?"

"전하의 명이다."

"언제까지 머물러야 하는가?"

"나도 모른다."

병영 사령관의 대답은 친절과는 거리가 멀었다. 병영 사령관은 나와 에보켄에게 다음과 같은 명령을 내렸다. 매일 아침과 저녁 점호를 받을 것. 성 밖으로 나가지 말 것. 병영의 크고 작은 공사에 힘을 보탤 것. 병영 사령관과의 면담은 의문만 키운 채 끝났다.

"선장, 이게 웬 돼지 불알 터지는 소리요. 뭔가 착오가 생긴 게 분명합니다. 그렇지 않고서야……"

에보켄의 목소리가 칼칼했다.

돌아가는 형편이 수상쩍었다. 병영 사령관의 태도도 석연치 않았다. 난파선이 완전히 소실되었다면 그 내용을 상부에 보고할 일이었다. 그러나 병영 사령관은 별다른 조치를 취할 기색이 없었다. 나와 에보켄은 남쪽의 바다를 지키는 변경의 요새에 꼼짝없이 발이 묶였다. 도성은 멀고 바다는 가까웠다. 가까워진 바다도 멀어진 도성을 위로하지는 못했다. 그것은 뜻밖의 감정이었다. 도성 밖까지 배웅하던 젊은 관리의 그늘진 얼굴이 눈에 밟혔다. 달빛도 숨죽인 밤이면 바다가 뒤척이는 소리가 발목까지 밀려왔다.

병영에서의 일과는 태양의 궤적만큼이나 단조로웠다. 닭 우는 소리에 눈 뜨자마자 연병장으로 달려가 점호를 받았다. 쌀 수프로 아침 끼니를 해결하고 사역에 차출되었다. 바다가 가까운 그 병영은 해군의 전초기지였다. 지난 7년 전쟁 때 이 왕국의 뭍을 유린했던 일본군도 남쪽의 바다를 욕보이지는 못했다. 남쪽의 바다를 지키는 이 병영 때문이었다.

이곳의 바다를 내주면 적의 함대를 국왕의 턱밑까지 허용하는 셈이었다. 병영 사령관은 방비에 전력을 기울였다. 대규모의 토목 공사를 위해 세금을 징수했고 인부를 징발했다. 허물어진 성벽을 보강하기 위해 돌을 날랐고 느슨해진 방책을 다지고 전선을 얻기 위해 나무를 베었다. 크고 작은 노역은 죽기를 각오한 적처럼 꾸역꾸역 밀려들었다. 언제부턴가 나는 끝내야 할 노역의 끝을 가늠하지 않았다. 돌을 나를 때는 이 세상의 모든 돌을 나르고 있었고 나무를 벨 때는 이 세상의 모든 나무를 베고 있었다. 세상의 모든 돌과 세상의 모든 나무의 수를 헤아리는 것은 부질없었다. 끝이 보이는 노역의 고단보다 끝이 보이지 않는 노역의 무료가 더 무서웠다.

노역의 무료보다 더 고통스러운 것은 끼니의 적막이었다. 가뭄으로 작물이 타들어갔다. 해를 넘기며 계속된 기근이 병영의 부엌을 초토화시켰다. 굴뚝에서는 연기가 피어오르지 않았고 부엌에서는 음식 냄새가 새어나오지 않았다. 하루의 배식이 한 번으로 줄었다. 성 안팎에서 굶어 죽은 자가 속출했다. 이교도들은 소나무 껍질을 벗겨 삶아 먹었고 풀로 수프를 끓였다. 마을과 마을을 잇는 길목마다 도적 떼가 끓었다. 도적 떼는 고을을 약탈했고 국왕의 곡식 창고까지 털었다. 마을에 머문 자들은 주려 죽었고 마을을 떠난 자들은 칼 맞아 죽었다. 죽은 자들의 시체를 묻는 것은 병사들 몫이었다. 시체를 묻던 병사들도 허깨비처럼 쓰러졌다. 기왕 쓰러진 자들을 미구에 쓰러질 자들이 땅에 묻었다. 이 세상은 하나의 거대한 무덤이었다.

병영 사령관은 시신 수습을 위해 군사 훈련과 토목 사업을 중단했다. 도적 떼는 유령처럼 출몰했다. 도적 떼의 습격은 종작없었지만 끼니의 출몰은 어김없었다. 견고하게 다진 성벽과 방책도 때를 기약하고 달려드는 끼니를 막아내지는 못했다.

들려오는 소문마다 어수선했다. 병영 사령관은 인근 사원의 불상들이 식은땀을 흘린다는 보고서를 조정에 올렸다. 국왕은 병영 인근의 불상을 모두 파괴하라 명했다. 병영 사령관은 혹세무민하는 무리의 말에 귀 기울인 죄로 파면되었다. 나와 에보켄의 거취에 관한 명은 들려오지 않았다. 파괴된 불상은 더는 땀 흘리지 않았다. 사원의 수도승들은 병영까지 내려와 구걸했다.

10

새로 부임한 병영 사령관으로부터 저간의 사정을 들을 수 있었다.

"좋은 소식과 나쁜 소식이 있다."

병영 사령관이 말했다.

"나쁜 소식은 무엇인가?"

내가 물었다.

"너희는 이곳으로 유배되었다."

병영 사령관의 전언에 따르면 지난봄 타타르 사신이 다녀간 후 나와 에보켄의 거취가 조정에서 다시 논란거리가 되었단다. 대신들에게 나와 에보켄의 존재는 불 가에 쌓아둔 화약과 같았다. 소문의 진원지는 밝혀낼 수 없었다. 대신들에게는 나와 에보켄의 존재야말로 소문의 진원지, 이 왕국의 안녕을 위협하는 화근이었다. 데니슨을 죽여야 한다고 목소리 높였던 대신들의 살의가 이번에는 나와 에보켄의 목을 노렸다. 대신들은 타타르 군대에게 다시 얼음의 강을 건널 구실을 주어서는 안 된다고 국왕에게 청했다.

"한낱 미물인 늑대도 죽을 때는 제 집을 향한다고 하지 않습니까? 고향에 대한 독한 그리움이 이방인들의 탈출을 언제 다시 부추길지 알 수 없는 노릇입니다. 지난번 이방인의 탈출 사건 때 전하께서 타타르 사신의 입을 봉하기 위해 많은 보화를 내주셨습니다. 그러나 세상의 어떤 금은보화로도 보이지 않는 입을 막을 수는 없습니다. 전하를 알현하던 타타르 사신의 방자함에 치가 떨렸으나 소신들은 이방인의 존재에 대한 소문이 두려워 감히 입을 열지 못하였나이다. 이방인의 존재는 두고두고 전하와 조정의 짐이 될 것이옵니다. 끝까지 지고 갈 수 없는 짐이라면 미련을 속히 버리는 편이 옳을 줄 압니다."

"경들은 미련을 버리지 못하는 과인의 미련을 헤아려달라. 내 일찍이 이방인들이 고향으로 가게 해달라고 간청했을 때

새로운 삶을 주겠노라 약속했다. 스스로 뱉은 말을 그때그때의 이해에 따라 손바닥 뒤집듯 한다면 과인이 시정잡배와 다를 게 뭐 있겠는가? 국왕의 약속을 백성들이 믿지 못한다면 이 나라에 무슨 미래가 있겠는가? 종묘와 사직인들 무사하겠는가? 나라의 안녕을 근심하는 경들의 충정을 모르는 바 아니다. 경들의 판단이 사사로운 감정에서 비롯된 것이 아니듯 과인의 미련도 이 나라의 장래를 위한 것이다. 경들의 근심거리가 소문이라면 소문의 근원을 타타르 왕의 귀에서 가장 먼 곳으로 보내면 될 것이다."

국왕이 말했다.

국왕은 나와 에보켄의 목숨을 지킬 수는 있었지만 더는 곁에 둘 수 없었다. 국왕은 나와 에보켄을 이 왕국의 남쪽 끝으로 유배하라 명했다. 우리의 목을 원했던 대신들도 국왕의 명에 따르지 않을 수 없었다. 그들의 두려움도 제 목을 걸고 우리의 목을 요구할 정도로 절박하지는 않았을 것이다. 난파선은 애당초 존재하지 않았다.

"총사령관은 무엇 때문에 존재하지 않는 난파선을 조사하라는 명을 내렸는가?"

내가 물었다.

"유배 명령에 절망한 나머지 너희가 무모한 짓을 저지를까봐 그랬다."

병영 사령관이 대답했다.

"좋은 소식은 무엇인가?"

에보켄이 물었다.

"너희에게 전해줄 것이 있다."

병영 사령관이 묵직한 동전 꾸러미를 내밀었다. 도성의 우리 숙소를 판 돈이라고 했다. 젊은 관리가 전해달라고 부탁했다는 것이었다. 그것은 무일푼이던 우리의 참담한 궁핍에 단비와 같은 도움이었으나 젊은 관리의 배려가 마냥 기쁘지만은 않았다. 도성의 집을 처분할 정도라면 유배의 끝은 차마 짐작조차 할 수 없는 먼 앞날의 일이리라. 그러나 고향을 잃은 나에게 도성 또한 유배지이기는 마찬가지였다. 이방의 바다에서 배를 잃은 순간부터 유배는 시작된 것이니.

새로 부임한 병영 사령관은 어질고 현명한 사람이었다. 그는 기근에 맞서 싸우기보다는 기근으로 인한 고통을 덜기로 작정했다. 전시를 대비해 비축해두었던 군량미를 풀어 백성들에게 나눠주었고 세금을 탕감했다. 굴뚝이 밥 짓는 연기를 다시 토해냈고 기근과 세금 때문에 마을을 버렸던 백성들이 돌아왔다. 도적이 되었던 자들도 하나 둘 돌아와 칼을 버리고 가래를 집어 들었다. 병영 사령관은 관리들과 병사들을 모아 놓고 말했다.

"백성을 도적으로 만든 것은 기근이 아니라 관리의 부패다.

기근도 희망을 앗아가지는 못하지만 부패는 희망의 씨앗마저 짓밟는다. 백성의 희망을 앗아가는 관리야말로 세상의 가장 큰 도적이다."

관리들은 긴장했고 병사들은 환호했다.

추수철이 되자 도적 떼도 자취를 감추었다. 병영 사령관은 나와 에보켄의 노역을 면해주었으며 한 사람씩 나간다는 단서를 달아 외출도 허락했다. 기근이 진정되고 병영 살림의 구김이 펴지자 우리를 불러 먹을 것과 마실 것을 대접하기도 했다.

"바다가 지척인데 왜 탈출하지 않는가?"

병영 사령관이 물었다.

우리를 시험하는 것인지도 몰랐다.

"우리의 탈출이 국왕을 언짢게 할 것이다. 우리는 이 바다의 물길도 알지 못한다. 무엇보다 우리에게는 타고 갈 배가 없다."

내가 대답했다.

"바닷가에 널린 게 배다."

"우리의 배는 한 척도 없다. 남의 배를 훔쳐 타고 달아나다 붙들리면 국왕은 더욱 언짢아할 것이다."

"너희 수중의 돈으로 배를 살 수 있을 것이다."

"국왕이 내린 목화를 팔아 마련한 집이었다. 그 집을 처분하고 얻은 돈이니 결국 국왕이 내린 돈이다. 그 돈으로 배를 사 탈출하다 잡힌다면 국왕은 더욱더 언짢아할 것이다."

"너야말로 국왕의 충직한 병사다."

병영 사령관이 껄껄 웃었다. 나와 에보켄도 함께 웃었다. 병영 사령관의 의심을 사지 않은 것에 나는 안도했다.

병영 사령관의 말이 잠자던 희망을 일깨웠다. 도성으로 소환된 이후 탈출에 대한 희망도 아득했었다. 바다는 데니슨의 가슴속에서만 출렁이고 있었던 것이다. 곤고한 유배의 삶에 종지부를 찍기 위해서는 이방의 난바다를 향해 몸 던져야 한다. 타타르 사신 앞에서 제 운명을 시험했던 데니슨은 결국 죽음을 향해 온몸을 던졌다. 죽음이 또 다른 유배의 시작이라면 나는 기필코 살아서 유배의 바다를 건너 암스테르담으로 돌아갈 것이다. 그것이 나에게 허락되지 않은 장래라면 나는 스스로를 버려서라도 내 의지와 무관하게 주어진 운명을 능멸할 것이다. 능멸하여 나는 자유로워질 것이다. 설령 그것이 신의 이름으로 주어진 것일지라도.

자유인이므로 나는 국왕의 명을 거역할 수 있다. 가까운 바다의 뱃길을 지키는 이교도 군선(軍船)의 삼엄한 번(番)을 뚫고 먼 바다를 향해 노 저을 수도 있다. 노를 젓다 풍랑에 쓸려 물고기밥이 될 수도 있고 추격하는 함대의 포탄에 맞아 바다에 떨어질 수도 있을 것이다. 탈출이 나를 위한 것이듯 바다에서의 죽음 또한 온전히 나 자신을 위한 것일 터. 내게 남은 마지막 희망의 내용은 내 가난한 희망을 위해 죽을 수 있는 자유였다.

외출을 틈타 은밀히 배를 물색했다. 통상적인 거래가의 두 배를 제안해도 배 주인들은 고개를 저었다. 자신들이 판 배로 우리가 탈출이라도 한다면 사형을 면치 못할 것이라며 마른 울음을 울었다. 이 왕국에서 우리가 살 수 있는 배는 단 한 척도 없었다. 지난번처럼 이교도의 배를 훔쳐 달아날 수도 있었다. 그러나 에보켄은 내 탈출 계획에 회의적이었다. 의욕만 앞세웠다가는 전과 같이 실패할 것이라고 했다. 나는 탈출에 대한 섣부른 희망을 유예하기로 했다. 내 체념의 손쉬움이 나를 놀라게 했다.

도성의 집을 판 돈으로 성곽 안쪽 마을에 집 한 채를 얻었다. 병영 사령관은 우리의 이거(移居)를 흔쾌히 허락했다. 집을 사고 남은 돈은 겨울을 날 준비에 고스란히 바쳐졌다. 무명옷을 장만하고 쌀과 고기를 샀다.

에보켄은 그새 어부들과 친해져 이교도의 배를 얻어 타고 바다로 나가 청어를 잡아왔다. 청어를 소금에 절여 구워 먹었다. 소금에 절여진 청어를 본 이교도들은 생선이 소금 눈물을 흘린다며 놀라움을 금치 못했다. 에보켄은 염소젖을 얻어 치즈를 만들었고 돼지고기를 다져 소시지를 빚었다. 떨어진 포도 알을 주워 모아 포도주까지 담갔다. 병영 사령관을 초대하기도 했다. 병영 사령관은 치즈의 빛에 탄복하고 포도주의 향에 취했다. 이교도들은 포도주 맛에 매료되었다. 이교도들은 포도를 한 아름 들고 와 포도주 주조법을 가르쳐달라고 애원했다. 외출하는 날 나는 바다에 나가지 않았다. 산에 올라가 땔감을 마련했다.

11

땔감을 마련하러 올라간 산에서 나는 수도승들과 마주치곤 했다. 수도승들은 나에게 호기심과 호의를 숨기지 않았다. 그들은 탁발하며 이 왕국의 구석구석을 돌아다녔다. 수도승들은 이 왕국 바깥의 얘기에 관심이 많았다. 그들의 권유로 나는 사원에 들르곤 했다. 이 왕국의 사원은 어김없이 산속 깊은 곳에 숨어 있었다. 지난 왕조에서는 불상을 섬기는 종교가 국교였다고 했다. 수도승은 국왕의 스승이자 백성의 영적 지도자로 군림했으나 새 왕조를 연 세력은 나라의 기강과 백성의 영혼을 어지럽힌 죄를 물어 사원을 폐쇄하고 수도승들을 천대했다. 사원은 산속으로 숨어들었고 수도승들은 걸식으로 연명했다.

이 왕국의 모든 사원은 생김새가 서로 크게 다르지 않았다. 병영 인근 산속의 사원도 건축물의 모양과 배치까지 도성의 남쪽 산에 있던 사원과 흡사했다. 한 가지 눈길을 끈 것은 사원 앞뜰에 버티고 선 탑이었다. 돌로 만든 탑이었다. 탑은 천국을 향해 오르는 계단처럼 하늘 높이 우뚝 솟아 있었다. 끝이 뾰족해 고딕 성당의 첨탑을 떠올리게 했다. 탑의 중간 중간에는 층이 져 있었는데 정교하게 다듬어진 장식이 날개처럼 펼쳐져 천국을 향한 지상의 염원을 노래했다.

눈썹에 하얗게 눈이 내린 수도승이 다가와 인사했다. 나도 그들의 인사법에 따라 합장하고 고개를 숙였다. 지나가던 젊은 수도승들이 눈썹 하얀 수도승에게 인사했다. 눈썹 하얀 수도승의 얼굴에는 잔주름이 자글자글했지만 눈은 갓난아이의 그것처럼 맑았다.

"아주 오래된 옛날, 세상에는 단 하나의 언어만 존재했다. 사람들이 하늘에 오르기 위한 탑을 쌓으려다 신의 분노를 샀다. 분노한 신은 탑의 층마다 언어를 다르게 만들었다. 말이 통하지 않아 사람들은 하늘에 오를 수도 지상으로 내려갈 수도 없게 되었다."

수도승의 말에 나는 깜짝 놀랐다. 그것은 언젠가 교구의 사제로부터 들었던 이야기와 다르지 않았다. 뭔가에 홀린 기분이었다.

"내 고향에서도 그런 얘기를 들었다."

"궁극의 진리는 때와 장소를 가리지 않는다."

수도승이 미소를 지으며 말했다.

"지금의 생은 지난 세상과 다음 세상을 연결하는 역에 불과하다. 다음 세상은 그다음 세상의 지난 세상에 불과하니 나아가는 것은 물러서는 것이고 물러서는 것은 나아가는 것이다."

수도승의 말은 암호처럼 들렸다. 천국의 영광을 탐하기 위해 지어 올렸다는 탑에서 수도승의 언어는 어디쯤 위치할까? 이 왕국의 수도승들은 신의 서고를 엿본 자들처럼 말했다. 저들의 무심한 표정에서는 삶에 대한 한 줌의 집착도 읽어낼 수 없다. 삭정이와 같은 저들의 육신은 영혼의 부력을 견디지 못하고 금방이라도 허공으로 둥실 떠오를 것만 같다. 살생을 통한 섭생을 금하고 여인과의 통정도 금하는 저들이야말로 지상에 천국을 건설하려는 자들이다. 소유하지 않고 갈망하지 않음으로써 고통으로부터의 해방을 꿈꾸는 것이다. 나는 극단적 금욕과 청빈을 실천에 옮기는 이교도들에게서 요아킴[29]의

29) 신학자이며 시토회의 신비주의자. 성지 순례 도중 에트나 산에 들어가 은둔하며 교인들을 가르쳤다. 청빈하고 엄격한 수도 생활을 통해 그리스도교의 완성을 도모했다. 엄격주의적 면모 때문에 배교자로 몰리기도 했으며 수많은 이단적 신앙을 불러일으켰다.

망령을 본다. 삶과 죽음에 대한 우주적 무관심. 수도승들의 몸짓과 말에서 내가 읽어낸 것은 그것뿐이었다. 생을 부정함으로써 저들이 긍정하고자 하는 것은 무엇일까? 나는 해독할 수 없는 책을 마주한 것처럼 난감했다.

"고통이 없다면 기쁨은 무슨 의미가 있는가?"

내가 물었다.

"네 고통의 바다에는 바람 한 점 불지 않고 네 기쁨의 들판에는 새 한 마리 지저귀지 않는다."

수도승이 말했다.

"내 기쁨을 사랑하듯 나는 나의 고통 또한 사랑할 것이다."

"너의 고통을 내버려둬라. 고통은 너보다 지혜롭다."

"내가 고통을 찾아가는 것이 아니라 고통이 나를 방문한다."

"벌을 부르는 것은 꽃이 아니라 꽃의 향기고 향기를 맡는 것은 꽃이 아니라 벌이다. 천국과 지옥은 본시 둘이 아니라 하나이니 모두 네 마음이 만들어낸 것이다. 네 마음이 천국이면 벌의 침조차 다정하고 네 마음이 지옥이면 꽃의 향기조차 역겹다."

수도승이 내뱉는 말의 향방을 내 마음의 육분의로는 가늠할 수 없었다. 내가 구사하는 이교도 언어의 가난은 내 궁금증을 구제하지 못했다. 수도승은 어린아이처럼 수줍게 미소 지었다. 말이 많았다고 생각하는지도 몰랐다. 나는 미소 지을 수 없었다.

제단에 모신 우상은 전신에 금이 갔다. 전임 병영 사령관의 보고 때문에 주변의 모든 불상이 성하지 못했단다. 우상은 세속적 권력에 의해 만신창이가 됨으로써 순교자의 풍모를 얻었다. 우상의 미소에도 금이 갔다. 기근이 극심할 무렵 불상이 정말로 식은땀을 흘렸느냐고 묻자 수도승은 영원을 갈구하는 침묵 속으로 침잠했다. 수도승의 자발적 침묵이 내 질문의 어리석음을 질타했다. 침묵이야말로 귀 가진 자들에게 내리는 가장 큰 형벌이었다. 내 질문의 어리석음에 나는 얼굴을 붉혔다.

수도승들이 향을 피운 채 우상을 숭배하는 동안 나는 사원의 이곳저곳을 둘러보았다. 본채 뒤뜰의 숲 그늘 속에 돌멩이 무더기가 보였다. 가까이 다가가 보니 돌멩이를 정교하게 쌓아올린 작은 탑이 군락을 이뤘다. 누군가 정성을 기울여 쌓은 것이 분명했다. 그것들은 음지 식물처럼 나무 사이마다 검게 돋아 있었다. 나중에 들으니 사원에 다녀간 자들이 소원을 빌며 쌓은 것이라 했다. 이 왕국의 이교도들은 돌부터 음식까지 쌓아올리지 않는 것이 없다. 천상을 향한 이들의 의지는 하늘의 궁둥이를 찌르는 고딕풍의 성당보다 드높았다. 이교도들에게 건축은 기술이 아니라 일종의 신앙이었다.

수도승들은 산을 내려와 우리의 숙소에 찾아오기도 했다.

수도승들은 포도주 맛에 매료되었다. 수도승들은 우리가 살던 세상에 대해 즐겨 물었다. 에보켄은 우리가 살던 세상의 여인에 대해 얘기했고 나는 우리가 살던 세상을 창조한 신에 대해 말했다. 수도승들은 여인에 대해 얘기할 때는 귀를 세웠고 신에 대해 이야기할 때는 눈을 반짝였다. 신에 대해 말할 때 내 언어는 멸렬했다. 멸렬한 언어 속에서 신의 권능은 빛이 바랬다.

12

바람이 매섭던 날 외출을 나갔다 북소리를 들었다. 바람이 실어오는 북소리 또한 그 끝이 매서웠다. 마을 어귀의 아름드리 고목 밑에 사람들이 구름처럼 모여 있었다. 고목 밑에서 들려오는 북소리는 악마의 장단처럼 귀에 거슬렸다. 이교도들의 어깨 너머로 기이한 광경이 펼쳐졌다.

악마의 정원에서 옮겨 심은 듯 검고 거대한 고목의 낮은 가지마다 색색의 천 조각이 나부꼈다. 악마의 졸개들이 지옥의 입구에서 손짓하는 것 같았다. 나무 앞에 제단이 차려졌다. 제단 위에는 갖은 음식이 탑처럼 견고하게 쌓아 올려졌다. 제단 앞에서 한 여인이 쇠 방울을 흔들며 북소리에 맞춰 발작하듯 펄쩍펄쩍 뛰어올랐다. 숨을 헐떡이면서도 새된 목소리로 소리쳤다. 무슨 내용인지 알 수 없었다. 지옥의 노래처럼 들렸다. 지상을 박차고 뛰어오를 때 여인의 두 팔은 꼭두각시의 그것처럼 제멋대로 놀았다. 문명의 이름으로 갈무리되지 않은 원초적 기운이 여인의 몸뚱이를 휘감았다. 악마적 춤에 몸 내맡긴 여인 옆에서 수염이 턱을 덮은 사내가 주술을 걸 듯 북을 두드렸고 흰 저고리와 치마를 입은 여인이 힐문당하는 죄인처럼 그들 앞에 엎드려 있었다. 정작 나를 놀라게 한 것은 여인의 악마적 몸짓이 아니라 여인의 몸짓을 바라보는 군중의 태도였다. 사람들은 마술에 홀린 듯 여인의 몸짓에 넋을 놓았다.

일찍이 채찍질 고행자들이 마을을 찾았을 때를 나는 기억했다. 역사의 전면에서 퇴장한 줄로만 알았던 흑사병이 무덤에서 뛰쳐나와 네덜란드의 도시를 배회하던 시절이었다. 어수선한 분위기를 틈타 온갖 이단과 종말론이 부활했다. 채찍질 고행자들도 그중의 한 무리였다. 그들은 채찍으로 제 몸을 찢으며 묵시적 예언을 설파하고 다녔다. 채찍이 고행자의 살갗을 찢을 때 군중의 표정은 지상에 내려온 신성을 마주한 것처럼 복받치는 경건으로 창백했다. 그리스도의 수난을 모방한 고행자들의 자학은 사람들이 저마다 망각의 감옥에 감금했던 죄의식을 태양 아래 불러들였다. 사람들은 그리스도를 십자가에 못 박았다는 죄의식을 떨쳐내기 위해 자신들이 지었던 더 작은 죄를 통렬하게 참회했다. 제 영혼을 악마적 춤과 음악에 내맡긴 이교도들의 겁에 질린 듯 무구한 표정에서 나는 채찍질 고행자들의 술수에 넘어간 군중을 떠올렸다.

심장을 윽박지르는 북소리가 이교도 여인의 동작을 재촉했다. 이교도 여인은 눈매가 사나워지는가 싶더니 줄이 끊긴 꼭두각시처럼 갑자기 춤을 멈췄다. 군중이 술렁였다. 춤추던 여인이 엎드린 여인에게 번개처럼 다가가 등을 맵게 두드렸다. 성난 듯 고함지르며 두드렸다. 누군가에게 불같이 화내는 것 같았다. 등을 두드리는 것으로 성이 차지 않는지 엎드린 여인의 멱살을 쥐고 흔들었다. 얼굴이 백지장처럼 질린 여인의 몸뚱이가 불에 덴 것처럼 진저리쳤다. 그때 우악스러운 손이 내 어깨를 짚었다. 나는 악몽에서 깨어난 듯 화들짝 놀라 뒤를 돌아보았다. 에보켄이었다. 오늘 외출은 내 몫이었다. 집을 지키고 있어야 할 텐데 어떻게 나온 것일까?

"선장, 유령이라도 보았소? 감시병에게 포도주를 먹였소. 불면의 고통을 호소하기에 잠을 부르는 약초를 빻아 넣었소. 해 지기 전까지는 깨어나지 못할 거요."

에보켄이 말했다.

에보켄은 내 마음을 읽는 것일까? 잠을 부르는 약초는 또 뭐란 말인가? 에보켄은 책장을 넘길수록 줄거리가 미궁에 빠지는 책이었다.

"선장, 그런 눈으로 보지 마쇼. 선장은 무슨 생각하는지 얼굴에 다 드러나는 사람 아니요."

에보켄이 말했다.

"언제부터 구경하고 있었소?"

내가 물었다.

"처음부터 죽 지켜보고 있었습죠. 저 요란한 옷을 입은 계집은 마녀, 아니 영매입니다. 허수아비처럼 축 늘어진 계집은 병자구요. 저 영매가 병자의 몸에 들어간 악령을 호되게 꾸짖어 쫓아내는 것이랍니다. 신경을 긁어대는 저 음악은 악령을 몰아내는 무기입죠."

에보켄이 눈빛을 빛내며 말했다.

"이런 야만적인……"

"쉿!"

에보켄이 내 말꼬리를 잘랐다.

영매가 병자의 뺨을 후려갈겼다. 병자가 정신을 잃고 쓰러졌다. 고조된 북소리는 지옥문을 두드리는 듯했다. 제아무리 귀가 어두운 악령이라도 그 소리를 견디지 못하고 달아날 것이다. 영매는 다시 춤추기 시작했다. 춤은 북소리의 다급을 부추겼고 다급해진 북소리는 춤의 격렬을 거들었다. 시체처럼 늘어져 있던 병자가 벌떡 일어났다. 군중 사이에서 와, 탄성이 터졌다. 창백했던 여인의 얼굴에 혈색이 돌아왔다. 정말로 악령이 달아난 것인지 나는 알 수 없었다.

도도하게 군중을 둘러보던 영매의 시선이 우리를 향해 날아왔다. 영매의 얼굴이 놀라움으로 굳어졌다. 믿지 못할 광경을 목격한 것 같은 표정을 지으며 영매가 다가왔다. 영매의 날카로운 눈빛이 에보켄을 염탐했다. 영매의 동공이 커지고 눈썹이 실룩거렸다. 영매가 외마디 비명을 질렀다.

"넌 대체…… 어디서…… 늑대가…… 하늘을 뒤덮은 수많은 붉은 달을 거느리고…… 드디어……!"

영매의 얼굴에 공포와 환희가 폭죽처럼 터졌다. 영혼을 짜내 소리 지른 영매는 종이 인형처럼 바닥에 쓰러졌다. 북 치던 자가 달려와 실신한 영매를 둘러업고 웅성거리는 군중을 헤치며 사라졌다. 에보켄이 지나갈 때 이교도들은 얼어붙은 듯 꼼짝 못하거나 멀찌감치 물러섰다.

13

그날 밤 나는 꿈을 꿨다. 이교도 영매가 방울을 흔들며 하늘의 질서를 모독하고 땅의 풍속을 교란했다. 악마적인 북소리, 영매의 기이한 몸짓에 지나가던 구름도 바람에 흔들리던 풀잎도 멈칫거렸다. 북소리가 고조되고 동작이 격해지는가 싶더니 상기된 영매의 얼굴이 다른 형상으로 둔갑했다. 악마의 춤을 추는 여인은 영매였다가 '밝은 달'이 되기도 했으며 아내인가 하면 '복숭아꽃'이기도 했다. 북소리에 박자를 맞추듯 온몸이 근질거렸다. 모든 모공이 열리고 털이 자라났다. 발톱이 살갗을 찢었고 이가 웃자랐다. 나는 한 마리 늑대가 되었다. 늑대가 된 나는 가득 차오른 달을 향해 검게 울었다.

고목 밑에 펼쳐졌던 광경이 머릿속 깊이 각인되었다. 그것은 이 이교도의 왕국에서 본 야만의 정수였다. 야만은 힘이 셌다. 문명의 우리에 가두고 길들이기에는 너무 드셌다. 낯선 것이 주는 충격으로 내 심장은 얼떨떨했다. 동료들의 시체가 뿌리 뽑힌 수초처럼 널린 낯선 해변에서 이교도를 처음 맞닥뜨렸을 때를 나는 떠올렸다. 몇 년 지나지 않았지만 벌써 수백 년 전의 일처럼 아스라했다. 나는 난감했다. 나를 난감하게 한 것은 아득한 기억이 아니라 기억의 아득함이었다. 내 영혼의 천장에서 타오르던 문명의 빛은 불과 몇 년 만에 시들어버렸다. 신대륙의 투박과 대양의 변덕을 길들였던 그 찬연한 문명의 빛이. 길들여지지 않는 야만에 길들여질까 나는 두려웠다.

"그 계집이 늑대라고 지목한 것은 이놈이었는데…… 선장도 늑대가 되고 싶은 게로군요. 하긴 모든 사내는 결국 늑대인 셈이죠. 그런데 늑대가 되었으면 토끼라도 잡을 것이지 달을 향해 울부짖는 건 또 무슨 한가한 작태입니까? 혹시 도성에 두고 온 계집이 그리운 거 아니오? 무슨 달인가 뭔가라는."

내 꿈 이야기를 듣더니 에보켄이 너털웃음을 터뜨리며 말했다.

"싱거운 소리 말게."

"그나저나 선장이 애지중지하던 십자가 목걸이는 어쨌소?"

"그건……"

"저런 화대로 주신 게요? 다시 만날 그날까지 잊지 말라는 정표로 선물했소? 선장도 타락했구려. 이놈이 지옥으로 가는 길이 외롭지만은 않겠군요. 농담이오. 너무 걱정하진 마쇼. 자비로우신 하느님께서는 이해하실 테니. 믿음과 소망과 사랑 중에 사랑이 제일이라지 않았소."

"날 놀리는 건가?"

"선장, 우리는 국왕의 말대로 여기서 생을 마쳐야 할지도 모르오. 바다 건너에서의 삶을 빨리 잊는 것이 새 삶을 시작하는 데 도움이 되지 않겠소? 우리가 평생토록 살 수 있는 것은 오직 오늘뿐이오. 어제를 그리워하고 내일을 두려워하는 사이 오늘이 손가락 사이로 모래알처럼 빠져나가고 있소. 눈을 부릅뜨고 주먹을 움켜쥐시오."

에보켄의 말이 나를 놀라게 했다. 이교도의 땅에서 생을 마치게 될지도 모른다는 불안을 나는 애써 외면하고 있었다. 어두운 운명을 예견하는 에보켄의 담담한 말투에 나는 더욱 놀랐다. 내 심장 위에 온 세상이 얹힌 것 같았다. 숨쉬기가 힘들었다.

"자네를 보고 왜 기절했을까?"

나는 부러 화제를 돌렸다.

"이놈을 보고 한눈에 반한 게 아닐까요? 신기하게 이교도 계집들에겐 늘 인기가 좋았지요. 식인종 족장의 계집과 놀아났다가 족장의 아침상에 오를 뻔도 했죠. 그 짓을 하는 내내 계집이 살을 베어 물면 어쩌나 진땀깨나 흘렸습죠. 계집이 이놈의 방망이를 물고 오물거릴 땐 까무러치는 줄 알았답니다."

"왜 늑대라고 소리쳤을까?"

"이놈의 정체를 꿰뚫어본 거죠! 게다가 이놈의 눈동자가 잿빛입죠."

나는 새삼 에보켄의 눈동자를 보았다. 거기 늑대의 눈이 있었다. 나는 에보켄의 눈동자가 잿빛이라는 사실을 그제야 알게 되었다. 웃음기가 걷혔을 때 에보켄의 눈매는 서릿발처럼 매섭게 느껴지기도 했다.

"선장 눈에도 이놈이 늑대로 보이쇼?"

에보켄이 이를 드러내며 웃었다.

며칠 후 에보켄이 한 여인을 숙소로 데리고 왔다. 영매였다. 붉은 저고리에 흰 치마를 입어서 처음에는 알아보지 못했다. 에보켄이 귀띔해줘서야 알았다. 바뀐 입성 때문인지 전혀 다른 사람 같았다. 마귀를 쫓아내는 주술사라기보다는 여염집의 평범한 여인으로 보였다. 찬찬히 살펴보니 마냥 평범하지만은 않았다. 앳된 소녀의 얼굴인가하면 농익은 여인의 얼굴 같기도 해서 나이를 짐작할 수 없었다. 눈빛이 맑으면서도 꿰뚫어보는 듯했다. 여인이 나를 뚫어져라 쳐다보더니 대뜸 시를 읊었다.

열린 창으로는 나가지 않고
창문에 머리를 부딪치니 어리석도다
낡은 문종이를 평생 뚫으려 한들
언제 밖에 나가리오[30]

가녀린 외모와 달리 목소리가 카랑카랑했다.
"대체 무슨 말인가?"
어안이 벙벙해진 내가 물었다.
"하하하. 이 신통한 계집이 선장의 얼굴에서 선장의 운명을 읽어냈나 봅니다. 이놈이 뭐랬습니까? 선장은 얼굴에 다

30) 중국의 신찬선사(神贊禪師)가 지은 시.

적혀 있어요. 선장은 자기 속내를 얼굴에 적는 것으로도 모자라 앞날까지 적어놓는구려."

에보켄이 말했다.

"운명을 읽어낸다고? 이 여인은 앞날의 일을 볼 수 있단 말인가?"

"앞날뿐만 아니라 지난날도 볼 수 있습죠. 이놈의 얼굴을 들여다보더니 알려주지도 않은 내력을 술술 말하는 게 아니겠어요. 이놈이 세상을 개처럼 쏘다니면서 이런저런 점성술사, 예언가, 마법사, 주술사 등을 만나봤지만 이런 신통력은 처음입니다."

"자네의 과거라고?"

"우기의 빨래처럼 들추면 구질구질한 것입죠."

"저 여인이 나에게 한 말은 대체 무슨 뜻인가?"

"선장, 일전에 말했듯이 이 왕국의 이교도들은 모두 시인입니다. 듣자하니 관리를 뽑는 시험에서도 시를 짓게 한답니다. 시인들이 나라를 다스리고, 시인들이 군대를 지휘하고, 시인들이 병을 치료하고, 시인들이 장래를 점치는…… 이곳은 가히 시인의 왕국입니다. 멋지지 않소?"

에보켄이 말했다.

이교도 여인더러 내게 던진 말의 뜻을 물었으나 답을 듣지 못했다. 영매는 나에게 이런 말도 했다.

"너는 흙이니 불을 가까이하고 쇠를 품어라."

역시 알아들을 수 없었다. 내 운명을 읽기 위해서 나는 시인이 되어야 하는 것일까?

영매는 종종 숙소로 찾아왔다. 외출에서 돌아와 보면 댓돌 위에 신발이 놓여 있기도 했다. 방 안에서 두런두런 말소리가 들렸다. 나는 헛기침을 하거나 발길을 돌렸다. 영매의 이름은 '자줏빛 구름'이었다.

14

이듬해 초 남서쪽 하늘에 혜성이 나타났다. 긴 꼬리를 거느린 혜성이었다. 밤마다 혜성의 꼬리가 은하수까지 흘렀다. 달이 두 번 차도록 혜성은 사라지지 않았다. 두 달이 지났을 때 북동쪽 하늘에 또 다른 혜성이 출현했다. 역시 꼬리가 긴 혜성이었다. 밤마다 두 개의 혜성이 서로를 향해 꼬리쳤다. 먼저 출현한 혜성의 꼬리는 빛을 잃어가고 있었고 나중에 나타난 혜성의 꼬리는 기운이 넘쳤다. 희미해지는 꼬리와 빛나는 꼬리가 달무리에서 엉겼다. 달무리 속에 여러 개의 달이 뜬 것처럼 보였다. 붉은 달이 밤하늘을 뒤덮었다. 장차 전쟁이 터질 것이라는 소문이 파다했다. 일본과의 7년 전쟁 때도 타타르가 얼음의 강을 건너 침공해왔을 때도 비슷한 전조가 나타났다는 것이었다. 지난해보다 더 극심한 기근이 도래할 것이라고도 했다.

병영 사령관이 나와 에보켄을 불렀다.

"너희가 살던 곳에서도 저런 일이 있었는가?"

"그렇다."

내가 대답했다.

"너희가 살던 곳의 사람들은 뭐라고 말했는가?"

"전쟁이 터지거나 하늘이 천벌을 내려 흉년이 들거나 역병이 창궐할 거라고 여겼다."

"너의 대답이 옳다."

병영 사령관의 얼굴에 먹구름이 짙게 드리워졌다.

혜성 때문에 조정도 발칵 뒤집혔다. 국왕은 변경의 모든 요새에 탄약과 군량을 보내며 비상한 경계를 주문했다. 병영 사령관은 군선을 점검하고 무기와 병력을 정비했다. 해군은 매일 강도 높은 선상 훈련을 실시했고 기병과 보병은 야전 훈련에 매진했다. 밤에 해안가의 집들은 모두 불을 꺼야 했다. 백성들은 언제든 피란을 떠날 수 있도록 보따리를 꾸렸고 다음 추수기까지 견딜 식량을 모았다.

나와 에보켄도 훈련에 차출되었다.

"너희의 병과는 무엇이었는가?"

병영 사령관이 물었다.

"포병이었다."

내가 대답했다.

"선장은 대포를 제작하기도 했다."

에보켄이 말했다.

"너의 재주가 늠름하다. 나를 따라오라."

병영 사령관이 나와 에보켄을 데리고 간 곳은 병영의 무기고였다. 무기고를 지키던 병사가 어른 주먹만 한 자물통을 풀었다. 무기고에는 온갖 무기가 먼지를 뒤집어쓴 채 이빨 빠진 노인처럼 늙어가고 있었다. 그중 단연 내 눈길을 사로잡은 것은 대포 한 자루였다. 이제까지 본 것과는 사뭇 다른 종류의 대포였다. 대포에 대한 내 관심을 읽어낸 병영 사령관이 대포의 내력에 대해 설명했다. 그것은 일본과의 7년 전쟁 때 참전했던 빛의 제국 함대가 쓰던 대포였다. 전선이 파손되어 유실된 것을 건져 올렸단다.

도성에서 새 대포 제작이 번번이 실패로 돌아간 것은 늘어난 크기에 걸맞은 균형을 구하지 못했기 때문이었다. 나는 스페인 함대의 대포와 네덜란드 함대의 대포를 교배하고자 했다. 내가 고안한 대포는 스페인 함대 대포의 가공할 사정거리와 네덜란드 함대 대포의 정밀한 타격 능력을 겸비해야 했다. 내 손이 기억하는 네덜란드의 대포는 선명했으나 내 눈이 기억하는 스페인의 대포는 희박했다. 내가 고안한 대포가 포탄을 멀리 보내지 못한 것은 희박해진 스페인 대포의 상(像) 때문이었으리라. 왕립해군학교 시절 보았던 스페인의 대포를 연상케 하는 빛의 제국 대포는 이 왕국의 주력 대포보다 훨씬 컸다. 도성을 떠나면서 중단되었던 새 대포 제작에 도움이 될 만했다.

"이 대포를 나에게 맡겨달라. 낡은 대포를 이용해 새 대포를 만들겠다."

내가 병영 사령관에게 청했다.

"어차피 버려진 물건이었다. 네 뜻대로 하라. 새 대포는 전하와 이 나라에 큰 선물이 될 것이다."

그날 이후 나는 새 대포 제작에 몰두했다. 형해만 남은 빛의 제국 대포를 손질하는 것이 급선무였다. 대포의 안과 밖을 잠식한 녹을 긁어내고 약을 발라 포신의 표면을 부식했다. 녹이 완전히 제거된 후 끓는 쇳물에 담가 새 옷을 입혔고 약실을 정비했다. 빛의 제국 대포의 구경에 맞는 포탄도 만들었다. 에보켄은 나를 돕는다는 명목으로 매일같이 거듭되는 전투 훈련을 면했다. 대장간에 틀어박힌 나와 달리 에보켄은 외출을 즐겼다. '자줏빛 구름'을 만나러 가는 눈치였다. 에보켄의 입에서 이교도 영매에 관한 말이 종종 튀어나왔다. 이런 식이었다.

"그 신통방통한 계집이 불을 가까이하고 쇠를 품으라더니 요즘 선장에겐 대장간이 침실이고 대포가 애인이구려. 너무 열 올리진 마쇼. 데는 수가 있으니까. 대포나 계집이나 달아오를 만하면 식혀주고 식을 만하면 데워줘야 하는 법이오."

바닷가에서 빛의 제국 대포의 성능을 시험했다. 빛의 제국 대포가 쏘아올린 포탄은 물마루까지 날아갔다. 1200바뎀은 족히 넘을 듯했다. 멀찍한 사정거리에 고무된 나는 미리 띄워놓은 부표를 겨눠 발사하도록 했다. 포탄이 만든 물보라는 부표를 흔들지도 못했다. 역시 정확도가 문제였다. 그러나 나는 새 대포에 대한 영감을 얻었다. 낮과 밤을 가리지 않고 새 대포 제작에 몰두했다.

"선장, 대포 만드는 일에 그리 애쓰는 이유가 무엇이오? 대포와 딴살림이라도 차릴 셈이오? 너무 무리하진 마쇼. 선장 몰골이 영락없이 유령 같소."

대장간에서 홀로 밤 지새우고 돌아온 나에게 에보켄이 물었다.

나는 아무 대답도 할 수 없었다. 기진한 몸을 새벽의 푸른 어둠 속에 누인 채 나는 자문했다. 나에게 대포는 무엇인가? 나는 대포를 사랑하지 않는다. 대포 만드는 일을 사랑하는 것도 아니다. 그럼에도 불구하고 나는 새 대포 만드는 일에 영혼을 바치고 육신을 닦아세웠다. 대포라도 만들지 않으면 어김없이 밝아오는 또 다른 아침을 무엇으로 견딜 것인가? 나의 대포가 지평선의 검은 방벽 위로 떠오르는 태양을 저격하기를 나는 바랐다. 실추된 태양의 제국에 나는 달의 왕국을 건설하리라. 삶과 죽음이, 문명과 야만이, 천사와 악마가 피를 나눈 형제처럼 격 없이 어울리는 나라를 세울 것이다. 건설하지 않는다면 시퍼렇게 벼려진 내 정념의 불꽃은 나 자신을 태우리라.

등 맞댄 에보켄의 숨소리가 우주의 저편에서 들려오는 듯했다. 요사이 에보켄은 다른 별의 주민처럼 느껴진다. 타인은 내 고독의 희극을 완성하는 관객이다. 급진적 우주학자들은 우리가 사는 곳이 우주의 중심이 아니라 변방이라 주장했다. 지금 내 육신이 드러누운 이 문명의 오지, 은둔의 왕국의 끄트머리는 광활한 우주의 어디쯤일까? 신은 어쩌자고 자신의 형상을 닮은 존재를 이 우주의 변두리에 만들었을까? 내 고독의 하찮음에 나는 목이 메었다. 인간은 오직 고독 속에서만 신의 형상을 닮은 존재다. 온갖 망상이 날뛰는 악마의 모자 속을 더듬는 사이 문풍지의 발목이 환하게 젖었다.

마주 보며 타오르던 두 개의 혜성은 하나의 운명을 갖고 태어난 쌍둥이처럼 같은 날 자취를 감추었다. 밤하늘에는 달만 덩그러니 남겨졌다. 홀로 남겨진 달은 시름시름 야위어갔다. 나는 새 대포 제작에 박차를 가했다. 계절이 몇 번 바뀌도록 기근도 전쟁도 없었다. 사람들은 불길한 전조로 시작된 그해가 속히 저물기를 고대했다.

겨울이 시작될 무렵 에보켄이 분가했다. '자줏빛 구름'이 자신에게 내린 저주를 풀기 위해 늑대의 영혼을 지닌 사내를 집에 들였다고 마을 사람들이 수군거렸다. '자줏빛 구름'의 숙소는 바다가 한눈에 내려다보이는 절벽 위에 세워진 움막이었다. 발치에서 파도가 소용돌이치며 으르렁거렸다. 에보켄은 세상의 끝에서 새 삶을 꾸리기로 작정한 모양이었다. 나는 이 우주의 고아가 되었다.

영혼의 전투

1

여름이 찾아올 무렵 병영 사령관을 잃었다. 2년의 임기가 끝난 것이다. 재임 기간 동안 병영 사령관은 함대를 정비하고 황무지를 개간했다. 군선들의 움직임은 민첩해졌고 백성들의 얼굴에는 살이 올랐다. 병사들과 백성들은 병영 사령관의 근면과 자애를 사랑했다. 국왕은 병영 사령관에게 중앙의 높은 관직을 내렸다. 병사들, 백성들, 수도승들조차 병영 사령관과의 작별을 아쉬워했다. 관리들이 마련한 송별 잔치에서 눈물로 소매를 적시는 자들이 적지 않았다. 이 왕국의 이교도들은 모든 작별 앞에 숙연해서 영영 못 만날 것처럼 슬퍼한다.

습관적인 슬픔이야말로 이들의 영혼을 살찌우는 살가운 양식이다.

병영 사령관은 나와 에보켄의 장래를 근심했다. 고향에 돌아가지 못하는 운명의 가난을 동정하며 눈물을 글썽이기도 했다. 병영 사령관의 우정이 느슨해진 내 마음의 오금을 옥죄었다. 고향의 부두를 떠난 지 다섯 해. 나는 벌써 내 운명의 관객이 되어버린 것일까? 예기치 못했던 운명의 불우도 이제는 견딜 만했다. 세월은 힘이 세다. 흐르는 세월을 견딜 수 있는 것은 아무것도 없다. 기운 달은 희망의 속도보다 느리게 차오르고 차오른 달은 체념의 속도보다 빠르게 기운다. 고향에 대한 기억도, 고향에 대한 그리움도 안개 속 물마루처럼 아스라하다.

"모든 게 하늘의 뜻이다."

나는 병영 사령관을 위로했다.

이교도처럼 말하는 스스로를 발견하는 일이 부쩍 잦아졌다. 이제 나는 영혼까지 야만에 물들었다. 이교도들은 더 이상 나를 특별한 시선으로 바라보지 않는다. 나를 바라보는 저들의 심상한 눈빛에서 나는 털 붉은 한 명의 이교도를 발견한다. 그럴 때마다 나는 적을 기만하는 데 성공한 척후병처럼 기쁨에 달뜬다. 이교도처럼 말하고 이교도처럼 생각함으로써 나는 저들의 호기심과 경계로부터 자유로워진다.

이교도들은 속임수에 취약하다. 동포처럼 대하는 이교도가 늘수록 나는 맥이 빠지기도 한다. 속여야 할 적이 줄어드는 것은 서글픈 일이다. 존경할 만한 적을 가진 자는 얼마나 행복할 것인가. 유배에 길들여진 나 자신을 적으로 돌려세우지 않기 위해 나는 필사적으로 새로운 적을 만들어낸다. 대포 제작에 골몰할 때 비로소 내 머릿속의 적은 피와 살을 얻는다. 대지를 박차는 적의 말발굽 소리가 내 가슴을 뛰게 한다. 존경스러운 적을 갖기 위해서라면 나는 신이라도 속일 것이다.

'자줏빛 구름'이 병영 사령관을 위해 길 떠나기 좋은 날을 골라주었다. 학식 깊고 견문 넓은 병영 사령관도 '자줏빛 구름'의 말을 맹신했다. 자신의 운명을 엿보기 위해 이 왕국 각지에서 찾아오는 자들의 발길이 끊이지 않았다. 늑대의 영혼을 얻은 이후 신통력이 극에 달해 소름 끼칠 정도라고 사람들은 입을 모았다. 이교도들에게 '자줏빛 구름'은 하늘의 뜻을 비추는 거울, 신의 편애를 한 몸에 받는 예언자였다. '자줏빛 구름'이 우주의 질서를 꿰뚫어 본다는 소문이 사실이냐고 물었더니 에보켄은 알쏭달쏭한 미소로 답을 대신했다.

분가 후 에보켄은 다른 사람처럼 느껴졌다. 특별히 달라진 점을 꼽으라면 대답이 궁하다. 거칠 것 없는 입담도 여전하고 낯을 가리지 않는 넉살도 변함없다. 배 한 척 갖지 못한 나를 '선장'이라 부르는 짓궂은 집요함도 그대로였다. 그러나 나는 에보켄을 예전처럼 대하지 못한다. 하루아침에 유명해진 고향 친구를 만난 듯 어색했다. 어색함을 감추기 위해 나는 한 줌도 안 남은 명랑을 쥐어짜냈다. 짐짓 쾌활한 척하는 나를 말없이 쳐다보는 에보켄의 눈빛이 깊고 맑았다. 깊고 맑은 눈빛에 당황한 나는 날씨와 계절 이야기로 화제를 돌렸다. 무더운 여름이 될 것 같다고 했더니 에보켄은 역시 희미한 미소를 머금을 뿐이었다. 병영 사령관은 '자줏빛 구름'이 택한 날 도성을 향해 떠났다. 병영 사령관이 떠나던 날 장대 같은 비가 종일 대지를 두드렸다.

병영 사령관이 떠난 지 사흘 뒤 새로운 병영 사령관이 왔다. 신임 병영 사령관은 매일 잔치를 벌였다. 신임 사령관의 환심을 사기 위해 관리들은 화류계 여인들까지 동원했다. 잔치에 초대된 근동의 재산가들은 저마다 값진 선물을 들고 왔다. 대낮부터 불콰해진 병사들은 화류계 여인들을 곁눈질하며 상스러운 농담을 주고받았다. 잔치는 일주일 동안 계속되었다.

새로 부임한 병영 사령관은 이방의 병사들에게 친절하지 않았다. 신임 사령관은 전임 사령관이 나와 에보켄에게 선물한 자유를 박탈했다. 막바지에 접어든 대포 제작도 뚜렷한 이유 없이 중단시켰다. 나와 에보켄은 매일 아침 점호를 받은 후 해 질 때까지 사역을 감내해야 했다. 자유를 박탈당한 것은 참을 수 있었지만 대포 제작 중단은 견디기 힘들었다. 그 누구도 나에게서 대포를 앗아갈 수는 없었다. 대포는 새로 밝아오는 유배의 날을 간신히 마주하게 하는 버팀목이었다.

나는 병영 사령관을 찾아가 항의했다.

"나에게 대포를 돌려달라."

"대포는 너의 것이 아니다. 대포는 아직 완성되지도 않았다."

"대포는 내가 완성시킬 것이다."

"너는 유배당한 자다. 유배 중인 자에게 대포를 맡길 수는 없다."

"전임 사령관이 나에게 대포를 맡겼다."

"너의 사령관은 이제 나다. 내 명령에 복종하는 것만이 너의 임무다. 다시는 내 앞에서 전임 사령관 얘기를 꺼내지 마라."

"하지만 대포는 거의……"

"나의 대포다. 내가 완성시킬 것이다."

병영 사령관은 완강했다. 전임 사령관 얘기를 입 밖에 내지 마라 할 때 병영 사령관의 눈초리는 얼음장처럼 싸늘했다. 상처받은 자존심으로 병영 사령관의 얼굴이 부들부들 떨렸다. 날것의 분노를 드러내지 않기 위해 병영 사령관은 이를 악물었다. 자존심을 지키려는 최후의 안간힘이었다. 나는 소득 없이 물러났다.

"새 대포 제작의 공을 독차지하겠다는 속셈이오."

에보켄이 어두운 목소리로 말했다.

"공을 세우려고 시작한 일이 아닌 것을……"

"그건 선장 생각이죠. 새 사령관 얼굴을 보시오. 눈 밑과 입 주위에 허영과 탐욕이 덕지덕지 묻어 있소. 영매가 말하기를 기갈 들린 쥐의 상이라더군요. 좋은 시절은 가고 힘든 나날이 기다리고 있소."

에보켄이 혀를 찼다.

내가 꼬치꼬치 묻자 에보켄이 '자줏빛 구름'의 예언을 들려주었다.

"성마른 쥐가 뱃전을 들쑤시니 마른하늘에 번개가 피어나고 천둥이 피를 토하며 운다."

2

상처받은 자존심이야말로 모든 악의 씨앗이다. 내 항의가 병영 사령관의 심기를 불편하게 만들었다. 병영 사령관은 나에게 일다운 일을 주지 않음으로써 자신의 분노를 다독였다. 에보켄은 다른 이교도 병사들과 함께 사역과 훈련에 동원되었지만 나는 점호 후 해 질 때까지 병영 마당에서 대기해야 했다. 병영 마당에서 하릴없이 대기할 때 아무도 나에게 말

건네지 않았다. 눈 마주치는 자도 없었다. 병영 사령관의 명이었다. 나는 침묵과 무기력의 감옥에 감금되었다. 내 육신과 영혼이 남루해질수록 병영 사령관의 위엄은 더욱 빛나게 될 것이니 나는 새로운 권력의 제단에 던져진 한 마리 염소였다. 새로운 권력은 지나간 권력의 폐허 위에 세워질 것이었다. 전임 사령관의 총애야말로 신임 사령관이 자행하는 공공연한 핍박의 결정적 근거였다.

떠나간 사령관의 총애를 못마땅해하던 자들은 나에 대한 험구로써 새로 온 사령관의 관심을 샀다. 신임 사령관의 관심과 교환되는 험구 속에서 나는 분수를 모르고 설치는 이방인이었다. 권력의 부침에 눈 밝은 자들의 세상에서 나는 외톨이가 되었다. 뜨거운 태양과 시원한 소나기만이 나의 사심 없는 동료였다. 태양이 대지를 달굴 때 시시각각 뒤척이는 나의 그림자를 벗 삼았고, 비구름이 태양을 삼킬 때 대지를 울리는 빗방울의 탄주에 귀 기울였다. 나의 고독은 발뒤꿈치의 살처럼 단단해졌다.

병영 사령관이 나의 쓸모없음을 증명하고자 했다면 그 의도는 적중했다. 스스로의 무용을 곱씹는 나날이 반복되자 세상의 모든 돌을 옮기고 세상의 모든 나무를 베던 시절의 수고가 차라리 애틋했다. 대포에 대한 사랑으로 충만했던 시절이 꿈결처럼 아련했다. 그 시절 나는 대포를 진심으로 사랑했을 것이다. 대포에 대한 사랑의 순수성을 의심했던 나 자신이 혐오스러웠다. 쓸모없는 존재라는 자괴가 기진한 내 영혼을 좀먹었다. 소나기가 지나가면 병영 마당 곳곳에 잡초가 고개를 내밀었다. 잡초 우거진 마당은 내 영혼의 살풍경 같아서 안쓰러웠다. 병영 사령관이 나더러 잡초를 뽑으라고 지시했을 때 나는 목이 메어 하마터면 고맙다고 말할 뻔했다. 징벌에 관한 한 병영 사령관은 악마적 재능을 타고났다.

잠시의 노동이 메마른 내 영혼에 단비를 내렸지만 잡초를 다 뽑으면 다시 침묵과 무기력의 감옥에 수감되었다. 여름 내내 소나기를 고대했고 마당에 돋은 잡초 한 포기에 목매달았다. 이교도들에게 나는 허깨비나 다름없었다. 저들의 냉랭한 무관심 속에서 나의 존재감은 희박해졌다. 스스로를 지키기 위해 나는 안간힘 썼다. 지루하고 힘겨운 전쟁이었다. 그 승산 없는 싸움에서 가장 치명적인 적은 나 자신이었다. 절망은 매혹적이고 희망은 식상했다. 병영 사령관 앞에 엎드려 선처를 구걸하고 싶은 마음의 싹을 베기 위해 하루에도 수차례 입술 깨물어야 했다. 두려움의 노예로 전락하지 않기 위해 나는 분노를 곱씹었다. 이교도 병사의 칼에 가슴 베인 채 감옥에서 죽음을 기다려야 했던 데니슨의 극빈한 운명을 떠올렸다. 떠올리다 보면 훈훈한 수프 한 그릇 얻어먹은 것처럼 든든했다. 든든하면서 부끄러웠다. 운명의 표류 속에서도 일시적 안정에 안주한 순간들이 부끄러웠다. 내 운명의 표정을 읽기 위해서는 이교도들이 제공한 삶과 단호히 결별해야 했다. 마음 밑바닥에 묻어두었던 탈출 계획을 꺼내 다시 만지작거렸다.

더위가 물러가고 공기가 선선해졌다. 궁벽한 내 침묵의 요새를 포위한 채 농성하던 생애 가장 긴 여름이 저만치 퇴각하고 있었다. 탈출을 상상하는 것만으로도 나는 기운을 되찾았다. 이교도들의 경계를 사지 않기 위해 나는 되찾은 생기를 애써 감추었다. 오히려 체념을 가장했다. 나의 연기가 병영 사령관을 고무했다. 병영 사령관은 전의를 꺾은 적에게 조촐한 자비를 내렸다. 활터에서 화살을 회수하는 임무를 나에게 주었다.

병영 사령관은 이 원시적인 무기에 남다른 애착을 지니고 있음이 분명했다. 병영 사령관은 병과를 불문하고 병사들에게 활을 쥐게 했다. 기병, 화승총병, 포병도 시위를 당겨야 했다. 이교도 병사들은 터무니없이 멀리 서 있는 과녁을 향해 화살을 날렸다. 한 걸음 길이의 정방형 나무판이 깨알처럼 보였다. 깨알 같은 과녁을 노려보는 이교도 병사들의 눈빛이 적의 심장을 겨누는 것처럼 비장했다. 시위를 당길 때 이교도 병사들은 이 세상의 존망이 자신의 손끝에 달려 있기라도 한 듯 눈을 부릅떴다. 이교도 병사들이 쏘아올린 화살이 하늘을 까맣게 덮었다. 화살은 스페인 함대의 대포에서 발사된 포탄처럼 우아하고 풍만한 포물선을 그리며 날아갔다. 과녁에 명중한 화살이 적지 않았다. 과녁에 꽂힐 때 화살은 제 속도를 감당하지 못하고 꼬리를 부르르 떨었다. 이교도들의 활 솜씨는 신기에 가까웠다. 총과 대포가 없는 전장에서라면 이 왕국의 군대는 패배를 모를 것이다. 나는 과녁에 꽂힌 화살을 뽑고 과녁 주위에 흩어진 화살을 주웠다. 수레에 실린 화살이 산더미였다. 화살로 쌓아올린 산을 나는 끝없이 옮겼다.

대포 제작은 지지부진했다. 더불어 대포를 만들던 병사가 나에게 자문을 구하려다 병영 사령관에게 호된 질책을 받았다. 격분한 병영 사령관은 활쏘기 훈련의 뒷정리를 나 혼자 도맡도록 명했다. 과녁에 박힌 화살은 쉬이 뽑히지 않았다. 이교도 병사들의 활 솜씨가 늘수록 내 한숨은 깊어졌다. 잠자리에 누우면 허리가 묵직했고 자고 일어나면 어깨가 무너졌다.

사역이 끝나면 나는 바닷가를 어슬렁거리며 배를 물색했다. 이교도들은 목이 달아날까 두려워 나에게 배를 팔지 않았다. 평소 친하게 지내던 어부에게 술과 음식을 대접하며 배를 구해달라 부탁했다.

"배는 무엇에 쓰려는가?"

어부의 눈빛이 경계심으로 사나웠다.

"겨울도 머지않았으니 가까운 섬을 다니며 목화를 얻을 생각이다. 목화를 많이 구하면 후사하겠다."

옷감이 마땅치 않은 이교도들에게 목화는 귀중품 중의 귀중품이었다. 어부는 의심의 눈길을 쉬이 거두지 않았다.

"혼자 배를 탈 생각인가?"

나는 에보켄과 함께 다닐 거라고 말했다.

이 왕국의 이교도들은 여간해서 마음을 주지 않지만 한번 마음을 주면 온 세상이 아는 허물이 드러나도 쉽사리 믿음을 거두지 않는다. 에보켄도 동행한다는 말이 어부의 마음을 움직였다. 마을 사람들은 에보켄을 경외하면서 신뢰했다. '자줏빛 구름'의 신통력에 기인한 경외였고 야박과는 거리가 먼 마음 씀에 대한 신뢰였다. 아파서 찾아온 사람들을 에보켄은 대가 없이 치료해줬다. 약초로 병을 다스린다고 했다. 에보켄에게 그런 재주가 있다는 사실에 놀라지 않을 수 없었다.

"배를 구해보겠다."

어부가 말했다.

3

탈출 계획에 대한 에보켄의 반응은 신통치 않았다. 배를 구하기 어려울 거라는 둥, 섬이 많아 물길이 변덕스럽다는 둥 이런저런 이유를 들어 난색을 표했다. 탈출 계획은 시작부터 예기치 못한 난관에 봉착했다. 에보켄은 고향에 돌아갈 마음이 있기는 한 것일까?

"선장, 이번에 실패한다면 살아남기 힘들 것이오."

에보켄이 말했다.

"노예로 사느니 운명의 주인으로 죽는 게 낫다."

"탈출하다 헛되이 죽는 것이 선장의 운명이오?"

"귀향을 위해 죽음을 불사하는 것이 나의 운명이다."

"선장의 운명은 죽는 것이 아니라 사는 것이오. 죽어서 운명의 노예가 되는 것이 아니라 살아서 운명의 주인이 되는 것이오."

"바다로 나가 내 운명을 확인할 것이다."

나도 에보켄도 서로를 설득하는 데 실패했다. 에보켄과 나는 이제 다른 별의 주민이 되었다. 형제와 같던 두 뱃사람의 운명을 무엇이 갈라놓았을까? 나와 에보켄 사이에는 서먹서먹한 침묵이 가로놓였다. 싸늘한 침묵이 내 심장을 얼어붙게 했다. 에보켄은 '자줏빛 구름'에게로 돌아갔다. 이 야만의 땅에 내가 돌아갈 곳은 없었다. 나는 혼자서라도 바다에 나갈 것이다. 그날 밤 내내 거센 바람에 문풍지가 느껴 울었다. 이튿날 집을 내놓았다.

아침저녁으로 차가워진 공기에 얼굴이 따끔거릴 무렵 마침내 배를 구했다. 가까운 섬은 물론 먼 섬까지 왕래하던 외돛

배였다. 배 주인은 내가 실질적인 구매자라는 사실을 알게 되자 거래를 취소하겠다고 우겼다. 내가 그 배로 탈출하기라도 한다면 제 목이 달아날 거라며 눈물 없는 울음을 울었다. 배를 돌려달라고 애원하기까지 했다. 진심으로 거래를 취소하려는 심산인지 값을 더 받아내려는 수작인지 분간할 수 없었다. 이교도들은 속임수에 취약했지만 속이는 데도 능했다. 남 속인 것을 자랑 삼아 떠벌리는 자도 있었다. 나는 기왕 지불한 만큼의 금액을 배 주인의 손에 더 쥐여주었다. 배 주인은 불확실한 위험을 피하기보다는 눈앞의 이익을 움켜쥐기로 했다. 목화를 들여와서 이익을 남기면 사례하겠다고 하자 입을 다물 줄 몰랐다.

병영 앞바다에는 크고 작은 섬들이 체스판의 말처럼 깔려 있었다. 큰 섬마다 함대의 척후 부대가 번을 섰다. 작은 섬을 지나칠 때도 이교도들의 이목을 따돌리기는 쉽지 않을 터였다. 무엇보다 수시로 방향을 바꾸는 물길이 문제였다. 먼 섬을 에돌아온 바닷물은 먼 섬과 가까운 섬 사이에서 종작없었다. 때를 잘못 고르면 먼 섬 근처에도 나가지 못한 채 발이 묶일 것이다. 지난 7년 전쟁 때도 물길의 변덕을 무시하고 전격 항진하던 일본 함대는 참패로써 무모의 대가를 치렀다고 했다. 촘촘히 포진된 섬의 방어진을 벗어나 난바다의 순류에 올라타면 배는 곧장 일본 앞바다로 흘러가리라. 청어를 잡기 위해 이교도 어부들과 함께 병영 앞바다에 무시로 나갔던 에보켄의 합류가 더욱 간절했다. 나는 배의 구매를 주선해준 어부의 고깃배에 편승해 틈틈이 물길을 익혔다. 가까운 섬을 지날 때 그곳의 이교도들과 부러 인사를 나누었다. 목화를 구하러 다닌다는 말도 흘렸다.

뜻하지 않은 곳에서 기회가 찾아왔다. 병영 사령관은 성능이 검증되지 않은 새 대포를 전함에 싣고 화력을 시험했다. 새 대포는 번번이 과녁을 외면했다. 병영 사령관은 포병들의 미숙을 벼락같은 호통으로 나무랐다. 병사들의 간담을 서늘케 하는 병영 사령관의 호통도 대포를 다그치지는 못했다. 대포는 과녁을 정교하게 타격하는 데 무관심했다. 독 오른 병영 사령관이 욕설을 내뱉으며 포병을 걷어찼다. 포병이 횃불을 떨어뜨렸고 불똥이 돛대 앞에 쌓아둔 화약통에 옮아붙었다. 폭발 소리가 뭍까지 들려왔다. 전함의 이물이 날아가고 일곱 명의 병사가 즉사했다.

병영 사령관은 사고 수습보다 수하들의 입단속에 열 올렸다. 사고에 관한 얘기를 입에 올리는 자는 엄중히 처벌할 것이라고 으름장 놓았다. 죽은 병사들의 가족이 사고 소식을 듣고 달려왔다. 죽음의 검버섯이 돋아난 얼굴의 중늙은이가 울었고 땅바닥에 주저앉은 여인의 등에 업힌 갓난애도 울었다. 유가족들은 병영 사령관의 해명을 요구했다. 병영 사령관의 명을 받은 병사들이 유가족들을 거칠게 쫓아냈다. 저항하는 자들에게 돌아오는 것은 발길질과 몽둥이질뿐이었다. 자식과 남편과 아비를 잃은 이교도들이 짐승처럼 울부짖었다. 울음은 더 높은 울음 속에서 잦아들었고 더 깊은 울음 속에서 태어났다. 이곳은 눈물의 왕국, 이교도들은 슬플 때도 기쁠 때도 울었다. 저들에게 울음은 불운에 항의하는 최후의 수단이자 행운을 환대하는 최초의 방책이었다.

병영의 공기가 어수선한 틈을 타 나는 탈출을 결행하기로 했다. 에보켄에게 내 계획을 알렸다. 에보켄은 가타부타 대답이 없었다. 에보켄의 얼굴이 번민의 그늘로 침침했다. 뜻밖이었다. 에보켄이 망설이는 이유를 나는 짐작할 수 없었다. 차돌 같은 침묵 끝에 에보켄이 무겁게 입 열었다.

"선장, 다른 방도는 없겠소?"

나는 에보켄의 질문이 뜻하는 바를 이해할 수 없었다. 평소답지 않게 에보켄의 언어는 주저와 고심으로 풀이 죽었다. 나는 에보켄에게 배를 띄울 시간과 장소를 일러주었다. 마지막 순간까지 기다리겠지만 시간은 탈출하려는 자의 편이 아닐 것이라는 말도 덧붙였다.

"선장 혼자 떠나게 하는 일은 없을 것이오."

에보켄이 말했다.

이튿날 땅거미가 내릴 무렵 나는 바닷가로 나갔다. 어둠이 급속히 세력을 넓히는 바닷가는 을씨년스러웠다. 고르지 못한 일기 탓에 어부들은 일찌감치 철수했다. 바다 서쪽에서 검은 구름의 선단이 빠르게 몰려왔다. 매서운 바람이 얼굴을 때렸다. 드센 바람이 가까운 바다와 먼 바다를 오가며 물안개를 이리저리 몰고 다녔다. 바람의 향방을 가늠할 수 없었다. 식수, 마른 빵, 건어물 등 준비해간 물품을 배에 실었다. 에보켄은 보이지 않았다.

도처에서 준동하는 바람을 제압한 물안개의 본대가 어둠의 엄호를 받으며 느긋하게 상륙했다. 멀리 어부의 초가집들이 하나 둘 불 밝혔다. 불빛은 어둠의 속살을 간신히 발라냈다. 어둠은 높은 곳에서 낮은 곳으로 묵직하게 흘러내렸다. 묵직한 어둠의 저편에서 개 짖는 소리가 잔망했다. 안개가 짙어졌다. 짙은 안개가 탈출에 득이 될지 실이 될지 나는 알 수 없었다. 안개는 보이던 것도 감추고 보이지 않던 것도 감추었다. 온 바다를 젖빛으로 물들이는 안개 속에서 기왕 보이던 것들이 보이지 않던 것들과 살 섞어 하나가 되었다. 보이던 것들과 보이지 않던 것들이 흘레붙느라 토해내는 훈김으로 바다는 애애(皚皚)했다. 에보켄은 보이지 않았다.

나는 닻을 끌어올렸다. 닻을 매달 때 발정 난 짐승의 인광처럼 붉은 점이 안개 속에서 번뜩였다. 붉은 점은 육지 쪽에서도 어른거렸다. 하나가 아니라 여럿이었다. 육지 쪽의 붉은 점은 너무 일찍 고개 내민 꽃봉오리처럼 바람에 이리저리 흔들렸다. 젖빛 안개 위로 붉은 열꽃이 흐드러졌다. 횃불이었다. 이교도 병사들이 사위를 조여왔다. 안개의 바다에서 배 한 척이 유령처럼 불쑥 모습을 드러냈다. 이교도 병사들이 횃불을 치켜든 채 뱃전에 서 있었다. 매듭짓지 못해 헐거워진 돛이 맥없이 주저앉았다. 에보켄은 보이지 않았다.

4

감옥에 갇힌 나는 병영 사령관의 처분을 기다렸다. 벌받는 것보다 벌을 기다리는 것이 더 힘겨웠다. 기다리면서 나는 숱한 죽음의 방식에 대해 상상했다. 유혈 낭자한 상상 속에서 내 발가락은 매질에 남김없이 떨어져나갔고 내 머리통은 더운 피 뚝뚝 흘리며 저잣거리에 내걸렸다. 불길한 상상의 뿌리를 자르기 위해 육신의 고통에 정신을 집중했다. 심장을 옥죄는 추위와 영혼을 마비시키는 허기도 불길한 상상을 몰아내지 못했다. 오히려 육신의 고통은 핏빛 상상의 자양분이 되었다. 추상을 면치 못하던 상상에 고통은 감각의 육체를 부여했다. 매질을 상상하면 발가락이 저렸고 효수를 상상하면 목덜미가 서늘했다.

옥졸은 물론 다른 이교도 죄인들도 거들떠보지 않는 나를 면회 오는 것은 죽음의 그림자뿐이었다. 죽음에 대한 생각이 오히려 나에게 평안을 가져다주었다. 깨어 있는 동안은 내가 죽음을 찾았고 잠든 동안은 죽음이 나를 방문했다. 죽음이야 말로 삶의 유일한 벗이니 불완전한 삶은 죽음을 통해 완성될 것이다. 다만 그 죽음이 바다에서의 죽음이 아니라는 사실이 나는 아쉬웠다.

감옥에서 나는 새해를 맞았다. 병영 사령관은 내가 감옥에 갇혀 있다는 것을 잊어버린 것일까? 고향 사람들에게 잊히고 이교도들의 뇌리에서도 지워진다면 누가 내 죽음을 기억할 것인가? 옥졸이 내 앞으로 걸어올 때마다 죽음은 내 벗이었다가 적이었으며 천사였다가 악마였다. 옥문 열고 들어오는 기척은 내 심장을 찢기 위해 달려드는 연적이었고 옥문 열고 나가는 소리는 내 심장을 찢고 돌아서는 연인이었다. 변덕스러운 연인을 기다리는 사내의 심정으로 나는 무너졌다. 분노도 증오도 더는 내 것이 아니었다. 분노와 증오의 응원마저 잃어버린 내 영혼은 지리멸렬했다. 어서 끝장나기를 바라는 체념과 끝장이 미루어지기를 바라는 미련이 사력을 다해 각축했다. 통제할 수 없는 사랑의 열정 앞에 내던져진 풋내기처럼 나는 죽음을 향한 매혹과 두려움 사이에서 망연자실했다.

에보켄이 찾아왔다.

"선장, 허락된 시간이 많지 않소."

"어찌 된 건가?"

"선장, 미안하오. 선장이 바다로 나가는 것을 막기 위해서는 그 방법밖에 없었소."

"이교도 병사들이 들이닥친 게……!"

"선장을 살리기 위해 어쩔 수 없었소."

"어떻게 그런 짓을!"

"선장, 이놈의 말을 잘 들으쇼. 선장은 바다에서 물고기밥이 될 운명이 아니듯 감옥에서 죽음을 맞을 운명 또한 아니오. 병영 사령관은 폭발 사고를 상부에 보고하지 않았소. 문책이 두려웠을 게요. 같은 이유로 선장의 탈출 기도 또한 조정에 알리지 않을 것이오. 그러니 독단으로 선장의 생사를 결정하지는 못하오. 병영 사령관은 오래가지 못할 것이니 부디 희망을 잃지 마쇼."

"이교도 마녀와 배를 맞추더니 예언자가 다 되었군."

"선장!"

"나는 그대의 선장이 아니다."

"선장! 부디 선장의 참 운명에 눈뜨시오."

시간이 다 되었다고 옥졸이 소리쳤다. 에보켄이 흰 천으로 싼 꾸러미를 옥 안으로 급히 밀어넣었다. 에보켄은 옥졸에게 떠밀려 밖으로 나갔다.

"알다가도 모를 일이야. 병 주고 약 준다더니 밀고할 때는 언제고 면회는 무슨 얼어 죽을 면회람."

"그나저나 이 돈이라면 간만에 코가 삐뚤어지도록 마실 수 있겠군."

"벌써 침이 고이는군."

어둠 속에서 옥졸들이 나누는 대화가 귓전에 또렷했다. 옥졸들은 지난번 다녀왔다는 술집 여인의 속살에 대해 품평하며 시시덕거렸다. 나는 이교도의 말을 이해하는 데 큰 어려움을 겪지 않게 되었다. 이교도의 언어에 밝아진 내 귀의 총명이 반갑지만은 않았다.

에보켄이 넣어준 보따리를 풀었다. 찬합과 옷 한 벌이 보자기 속에서 얼굴을 내밀었다. 찬합에는 갖은 음식이 정갈하게 담겨 있었다. 삶은 닭, 찐 달걀, 생선부침, 건어물, 육포…… 공들여 장만한 흔적이 역력했다. 먹음직스러웠다. 마음보다 몸이 먼저 움직였다. 음식을 허겁지겁 입 안에 쓸어 넣고 있는 자신을 발견했을 때 찬합은 이미 바닥을 드러내고 있었다. 엄습한 모멸감에 모골이 송연했다. 나는 찬합을 밀쳐냈다. 찬합에 남은 음식이 개켜진 옷 위로 쏟아졌다. 목화로 지은 옷이었다. 뼈를 얼리는 냉기도 거뜬히 막아낼 수 있을 만큼 톡톡했다. 이번에는 마음이 몸을 앞질렀다. 온기를 갈망하던 두 손은 파르스름한 분노에 결박됐다.

감옥의 벽은 밀어닥치는 한기를 고스란히 들여보냈다. 온순한 짐승처럼 누워 있는 무명옷 앞에서 내 육신은 얼어붙었으나 내 영혼은 달아올랐다. 대상을 짐작할 수 없는 적의가 싸늘해진 내 영혼을 후끈 달궜다. 한 줌 눈물이 손등에 떨어졌고 헛웃음이 발작처럼 터져 나왔다. 과녁을 겨누지 못한 적의는 내력이 모호한 연민에게 자리를 내주었다. 분노의 눈물이었고 연민의 웃음이었다. 겨울 내내 이교도의 감옥에서 나는 분노로 세상을 쓸어버렸고 연민으로 세상을 다시 세웠다. 삶과 죽음이 서로에게 유일한 혈육이듯 분노 없이는 나 자신을 견딜 수 없었고 연민 없이는 세상을 감내할 수 없었다.

토막 난 꿈에 데니슨이 가끔 찾아왔다. 데니슨은 호랑이 등에 올라타 설원을 내달린다. 기세 좋게 내달린다. 데니슨을 쫓던 나는 점점 뒤처진다. 데니슨을 태운 호랑이는 바다로 나간다. 바다는 지상의 바다가 아니라 별들의 바다다. 별들의 바다를 건너는 데니슨의 이마는 기쁨으로 환하다. 데니슨을 놓친 나는 낙담한다. 나의 낙담도 별무리의 아름다움을 훼손하지는 못한다. 어느 순간 나는 그것이 꿈이라는 사실을 자각한다. 꿈에서 깨지 않기 위해 나는 또 다른 꿈을 장전한다. 꿈속의 꿈은 매번 누추하다. 눈뜨면 주인을 찾지 못한 무명옷이 어둠의 가시에 내걸린 채 나를 물끄러미 응시하고 있었다.

호랑이 토벌대에 자원하던 순간 데니슨은 운명을 마주했다.

화승총 총구를 사이에 두고 운명과 대치한 순간 데니슨은 호랑이가 되고 호랑이는 데니슨이 되었다. 호랑이는 데니슨의 용기를 빌려 죽음을 완성했고 데니슨은 호랑이의 영혼을 빌려 삶을 완성했다.

나는 무명옷을 걸쳐보았다. 내 몸을 만져보고 지은 듯 꼭 맞았다. 무명옷이 나를 입었다. 내가 무명옷을 입은 것이 아니었다. 무명의 천 조각은 무명(無名)의 내 몸뚱이를 빌려 마침내 옷이 되었다. 그것이 운명의 운명이었다. 에보켄이 일러준 참 운명의 의미를 나는 알 것도 같았다. 육신의 감옥이야말로 영혼의 사원이자 궁리의 산실이다. 육신의 속박 속에서 영혼은 참된 자유를 발견한다. 지상에서의 모든 깨달음은 낮은 곳에서 온다. 나는 죽음에 대한 집착을 버렸다. 죽음이 내 육신에게 손 벌리기 전까지 나와 죽음은 서로에게 무명(無名)으로 자족할 것이다. 나는 죽음을 내버려두기로 했다.

5

에보켄의 예상이 적중했다. 병영 사령관의 실추는 먼 장래의 일이 아니었다. 병영 사령관의 전횡이 국왕의 귀에 들어갔다. 국왕은 지방의 관리와 장군을 감시하기 위해 심복을 비밀 감찰관[31]으로 파견했다. 국왕의 비밀 감찰관들은 이 왕국의 곳곳을 암행했다. 비밀 감찰관이 병영 사령관의 실책을 국왕에게 낱낱이 보고했다. 국왕은 격노했다. 기왕의 잘못보다 그것을 덮으려던 잘못이 화를 불렀다. 국왕은 폭발 사고를 보고하지 않은 죄를 물어 병영 사령관을 파면하고 볼기를 80대 내려치게 한 후 바람의 섬으로 유배 보냈다. 종신 유배였다.

새로 부임한 병영 사령관이 나를 소환했다. 오랜만의 햇살은 눈부셨고 바깥 공기는 상쾌했다. 머리칼을 날리는 바람의 끝이 부드러워졌다. 겨울이 저만치 물러가고 있었다. 이교도의 땅에서 맞이하는 몇 번째 봄인지 가물가물했다. 죽음을 기다리던 나날의 어두운 기억 때문인지 어김없이 돌아온 봄이 새삼스러웠다. 겨울을 꼬박 난 수감의 여파로 걸음 옮길 때마다 뼈마디가 아우성쳤다. 두 달 보름 동안 갇혀 있었다고 옥졸이 일러주었다. 상한 곳은 없냐고도 물었다. 옥졸의 돌연한 관심과 친절이 나는 낯설지 않다. 이 왕국의 이교도들은 천사와 악마의 가면을 함께 지니고 있다. 자신의 호의에 내가 침묵으로 일관하자 옥졸의 얼굴에 낭패의 빛이 역력했다. 부축을 부탁하자 굳었던 얼굴이 봄눈 녹듯 풀어졌다.

병영 사령관이 국왕의 명을 전했다.

---

31) 암행어사.

"죄인은 듣거라. 남쪽에서 달려오는 불미스런 소식에 만물을 부화하는 봄의 약동도 신명을 잃었다. 나라의 기백이 무너지면 만발하는 백화(百花)도 참람할 뿐이다. 국법이 준엄하여 돌려보내지 못하니 이곳에서 새 삶을 도모하라 하였거늘 어찌 나의 말을 업신여기는가. 과실을 엄히 추궁해야 할 것이나 대포 빚는 너의 재주를 어여삐 여겨 마지막 기회를 주겠노라. 듣기로 새 대포 제작이 머지않았다 하니 너는 가진 재주를 아낌없이 쏟아 쓸모 있는 대포를 속히 완성해야 할 것이다. 나에게 늠름하고 아름다운 대포를 바치는 것만이 그간의 죄를 씻는 길임을 명심하라. 북방의 정세가 각박하다. 남쪽에서 들려오는 낭보가 시름을 덜어줄 날은 언제일는가. 한나절이 백 년 같고 하루가 천 년 같다. 남쪽의 요새에 내려간 붉은 수염의 병사는 한나절을 백 년처럼 쓰고 하루를 천 년과 같이 정진할 일이다."

병영 사령관이 국왕의 명을 받들어 나를 석방했다. 병영 사령관 앞에서 물러날 때 이교도 병사들이 나를 부축했다. 예전 집 근처에 당도해서야 돌아갈 곳이 없음을 비로소 깨달았다. 배를 구하기 위해 집을 팔았다. 바닷가의 배에 몸 누일 수는 없었다.

숙소에서 에보켄이 뛰쳐나와 나를 맞았다. 어찌 된 영문인지 알 수 없었다. 자초지종을 물을 여력조차 남아 있지 않았다. 이교도 병사들이 나를 방에 누였다. 방바닥이 태양을 묻은 듯 뜨거웠다. 험난한 모험에서 살아남아 집에 돌아온 기분이었다. 육신이 늘어지고 정신이 혼곤했다. 약초 달이는 냄새가 진동했다. 병영으로 복귀하는 이교도 병사들의 인기척이 문풍지 너머로 어렴풋했다. 나는 정신을 놓고 깊은 잠에 떨어졌다.

목이 말라 눈을 떴다. 에보켄이 어슴푸레한 어둠 속에서 내 곁을 지켰다. 에보켄이 찬물 적신 수건으로 내 이마의 땀을 꼼꼼히 훔쳤다. 에보켄이 내 머리를 받쳐 올리고 사발에 담긴 물을 천천히 먹였다. 물맛이 썼다.

"선장, 호박과 괭이밥 뿌리를 달인 물이오. 기력을 되찾게 해줄 테니 남기지 마시오."

에보켄이 본초학자처럼 말했다.

나는 어미의 젖을 갈급하는 갓난아이처럼 쓴물을 꿀꺽꿀꺽 삼켰다. 혀를 태울 것 같던 갈증이 수그러들자 나는 다시 정신을 놓았다. 가물거리는 정신은 육신이 갈증을 호소할 때만 눈떴다. 갈증을 달래면 만화경의 악몽이 기다리는 잠의 늪에 떨어졌다. 영원히 깨어나고 싶지 않을 정도로 피곤했다.

나는 이틀 낮과 밤을 잤다. 죽음 같은 잠에서 깨어났을 때 단내 나는 입이 썼다. 몸이 회복되는 증거라고 에보켄이 말했다. 움직여보라고도 했다. 나는 팔과 다리를 천천히 놀려보았다. 얼어맞은 것처럼 얼얼하던 뼈마디가 한결 부드러웠다.

"선장, 뼛속까지 스몄던 냉기가 구들장의 열기를 견디지 못하고 몸 밖으로 뛰쳐나간 것이오."

에보켄이 의사처럼 말했다.

에보켄이 나에게 약초 달인 물을 권했다. 면전에 앉아 있는 잿빛 눈동자의 사내를 나는 찬찬히 뜯어본다. 이 사내는 읽을수록 의미가 모호해지는 책이다. 새로운 책장은 지나간 책장을 배반하고 지나간 책장은 다가올 책장을 기만한다. 출신, 성장 과정, 모험, 편력, 심지어 이름까지 이 사내에 대해 알고 있던 모든 것이 허상일지 모른다. 내가 확신할 수 있는 것은 사내의 눈동자가 잿빛이라는 사실뿐. 이 불가해한 책의 마지막 장이 나는 자못 궁금하다.

"선장, 내 얼굴에 뭐가 묻었소?"

"너는 누구인가?"

"선장, 이젠 나를 모른 체할 셈이오? 아직 화가 덜 풀린 게요? 그날 선장 뜻대로 바다에 나갔다면 무사하지 못했을 거요."

"그것을 어찌 아는가?"

"그건……"

"내가 감옥에서 살아나올 것은 또 어찌 알았는가?"

에보켄은 대답을 주저했다.

"영매가 그러던가?"

"만나보시겠소?"

다음 날 나는 에보켄과 함께 '자줏빛 구름'의 움막을 찾았다. 움막은 바다를 향해 깊숙이 돌진한 절벽 위에 자리했다. 움막 뒤에 버티고 선 거대한 고목이 절벽 아래 펼쳐진 바다를 굽어보고 있었다. 땅 위로 불거진 고목의 뿌리가 움막을 움켜쥐듯 에워쌌다. 먼 길 달려온 파도가 절벽에 이마를 부딪치는 소리에 가슴이 서늘했다. 발치를 내려다보니 파도가 거품을 물며 맹렬한 기세로 소용돌이쳤다. 현기증이 일었다. 그곳은 물과 흙이, 바람과 빛이 격렬하게 조우하며 함께 호흡하는 대자연의 배꼽이었다.

'자줏빛 구름'은 움막에 없었다. '자줏빛 구름'은 인근 산의 동굴에서 명상을 즐긴다고 에보켄이 말했다. 움막은 창을 거느리지 못해 어둑했다. 움막 한쪽에 말린 약초가 즐비했다. 에보켄이 근동의 산과 들을 다니며 캔 것이었다. 병풍 앞에 놓인 탁자 위에서 초가 타올랐다. 내 눈길은 촛불이 부각하는 병풍의 그림에 집중되었다. 병풍에는 붉은 갑옷을 걸친 장군이 그려졌다. 기골이 장대하고 풍채가 늠름했다. 눈매는 온화하면서 매서웠고 콧날은 단호한 자긍으로 우뚝했다. 입매는 신의를 머금어 진중했고 가슴께까지 흘러내린 턱수염은 사자의 갈기처럼 우아했다.

고대 중국의 장군이라고 에보켄이 설명했다. 고대 중국 제국이 망하고 세 개의 나라가 각축하던 시절의 영웅이란다. 신의를 위해 목숨을 돌보지 않은 의로움과 산을 움직이는 기개로 후대인들의 추앙을 한 몸에 받는다고 했다. 전장에서 독화살을 맞아 의사가 팔꿈치 살을 째고 독 묻은 뼈를 깎는 동안 태연하게 동료와 담소를 나누었단다. 나는 고대 중국의 장군에게서 눈을 떼지 못했다. 우주의 이치를 궁리한다는 '자줏빛 구름'은 어찌하여 고대 중국의 장군을 섬기는 것일까?

"선장, 이놈이 집으로 돌아가도 되겠소?"

"집?"

"선장이 살고 있는 곳 말이오."

"그 집은 어떻게 된 것인가?"

집을 되찾게 된 사정을 에보켄이 소상히 밝혔다. 집을 되찾기 위해 에보켄은 배를 되팔고자 했다. 배 주인은 자신의 배로 내가 탈출하려 했다는 것 때문에 거래 사실 자체를 부정했다. 선의를 거짓으로 짓밟으면 바다 신의 노여움을 사 배를 잃게 될 것이라고 에보켄이 을렀다. 배 주인은 다섯 척의 배를 가지고 있었다. 모두 고기잡이배였다. 이 왕국의 고기잡이배들은 바다로 나갈 때 무사 귀환을 위해 바다 신께 제를 올렸다. 근동에서 바다 신의 자비를 비는 제를 주관하는 이가 '자줏빛 구름'이었다. 배 주인은 마지못해 거래에 응했다. 배 주인이 두려워한 노여움의 주인이 바다 신이었는지 '자줏빛 구름'이었는지 나는 궁금했다.

"머릿속이 작열하는 질문으로 지옥이구나."

'자줏빛 구름'이 움막에 들어서며 말했다.

'자줏빛 구름'이 내 앞에 앉았다. 이교도 영매의 눈빛에는 광채가 더해졌다. 밤하늘의 선명한 은하처럼 밝고 맑았다. 투명한 시선이 내 영혼마저 꿰뚫어보는 듯했다. 나는 이교도 영매의 맑고 서늘한 눈빛에서 에보켄의 시선을 떠올렸다.

"나방이 불속에 몸을 던지는 이유가 무엇인가?"

'자줏빛 구름'이 물었다.

뜬금없는 질문에 나는 말문이 막혔다.

"나방이 불속에 몸 던지는 것은 불을 사랑해서가 아니라 어둠을 두려워하기 때문이다."

'자줏빛 구름'이 스스로 답했다.

"나비가 꽃의 품에 달려드는 이유는 무엇인가?"

"꽃을 두려워하지 않기 때문인가?"

"꽃을 사랑하기 때문이다."

'자줏빛 구름'의 말은 수수께끼처럼 들렸다.

"앞날을 볼 수 있다는 게 사실인가?"

"앞날을 볼 수 있는 자는 없다. 앞날은 영원히 당도하지 않기 때문이다."

"나의 앞날을 읽어내지 않았는가?"

"내가 읽어낸 것은 앞날이 아니라 네가 몸담고 있고 앞으로도 몸담고 있을 지금이다."

"너의 말이 어렵다."

"나방과 나비의 시간에는 과거도 미래도 없다. 오직 현재뿐이다. 현재가 과거와 미래를 정한다."

"앞날은 이미 결정되어 있는가?"

"그렇기도 하고 그렇지 않기도 하다."

"너의 대답이 모호하다."

"너는 네 운명을 담아내는 그릇이다. 그릇은 이미 주어진 것이니 그릇의 생김과 성질을 알면 무엇이 담길지 가늠할 수 있다. 네가 나비인지 나방인지 안다면 궁극의 앞날 네 앞에 놓인 것이 꽃인지 불꽃인지 짐작할 수 있다. 그러나 이 또한 어림짐작일 뿐이다. 모든 나방이 불꽃 속에서 생을 마감하지 않듯 모든 나비가 꽃의 향기로움에 취하지 않으니 앞날을 볼 수 있다고 감히 말할 수 있겠는가?"

"나는 나비인가 나방인가?"

'자줏빛 구름'이 나를 노려보았다. 영혼이 얼어붙는 듯했다.

얼마의 시간이 흘렀는지 짐작할 수 없었다. 나를 응시하는 시선의 끈을 돌연 늦추더니 '자줏빛 구름'이 미소를 지었다.

미소를 머금은 채 말했다.

"두려워 말고 사랑하라. 그걸로 족하다."

6

대포는 다시 내 것이 되었다. 병영 사령관은 대포 제작을 나에게 일임했을뿐더러 지원도 아끼지 않았다. 대장간에 인력이 대대적으로 보강되고 화약을 비롯한 필요 물자가 부족함 없이 수급되었다. 근동에서 차출된 대장장이들은 모두 숙련공이었다. 그들의 솜씨는 아름다워서 예(藝)의 경지를 넘보기에 족했다. 지난 7년 전쟁 때 이 왕국의 함대를 위해 대포를 만들었던 화포장도 있었다. 이 왕국 함대가 보유했던 대포의 사정거리가 월등하여 일본 함대는 살아서 접근할 수 없었단다. 접근할 수 있는 적의 배는 박살 난 전선뿐이었고 접근할 수 있는 적은 이미 죽은 자뿐이었다고 했다.

고대의 전쟁은 몸과 몸이, 무기와 무기가 부딪치는 싸움이었다. 적을 죽이기 위해서는 적의 눈동자에 장전된 삶의 허무를 견뎌야 했다. 적의 살기 어린 눈동자에 포박된 스스로의 두려움을 마주해야 했다. 그러나 발도(拔刀) 전 서로의 출생과 이름을 교환하던 위대한 거인들의 시대는 갔다. 기사도를 끝장낸 건 교황이나 술탄이 아니라 화약이었다. 작금의 전장에서 적은 보이지 않는 곳에서 내 목을 노렸고 보이지 않는 곳에서 거꾸러졌다. 앞으로의 전쟁은 기술과 기술이 자웅을 겨루는 싸움이 될 것이다. 문명은 전장에서 죽음의 개별성을 제거했다. 승리에의 맹목에 눈먼 문명은 야만을 모방했다.

본래 이 왕국의 대포는 청동으로 만들어졌다. 대포의 형체를 얻기 위해 청동에 납을 첨가했다. 청동은 철보다 강해서 거듭되는 발포를 잘 견뎠다. 청동은 구리에 주석을 섞어 얻었다. 강도를 보장하는 것은 구리였다. 이 왕국에는 구리가 귀해 대부분 일본에서 들여왔다. 7년 전쟁 후 구리 들여오기가 쉽지 않았다. 비싼 제작비 때문에 많은 대포를 확보할 수 없었다. 철은 구리만큼 귀하지 않았다. 대포 제작의 수월을 위해서는 철로 대포를 만들어야 했다. 그러나 철로 만든 대포는 몇 번의 발포만으로도 포열이 망가졌다. 연약한 포열로 정밀한 타격을 기대하는 것은 난망했다. 거듭되는 다급한 발포도 넉넉히 견디는 내구력이 절실했다. 새로 얻은 대포는 발포를 오래 견디지 못했다. 철에 구리와 주석을 섞어보기도 했지만 효과가 없었다.

온전한 대포를 만들기 위해 나는 철의 속성을 이해해야 했다. 깨어 있을 때 철에 대해 생각했고 잠자리에 누울 때 철제 대포에 대해 궁리했다. 철은 불순물을 적게 함유할수록 형상을 빚기 수월했으나 한번 얻은 형상을 지탱하기 난감했다. 가장 철다울 때 철은 아름답고 취약했다. 철의 순수성은 꽃의 아름다움을 닮았다. 꽃의 아름다움은 열흘을 견디지 못하기 때문에 더욱 완연하다. 꽃의 아름다움은 시들기 시작하는 순간 절정에 이른다. 그러니 철제 대포에 대한 나의 사랑은 모순에 대한 사랑이고 역설에 대한 사랑이었다.

병영 사령관은 매일 대장간에 들러 대포 제작의 진척을 확인하는 각별한 관심을 보였다. 그것은 국왕의 기대이기도 했다. 국왕의 기대가 나는 부담스러웠다. 국왕을 위해 단 한 자루의 대포를 만들 수는 있을 것이다. 그러나 병사들에게 대포를 나누어주지는 못할 것이다. 생과 사를 다투는 치열한 전장에서 전쟁은 국왕의 전쟁이 아니라 병사들의 전쟁이 될 터였다. 국왕의 대포 한 자루로 전쟁을 치를 수는 없었다.

에보켄이 짐을 꾸려 숙소로 돌아왔다. 말린 약초 꾸러미가 짐의 전부였다. '자줏빛 구름'의 움막으로 들어가겠다고 했을 때와 마찬가지로 그곳을 떠나온 이유를 나는 묻지 않았다. 나를 감시하기 위해 왔노라고 에보켄이 웃으며 말했다.

"무슨 좋은 일이라도 있는가?"

내가 물었다.

"선장, 한 계집을 잃고 세상의 모든 계집을 얻었으니 기쁘지 않겠소? 이놈이 영매에게만 봉사하면 세상의 다른 계집들은 누가 돌본단 말이오? 일찍이 성인들께서 말씀하셨소. 고통은 나눌수록 줄고 기쁨은 나눌수록 느는 법이다. 성인들께서 또 이런 말씀도 남기셨소. 아들아 고통은 아담과 나누고 기쁨은 이브와 나누어라. 세상의 사내들이 계집들을 기쁘게 하기 위해 얼마나 많은 땀을 쏟고 있나 생각하면 밤에 잠이 오지 않소. 이 한 몸 바쳐 세상의 계집들에게 기쁨을 고루 나눠주는 것은 세상의 사내들 어깨에 지워진 짐을 덜어주는 일이 아니겠소?"

에보켄의 익살은 여전했다. 그러나 그것은 에보켄에게 어울리지 않는 옷 같았다. 얼굴은 영혼의 일기를 비추는 거울이다. 에보켄의 얼굴에서 나는 실연의 고통을 읽을 수 없었다. 오히려 열정과 평화가 충만했다. '자줏빛 구름'을 만난 뒤로 에보켄은 뭔가를 잃은 것이 아니라 얻은 게 분명했다.

에보켄은 '자줏빛 구름'을 종종 찾아갔다. '자줏빛 구름'이 우리 숙소를 찾는 일은 없었다. 에보켄이 자리 비운 밤 나는 가끔 '자줏빛 구름'의 말을 곱씹었다. 내가 운명에 대해 물었을 때 이교도 영매는 두려움과 사랑에 대해 말했다. 무엇을 두려워 말고 무엇을 사랑해야 하는 것일까? 이교도의 물에 표착한 순간부터 두려움은 내 생존의 방편이었다. 내 두려움의 내력은 깊고 질겼다. 분노와 경멸은 두려움의 배다른 형제였다. 그것들의 어두운 가계는 사랑을 질식시켰다. 헐벗은 영혼에게 두려움은 가깝고 사랑은 멀었다. 이방의 어둠 속에서 뒤척이며 나는 두려움을 사랑하고 사랑을 두려워했다. 철을 녹이는 용광로 위로 제 아름다움에 겨운 꽃잎이 분분했다. 그 봄 내내 철로 빚은 대포는 쉬이 뒤틀렸다.

머리를 식힐 겸 나는 종종 화약 제조장을 찾았다. 병영 사령관은 신형 대포 제작뿐만 아니라 양질의 화약 제조에도 힘썼다. 화약을 만드는 것을 가까이에서 지켜본 것은 처음이었다. 화약이 제조되는 과정은 대포 제작 과정보다 복잡하고 섬세했다. 화약은 여인의 마음과 같아서 다루기도 어렵거니와 얻어내기는 한결 지난했다.

이 왕국의 이교도들은 염초와 유황으로 화약을 만들었다. 아궁이의 흙에서 염초를 얻었다. 아궁이에서 긁어낸 흙에는 재도 많이 섞여 있었다. 아궁이에서 채취한 흙을 눈 고운 체 위에 올리고 물을 부었다. 물이 흙에서 불의 씨앗을 추려냈다. 불의 씨앗을 머금은 물을 거듭 달여 결정을 만들었다. 결정을 물에 녹인 후 아교를 섞어 다시 끓였다. 거품으로 올라오는 불순물을 걷어낸 후 식히면 불의 결정이 오롯했다. 불의 결정에 숯가루와 유황을 섞어 화약을 얻었다.

이교도들은 무기에 따라 숯가루와 유황의 비율을 달리했다. 염초가 장차 불의 꽃으로 피어날 불의 씨앗이라면 유황은 불의 줄기다. 유황의 양이 점화의 속도와 안정성을 좌우했다.

신속하고 안전한 발포가 관건인 화승총에는 유황을 많이 배합한 화약을 사용했다. 강력한 발포가 우선인 대포에 쓸 화약을 만들 때는 유황을 줄이고 숯가루를 늘렸다. 이 왕국의 이교도들은 마법과도 같은 손재주를 지녔다. 불에 그슬린 흙에서 불의 씨앗을 얻어내는 저들이야말로 진정한 연금술사다.

우기가 끝나고 가을이 깊도록 철로 빚은 대포의 포신은 거듭되는 발포의 열기를 감당하지 못했다. 대장간을 찾는 병영 사령관의 발길이 뜸해졌다. 국왕에게서도 기별은 없었다. 권력은 인내심의 천적이다. 국왕은 기다리는 데 익숙하지 않을 것이었다. 국왕이 이 남쪽의 요새로 서신을 보낸다면 그것은 나의 무능을 문책하는 글로 서슬 퍼럴 것이다.

7

바다 가까운 병영에는 겨울보다 바람이 먼저 찾아왔다. 바람은 겨울의 전령이었다. 햇볕 쨍한 어느 날 기이한 광경이 눈에 들어왔다. 집집마다 문짝을 떼어내 해가 잘 드는 담벼락에 기대어놓았다. 출입문은 물론 창문까지 뜯어냈다. 한쪽에서는 문에 발린 종이를 벗겨냈고 한쪽에서는 새 종이를 발랐다. 이교도 사내에게 물으니 겨울을 따뜻하게 나기 위해 문종이를 교체하고 있다는 대답이 돌아왔다. 바람 단속에 소홀하면 자다가 겨울바람에 코가 얼 거라 했다. 우리는 코가 높으니 특히 조심해야 할 거라며 웃었다. 이교도들은 창문에도 종이를 발랐다. 이교도의 창은 드러내기 위한 창이 아니라 감추기 위한 창이었다. 종이를 바르기는 출입문도 마찬가지였다. 찢어지기 쉬운 종이를 출입문에 바르는 것이 기이하다고 여기던 참이었다.

"출입문은 단단해야 되지 않겠는가?"

내가 물었다.

"이 종이는 보기보다 단단하다. 견고해서 갑옷을 만들기도 한다. 화살도 뚫지 못한다."

이교도 사내가 말했다.

"너의 말이 맹랑하다."

"못 믿겠다면 종이를 찢어보라."

나는 이교도 사내의 말을 좇아 문짝에 붙은 종이를 뜯으려 했다. 문짝에는 가로와 세로로 틀이 촘촘해 종이를 쉽사리 뜯어낼 수 없었다. 종이를 뜯기 위해서는 손가락이 들어갈 수 있게 구멍을 내야 했다. 나는 손가락으로 종이를 뚫으려 했다. 손가락이 튕겨져 나왔다. 손가락에 힘을 주어도 소용없었다. 손가락 끝이 얼얼했다. 이교도 사내와 에보켄이 껄껄 웃었다.

"선장, 계집 젖꼭지를 건드리는 게요? 잠깐 비켜보쇼."

에보켄이 나섰다. 호기롭게 덤볐지만 결과는 마찬가지였다. 이교도 사내의 웃음소리가 더욱 높아졌다.

"너의 손가락이 칼이라면 그 종이를 뚫을 수 있을 것이다."

이교도 사내가 말했다.

"어떻게 해야 하는가?"

내가 물었다.

"저기를 보라."

이교도 여인이 문짝에 더운 물을 끼얹었다. 젖은 문종이에 손가락으로 구멍을 숭숭 내고 손쉽게 벗겨냈다.

"어찌하여 종이가 이토록 단단한가?"

내가 물었다.

"종이를 만들 때 여러 장을 겹치기 때문이다. 각각의 낱장은 손톱을 견디지 못할 정도로 약하지만 겹쳐진 낱장은 화살을 견딜 정도로 강하다."

이교도 사내가 대답했다.

"너의 대답이 신기하다. 자세히 설명해달라."

내가 말했다.

이교도 사내는 제지소에서 일한 적 있다고 자랑하며 종이 얻는 과정을 상세히 알려주었다. 닥나무를 잿물에 삶아 껍질을 벗긴다. 나무껍질을 흐르는 맑은 물에 씻어 햇볕에 말린다. 티를 제거한 종이 원료를 나무 방망이로 두드려 평평하게 한다. 닥나무로 만든 풀과 종이 원료를 물동이에 넣어 섞은 후 물을 빼낸다. 젖은 종이를 나무판에 붙여 햇볕에 말린다. 마른 종이를 겹쳐 방망이로 두드린다. 두드릴수록 낱낱의 종이는 하나가 되어 강해지고 반반해진다. 겹친 낱낱의 종이를 두드려 한 장의 종이를 얻는 대목이 내 귀를 사로잡았다.

이 왕국은 연금술사의 나라가 분명했다. 기독교 세계의 문명이 산문이라면 이 왕국의 문명은 시였다. 종이로 갑옷을 짓는다는 말도 사실일지 몰랐다. 이들은 종이 위에 삶과 죽음을 기록하고 산과 강을 그린다. 종이로 태양을 가리고 화살을 막는다. 대극의 것들이 시적인 순진 속에서 다정하게 어깨를 나란히 했다. 야만의 베일을 벗기면 문명 너머의 문명이 수줍게 이마를 드러냈다. 나는 대포에 대한 영감을 얻었다. 세상을 얻은 기분이었다.

내구력 강화를 위해 포신에 띄엄띄엄 마디를 둘렀다. 발포의 열기와 충격으로 약해진 포신을 둥글게 두른 마디가 지탱했다. 포신의 마디를 겹으로 한다면 포신은 한층 강해질 터였다. 곧장 대포 제작에 착수했다. 포신에 얇은 마디를 두르고 그 위에 다시 마디를 입혔다. 양질의 화약이 뿜어내는 폭발을 견디도록 약실도 더욱 두텁게 만들었다.

"선장, 저렇게 주름까지 잡아주니 대포가 꼭 성난 거시기처럼 보이는구려. 그놈 참 실하게 생겼네. 자연이야말로 신이 집필한 위대한 교본이오. 진작 거시기를 본떠 대포를 만들었으면 고생을 덜했을 거 아니요."

완성된 대포를 쓰다듬으며 에보켄이 말했다.

시험 발사를 위해 대포를 바닷가로 끌고 갔다. 기름 먹인 대포가 악마의 성기처럼 검게 번들거렸다. 포병들이 화약을 장약하고 철환을 투입했다. 물마루 쪽에서 부표가 물살에 가물가물 흔들렸다.

"발포하라!"

병영 사령관이 발포를 명하자 포병이 심지에 불을 붙였다. 대포는 씩씩하게 포효했다. 발포된 포탄은 떼 지어 밀려드는 파도의 배후를 타격했다. 1300바뎀은 넉넉했다. 정확도도 크게 개선되었다. 솟구친 물기둥이 부표를 집어삼켰다. 병사들이 창을 치켜들며 환호했다. 물기둥이 가라앉은 후 포병들이 재장전했다. 포신이 식기를 기다리지 않고 거듭 발포했다. 다급하게 여섯 번 발포했지만 포신은 멀쩡했다. 네 번을 더 발포한 뒤에도 포신은 여전했다. 포신이 잘 버텼으므로 타격은 정밀함을 잃지 않았다. 병영 사령관이 나를 보며 고개를 끄덕였다.

"오늘 우리는 새 대포를 얻었다. 새로 빚은 대포는 늠름하기가 호랑이와 같고 날카롭기가 매와 같으니 이보다 더 큰 기뿜이 있겠느냐. 화포장들이 해가 바뀌도록 대장간에서 흘린 땀의 결실이다. 용맹한 대포가 종묘와 사직을 반석 위에 올려놓을 것이니 이 모두가 전하의 복이다."

병영 사령관이 말했다.

병사들의 함성에 바다가 들썩였다. 병사들이 화포장들의 어깨를 두드리며 그간의 수고를 격려했다.

"선장, 일등 항해사가 대포를 만들게 될 줄 누가 알았겠소?"

에보켄이 말했다.

"요리사가 마녀의 기둥서방이 될 줄 누가 알았겠나?"

"선장, 마녀가 아니라고 몇 번을 말해야 되겠소?"

에보켄이 얼굴을 찌푸렸다.

"기둥서방이 아니라고는 안 하는군."

"선장!"

"농담이네."

"농담이라도 그런 말 마쇼."

에보켄이 정색했다.

"수고 많았다."

병영 사령관이 나에게 치하의 말을 건넸다.

"모든 게 하늘의 뜻이다."

내가 대답했다.

"너의 말이 공손하다."

병영 사령관이 미소 지었다.

"선장도 이젠 이교도처럼 말하는구려."

에보켄이 말했다.

병영 사령관이 잔치를 베풀었다. 때마침 이교도의 축제일이기도 했다. 해가 바뀌고 첫번째 만월이 뜨는 날이었다. 돼지와 닭을 잡았고 생선을 구웠다. 병사들뿐만 아니라 마을 주민들까지 한데 어울렸다. 병사들이 화약을 장약한 화살 묶음을 화차로 쏘아올렸다. 검푸른 하늘에 불꽃이 만발했다. 불꽃이 눈부실수록 불꽃 진 뒤의 어둠은 막막했다. 나와 에보켄은 순식간에 피었다 지는 불꽃을 안주 삼아 술을 마셨다.

"꿈은 아닐까?"

내 음성이 다른 세상에서 들려오는 듯 어렴풋했다.

"꿈이었으면 좋겠소?"

에보켄이 반문했다.

독주를 거푸 들이켜도 나는 좀체 취하지 않았다. 내가 마셨고 세상이 취했다. 취했으나 세상은 아름답지도 추하지도 않았다. 세상은 다만 저만치서 흔들리며 꿈결처럼 흘러갈 뿐이었다. 너무 멀리 흘러와버렸다는 느낌을 떨쳐낼 수 없었다.

8

도성에서 기별이 왔다. 대포의 완성을 기뻐하고 그간의 노고를 치하하는 국왕의 언어는 들떠 있었다.

"지난봄 남쪽이 어수선하고 북쪽이 각박하여 마음 쉴 자리가 없더니 이 봄 남쪽 요새의 낭보가 북쪽의 어지러움을 덜어주는구나. 장하고 또한 장하도다. 너희가 흘린 땀과 눈물이 마침내 하늘을 감동시켰음이다. 이는 이 나라 운의 건재를 뜻함이기도 하니 어찌 기쁘지 않겠는가. 천 명의 병사와 만 필의 말을 얻은 듯하다. 종묘와 사직의 복이로다. 너희는 스스로의 공이 얼마나 갸륵한지를 마땅히 가슴에 새겨야 할 것이다. 대포 제작에 솔선한 붉은 수염의 병사는 듣거라. 이 봄의 공이 그간의 과를 덮고도 남을 것이니 너희는 속히 내 곁으로 돌아오라. 너희가 빚은 대포를 기다리는 마음의 분주함에 꽃피는 것조차 시들하다."

병영 사령관이 국왕의 명을 받들어 나와 에보켄의 입성을 서둘렀다. 숙소를 급히 처분했다. 병영 사령관의 배려로 후한 값을 받았다. 이교도들은 갑작스러운 작별을 아쉬워했다. 눈물을 비치는 자들도 있었다. '자줏빛 구름'이 다녀갔다. 에보켄의 표정은 담담해서 속내를 읽을 수 없었다. 함께 가는 거냐고 물었더니 고개를 저었다.

"괜찮겠는가?"

내가 물었다.

"선장, 믿지 못하겠지만 영매와 이놈은 영혼의 대화를 나누는 사이였소. 그런 눈으로 보지 마쇼. 이놈에게도 영혼은 있으니. 교감으로 말하자면 몸으로 나누는 교감이 으뜸일 것이나 고기만 먹으며 살 수는 없는 노릇 아니겠소? 고기가 물리면 풀도 먹어야 합죠. 그것이 섭생의 이치랍니다. 그간 풀만 뜯고 살았더니 염소가 된 기분이오. 고기를 먹어야 할 때가 온 게요. 도성의 수많은 계집이 나를 학수고대하는데 아쉬울 게 뭐 있겠소? 여기에선 선장의 대포가 최고였을지 모르지만 도성에서는 사정이 다를 것이오. 이놈의 대포도 아직 쓸 만하다오. 밤에는 더욱 그렇지요. 도성의 낮은 선장의 대포가 지키고 도성의 밤은 이놈의 대포가 지키겠구려. 하하하."

에보켄의 웃음이 공허했다.

'자줏빛 구름'이 택해준 날은 구름 한 점 없이 맑았다. 꽃의 북상을 독려하는 부드러운 바람이 바다 쪽에서 산들산들 불어왔다. 바다를 장악한 봄의 함대는 뭍 깊숙이 화포(花砲)를 작렬했다. 무차별적인 포격에 놀란 겨울의 잔병이 북쪽으로 서둘러 퇴각했다. 병영 사령관이 대포 수송을 위해 병사를 내주었다. 이교도 병사들이 대포를 수레에 싣고 밧줄로 묶었다. 수레는 말이 끌었다. 병영 사령관과 병사들의 환송을 받으며 도성을 향해 출발했다. 유배 온 지 4년 만이었다.

도성에 당도하기까지 하룻밤 묵기 위해 들른 요새와 마을마다 극진한 환대가 기다렸다. 이교도들은 대포에 지대한 관심을 표했다. 구경을 재보는 자도 있었고 형상을 종이에 옮겨 그리는 자도 있었다. 그들은 끝으로 갈수록 구경이 작아지는 포신의 모양에 감탄했다. 말로 전해 들은 사정거리를 눈으로 확인하기 전에는 믿을 수 없다는 자도 있었다.

요새의 사령관들은 요동치는 북방의 정세를 근심했다. 타타르 군대는 무시로 국경을 넘나들며 노략질을 일삼았다. 거듭되는 약탈로 국경 근처 마을은 쑥대밭이 되었다. 지난 내전과 타타르와의 전쟁으로 북방 지역은 황폐했다. 요새는 텅 비었고 방치된 경작지가 적지 않았다. 타타르 군대에 패퇴한 빛의 제국 장군이 얼음의 강기슭의 섬에 주둔하며 반격을 도모했다. 국왕은 밖으로는 은밀히 빛의 제국 장군을 지원했으며 안으로는 병력을 모으고 병참을 정비했다. 도성 수비대는 5천에 이르렀고 도성 인근의 방어를 위한 병력이 4만에 달했다.

병영 사령관들은 전쟁이 터지면 종묘와 사직을 지키기 위해 도성으로 달려갈 것이라고 호언했다. 종묘와 사직을 이야기할 때 저들의 눈빛은 연인을 흠모하는 자의 열정으로 빛난다. 저들이 목숨을 바쳐 지키려는 종묘와 사직이란 무엇일까? 우리의 조상들은 오렌지 공(公)의 명예가 아니라 바다와 여자를 지키기 위해 적과 맞섰다. 바다가 온전하면 백 년이 넉넉하고 여자들이 온전하면 천 년이 거뜬할 것이었다. 사랑에 눈먼 여인의 귓불을 수줍게 물들이는 열정의 불꽃, 제 어미를 향해 첫걸음 떼는 갓난애들의 놀란 듯 휘둥그레진 눈…… 죽음에 맞선 병사들의 심장을 데우는 것은 그런 것들이리라. 구체적인 것에 대한 정열만이 죽음의 허무를 감당할 수 있다. 저들은 종묘를 사랑하고 사직을 흠모한다. 아니다. 저들은 종묘와 사직에 대한 자신의 사랑을 흠모하는 것은 아닐까? 문명인의 사랑은 여인에 대한 사랑이고 빵에 대한 사랑이다. 그러나 이 왕국의 이교도들에게 사랑은 사랑에 대한 사랑이다. 저들의 영혼 속에 천사와 악마가 함께 뛰노는 것도 시적 몽매 덕택이다. 사랑에 대한 사랑으로써 저들은 순간 속에서 영원을 산다.

도성에 도착하자마자 나와 에보켄은 국왕 앞으로 나아갔다. 국왕은 신형 대포에 대해 궁금한 것이 많았다. 나는 국왕에게 대포의 제작 과정과 시험 발포 결과를 소상히 보고했다. 국왕은 크게 기뻐하며 나에게 비단 다섯 필을 하사했다.

입성 사흘 후, 국왕과 총사령관이 지켜보는 가운데 새 대포를 시험 발포했다. 대포는 겨눈 곳을 향해 어김없이 포탄을 날려 보냈다. 국왕은 대포의 성능에 만족스러워했다.

"이와 같은 대포를 몇 문이나 더 만들 수 있는가?"

국왕이 물었다.

"재료만 넉넉하다면 원하는 수만큼 갖게 될 것입니다."

내가 대답했다.

"그게 가능한가?"

"흙으로 빚은 주형에 의존하면 대포 한 자루를 얻기 위해 주형 하나를 만들어야 합니다. 대포 수만큼의 주형이 필요하니 대포를 얻기가 아이 얻는 것만큼이나 귀한 일입니다. 그러나 깨뜨리지 않아도 되는 주형을 사용한다면 더 많은 대포를 손쉽게 얻을 수 있을 것입니다."

"다시 쓸 수 있는 주형이라! 너의 말이 신통하다. 어찌 그리할 수 있는가?"

"전체의 형상을 몇 조각으로 나눈 주형을 만들어 조립하면 그리할 수 있을 것입니다."

"흙으로 빚은 주형을 어찌 조립한단 말인가?"

"무쇠로 주형을 만들면 됩니다. 무쇠는 철보다 잘 녹아 형상을 자유자재로 얻을 수가 있습니다."

"가능한 일인가?"

국왕이 총사령관에게 물었다.

"그럴듯하옵니다. 전하!"

총사령관이 대답했다.

"너야말로 나의 충복이다. 지원을 아끼지 않을 터이니 네 뜻을 펼쳐보라."

국왕이 말했다.

국왕이 호위병을 거느리고 떠난 들판에서 나는 대포를 물끄러미 바라보았다. 나는 대포에 손을 얹었다. 발포의 여운이 채 가시지 않아 포신이 따뜻했다. 포신을 쓰다듬으며 나의 앞날을 가늠했다. 다가서지 않는 적을 향해 사자후를 토해내던 대포는 다가오는 내일 앞에서 입을 다물었다. 타고 남은 숯처럼 검게 침묵했다. 대포가 나를 도성으로 데려왔다. 이곳에서 기다릴 앞날이 나는 두렵지 않았다. 대포는 이제 나의 운명이 되었다. 대포를 통해 나는 내 운명의 항로를 읽어낼 것이다.

9

병영의 숙소를 처분한 돈으로 집을 장만했다. 감시할 필요가 없으니 분가해도 되지 않겠느냐고 에보켄에게 말했다. 내가 계집을 들이기 전에는 자신을 내쫓을 수 없을 거라며 에보켄은 콧방귀 뀌었다.

입성한 지 한 달이 지났다. 젊은 관리가 그간의 고초를 위로한다며 술을 샀다. 일찍이 나와 에보켄을 데리고 갔던 술집이었다. '복숭아꽃'이 술상을 내왔다. '복숭아꽃'의 아름다움은 비 갠 뒤의 녹음처럼 농염해졌다. 정숙과 관능 사이에서 아슬아슬하게 줄 타는 '복숭아꽃'의 우아한 자태를 보니 도성에 돌아왔다는 사실이 실감났다.

'복숭아꽃'이 나와 에보켄을 보며 반가워했다. 나와 에보켄에게 술 권하며 궁벽한 곳에서 얼마나 적적했느냐며 교태를 부렸다. 유배 소식을 어찌 아느냐고 내가 물었다. 도성의 모든 소식이 흘러들어오는 곳이 바로 여기라고 말하며 웃었다. 나는 새도 떨어뜨리는 권세를 쥔 고관대작들부터 출세에 뜻을 접고 풍류에 젊음을 바치는 한량까지, 도성의 사내 치고 이곳을 다녀가지 않은 자가 없단다.

"오늘은 왜 혼자인가?"

에보켄이 물었다.

에보켄이 나를 보며 눈을 찡긋했다. 내 기억 속에서 '복숭아꽃'과 '밝은 달'은 자매처럼 언제나 함께였다. '복숭아꽃'의 얼굴이 흐려졌다. '복숭아꽃'이 제 잔에 술을 부어 한 모금 마셨다.

"가엾은 것! 병을 얻어 안채 골방에 누워 있답니다."

'복숭아꽃'이 말했다.

"어디가 아픈가?"

내가 물었다.

"고향에 홀로 남은 노모를 돌보지 못해 마음의 병이 깊어졌지요."

"고향에 돌아가면 되지 않는가?"

"이곳에 팔려오며 진 빚을 갚기 전에는 돌아갈 수 없답니다."

화류계 여인들의 우아한 교태 뒤에는 궁핍의 그림자가 드리워져 있었다. 돈에 팔려온 여인들도 적지 않다고 젊은 관리가 부연했다. 화류계 여인의 여식은 선택의 여지없이 화류계에 몸담게 된다고도 했다. 딸에게 화류계의 그늘을 상속하지 않기 위해서는 고관대작의 첩이 되는 길밖에 없다는 것이었다. 이 여인들에게 고관대작의 총애야말로 한줄기 구원의 빛이었다. 구원받지 못한 채 시들어버린 화류계 여인을 기다리는 것은 굴욕과 곤궁뿐이었다. 그러니 화류계 여인의 교태는 생존을 위한 고투였다.

술자리가 저조했다. '밝은 달'에 대한 염려 때문인지 '복숭아꽃'은 생기를 잃었다. 젊은 관리도 표정이 밝지 않았다. 젊은 관리의 고민은 깊어가는 사랑에 근거했다. 사랑의 뿌리가 깊어갈수록 고통의 열매는 무르익었고 고통의 뿌리가 깊어갈수록 사랑의 열매는 탐스러웠다. 젊은 관리는 자신이 경작한 금단의 열매를 수확할 수 없었다. 원하는 것을 소유할 수 없을 때 고통은 강성해진다. 이제 젊은 관리의 사랑은 소유에 대한 사랑이어서 전부를 갖지 못하면 아무것도 얻지 못하는 것과 다를 바 없었다. 장물처럼 주고받는 연서, 달밤의 은밀하고 짧은 만남, 담 너머에서 환청처럼 들려오는 기척…… 이 모든 것이 전부를 향한 갈망에 불 지피는 도화선이었다. 사랑을 잃어 얻은 고통은 또 다른 사랑으로 달랠 수 있지만 사랑을 얻어 잃은 평정은 죽음만이 되찾을 수 있다. 죽음과 내통할 때 사랑은 치정이 된다. 젊은 관리는 숨통을 짓누르는 고통을 잊기 위해 치사량의 독주를 들이마셨다.

"가끔 무서운 상상이 나를 찾아온다."

젊은 관리가 말했다. 술에 취해 말투가 어눌했다.

"어떤 상상인가?"

내가 물었다.

"계집과 동반 자살이라도 하겠다는 거요? 그것도 나쁘진 않지. 천국에 가든 지옥에 떨어지든 적적하지는 않을 테니."

에보켄이 말했다.

"……"

젊은 관리는 취중에도 말을 아꼈다.

술자리가 파하도록 젊은 관리는 무서운 상상에 대해 입 다물었다.

다음 날 나는 술집을 혼자 찾아갔다. 국왕이 상으로 내린 비단을 술집 주인에게 넘겼다. '밝은 달'의 몸값이었다. '밝은 달'을 사는 것이냐고 술집 주인이 물었다. '밝은 달'의 자유를 사는 것이라고 나는 대답했다. 비싼 값을 치르고 데려왔더니 툭하면 몸져누워 손해가 이만저만 아니라고 푸념을 늘어놓으면서도 술집 주인은 비단에서 눈 떼지 못했다. 술집 주인이 '밝은 달'을 불러오겠다고 했다. 나는 그럴 거 없다고 말했다. 술집 주인은 내 자비의 까닭이 궁금하다 했다. 호기심이 유난한 자였다.

며칠 후 '밝은 달'이 대장간으로 나를 찾아왔다. 화장기 없는 민얼굴이 파리했다. 병색이 완연했다. 마음의 병은 뿌리가 깊어 보였으나 눈의 총기만큼은 시들지 않았다. 화려한 옷을 벗고 여염집 여인 같은 차림이었다. 화류계의 영화는 덧없어서 소박한 입성이 더욱 소슬했다. 먼 길 떠나는지 보퉁이를 품에 꼭 안고 있었다. 보따리를 내려놓는가 싶더니 두 손을 모아 이마에 댄 채 주저앉으며 인사했다. 나는 엉거주춤 허리를 숙였다. 고향에 돌아갈 수 있게 해줘 고맙다고 했다. 묻지도 않았는데 자신의 고향이 북쪽 어디쯤이라고 말했다. 사흘이면 당도할 거리란다. 멸망한 왕조의 수도였단다. 자신의 본래 이름도 일러주었다. 마지막 계집이라는 뜻이었다. 내 본명은 무엇이냐고 물었다. 나는 내 이름을 가르쳐주었다. 입 밖으로 뱉은 나 자신의 이름이 낯설었다.

"……베,테,브,레……"

'밝은 달'이 더듬더듬 내 이름을 발음했다.

"벨-테-브-레."

나는 또박또박 내 이름을 읊어주었다.

"벨테브레!"

'밝은 달'이 미간을 모으며 신중하게 발음했다.

내 이름이 아주 오래전 사라진 왕국의 이름처럼 아련했다. 나는 고개를 끄덕였다. '밝은 달'의 얼굴에 희미한 미소가 피어났다. 목덜미가 붉게 물들었다. 이교도 여인의 목덜미가 붉게 물들 때 온 세상이 숨죽였다. 내 마음의 변경이 붉게 물들었다. '밝은 달'의 붉게 물든 목덜미에서 십자가가 하얗게 반짝였다.

10

나는 대장간에서 살다시피 했다. 대장간은 나의 작업실이자 침실이며 우주였다. 화포장 노인과 합심해 새 주형 제작에 힘썼다. 새 주형은 한 자루의 대포가 아니라 열 자루, 백 자루의 대포를 찍어내야 했다. 왕립해군학교 시절 어깨너머로 보았던 조립식 주형을 재현하는 것은 만만치 않았다. 화포장 노인에게 내 머릿속의 주형을 말로 설명할 수 없어 답답했다.

일의 진척이 더뎠다. 나는 종이에 그려 보였다. 그림은 내 머릿속의 주형을 온전히 모방하지 못했다. 대포에 형상을 부여하는 주형은 대포보다 더 정교해야 했다. 더구나 조립식 주형이었다. 주형을 몇 조각으로 나눌 것인지, 조각과 조각의 이음새는 어떤 형상으로 만들 것인지…… 모든 결정이 대포의 성능에 지대한 영향을 끼칠 것이었다.

무쇠보다 손쉽게 형상을 얻을 수 있는 진흙으로 주형 조각을 만들어보았다. 주형 조각의 개수는 대포의 마디 숫자가 결정했다. 마디의 수가 많을수록 포신은 발포의 충격을 잘 견딜 터였다. 그러나 여러 개의 조각으로 주형을 만들수록 대포 얻기가 번거로울 것이었다. 제작의 편의와 포신의 강도 사이에서 나는 암중모색했다. 암중모색 중에 계절이 바뀌고 해가 바뀌었다. 이교도의 땅에 표착한 지 몇 년째인지 더 이상 헤아리지 않았다. 나는 대포만 생각했다.

에보켄은 대포 제작에 관심을 보이지 않았다. 대장간에 잠깐 엉덩이를 붙이는 척하다 어디론가 슬며시 사라졌다. 밤늦게 숙소로 돌아오기도 하고 며칠 동안 나타나지 않기도 했다. 어디를 쏘다니느냐고 물으면 싱거운 농담이 돌아왔다.

"선장, 이놈이 놀러 다닌다고 생각하면 오산이오. 이놈 머릿속도 대포 생각뿐이오. 잦은 발포에도 늠름한 형상을 오래 간직하는 대포를 어떻게 얻을 수 있을까? 재발포에 걸리는 시간을 줄이려면 어떻게 해야 할까? 맞혀야 할 과녁이야 너무 많아서 탈입죠. 게다가 이놈의 대포가 겨눠야 할 과녁은 수시로 위치를 바꾸고 겹겹의 엄폐물 뒤에 숨어 있지 않소? 그런데 한 번 명중된 과녁들이 거듭 타격을 조르니 대포가 식을 새가 없구려. 밑 빠진 배 물 퍼내는 격입죠. 부디 선장은 영원히 시들지 않는 대포를 만드시오."

에보켄은 이 왕국의 주민이 다 되었다. 언어의 장벽까지 허물어져 에보켄은 도성 곳곳을 누비며 새로운 친구를 사귀었다. 수도승부터, 의사, 역관, 상인, 가마꾼, 뱃사공, 화가, 시인, 봇짐장수, 광대까지 에보켄의 사교는 신분과 직업을 가리지 않았다. 심지어 왈패들과도 곧잘 어울렸다. 특히 에보켄은 이교도의 치료법에 관심이 많아서 의사들과 친분이 두터워졌다.

에보켄은 이런 말도 늘어놓았다.

"선장, 이 왕국의 의사들은 위대한 마법사입니다. 몸에 바늘을 꽂아 병을 다스립디다. 얼굴이 마비되어 뒤틀린 자도 바늘 몇 개 꽂으니 본래 모습으로 돌아오는 게 아니겠소. 믿기 힘든 이야기라는 거 압니다. 이놈도 두 눈으로 직접 보지 않았다면 의심을 거두지 못했을 테니까."

에보켄은 내 몸에 바늘을 꽂겠다고 달려들기도 했다. 비가 오거나 태양이 구름 뒤에 숨어 꾸물거리는 날이면 옆구리가 결리고 무릎이 서걱거렸다. 겨울을 꼬박 난 투옥의 후유증이었다. 나는 에보켄 앞에서는 고통을 내색하지 않았다. 바늘을 들고 달려들 것이 자명했기 때문이다. 에보켄은 이교도 의사에게서 구한 바늘을 애지중지했다. 약초를 내주고 얻은 것이었다. 잘 때도 몸에서 떼놓지 않았다.

가끔 나는 에보켄이 대장간과 대포를 경원하는 이유에 대해 생각했다. 대포를 경원하는 까닭과 바늘을 사랑하는 이유가 다르지 않을 것이었다. 또한 내가 대포를 사랑하는 이유가 에보켄이 바늘을 사랑하는 까닭과 구분되지 않으리라. 나에게 대포가 이교도의 대포이듯 에보켄에게 바늘은 이교도의 바늘이다. 이교도의 대포와 이교도의 바늘 앞에서 나와 에보켄은 어쩔 수 없이 이방인이었다. 내가 대포에서 이방인으로서의 운명을 읽듯 에보켄도 바늘에서 이방인으로서의 운명을 발견할 것이다.

새 주형을 얻는 작업은 시간과 인내를 요구했다. 실험을 통해 하나하나 점검하면서 약점을 개선해나가는 수밖에 없었다. 적절한 마디 수를 찾는 것이 급선무였다. 마디 수를 달리해 대포를 주조했다. 마디가 두 개인 것, 세 개인 것, 네 개인 것. 나는 세 자루의 대포를 같은 조건에서 각각 시험 발포했다.

시험 결과에 따르면 마디 수는 사정거리와 무관했다. 세 자루의 대포가 포탄을 날려 보낸 거리는 크게 다르지 않았다.

관건은 내구력이었다. 믿음직한 결과를 얻기 위해 쉬지 않고 거듭 발포했다. 두 개의 마디를 가진 대포가 가장 먼저 파열되었다. 마디 수는 내구력과 직결되었다. 세 개의 마디를 가진 대포는 두 개의 마디를 가진 대포보다 훨씬 오래 견뎠다. 네 개의 마디를 가진 대포는 세 개의 마디를 가진 대포보다 오래 버텼다. 그 차이는 크지 않았다.

마디가 세 개인 대포를 주조하기 위해서는 네 개의 주형 조각이, 마디가 네 개인 대포를 위해서는 다섯 개의 주형 조각이 필요했다. 마디가 세 개인 대포와 마디가 네 개인 대포를 위한 조립식 주형을 각각 제작하도록 했다. 머릿속에 그리던 형상의 주형을 얻기 위해 수많은 시행착오를 감수해야 했다. 네 개의 조각으로 대포를 얻기가 다섯 개의 조각으로 대포를 얻기보다 수월했다. 나는 약간의 내구력을 희생하는 대신 제작의 편의를 택했다. 앞으로 대량 제작될 대포는 세 개의 마디를 갖게 될 것이었다.

열 자루의 대포를 우선 제작했다. 한 번 사용한 주형을 버리지 않고 다시 활용함으로써 짧은 시간에 원하는 만큼의 대포를 얻을 수 있었다. 하나의 주형으로 얻은 대포는 열이 하나와 같았다. 대포 만드는 과정을 지켜본 총사령관은 크게 만족했다. 열 자루를 더 만들었다.

국왕이 보는 앞에서 대포를 시험 발포했다. 스무 자루의 대포를 나란히 늘어놓고 동시에 점화했다. 스무 개의 도화선이 불꽃을 일으키며 타들어갔다. 스무 자루의 대포가 일제히 발포할 때 하늘이 주저앉고 대지가 무너졌다. 눈앞이 뿌옇고 귀가 먹먹했다. 1200바뎀 떨어진 곳에 세워둔 표적이 박살났다. 지켜보던 병사들이 내지른 함성이 들판을 흔들었다. 거듭 발포했다. 열한번째 발포를 견디지 못하고 한 자루의 대포가 파열되었다. 열아홉 자루의 대포는 열두번째 발포를 넉넉히 감당했다. 국왕이 크게 흡족해했다. 국왕이 화포장들에게 돼지 세 마리, 술 다섯 통, 쌀 열 가마를 상으로 내렸다. 대장간에서 잔치를 벌였다.

국왕은 더 많은 대포를 원했다. 제작 일정을 줄이기 위해 주형을 하나 더 만들었다. 대포 주조가 수월해 철이 금방 동났다. 국왕은 적의 본대를 일격에 섬멸할 수 있는 숫자의 대포를 갖고 싶어 했다. 촘촘히 늘어선 대포로 국경선을 덮고 싶었을 것이다. 도성 밖의 거대한 강이 얼 무렵 국왕은 도합 1백 자루의 대포를 갖게 되었다. 국왕은 더 많은 대포를 원했다. 국왕의 마음속에서 타타르의 위협을 몰아내기 위해서는 이 왕국의 쇠를 모두 녹여 대포를 만들어도 모자랄 터였다.

11

새해가 밝고 며칠 후 도성의 한 우물에서 사내의 시신이 떠올랐다. 조정 대신의 아들이었다. 죽은 자는 평소 주벽과 도벽이 심하기로 악명 높던 파락호였다. 일삼은 노름과 잦은 기방 출입으로 큰 빚을 졌다는 사실이 탐문에 의해 밝혀졌다. 시신은 타살의 흔적을 보여주지 않았으나 유서가 발견된 것도 아니어서 자살로 단정하기도 애매했다. 망자의 주변을 들출수록 구린내가 진동했다. 죽은 사내의 부친인 조정 대신의 바람은 사건이 속히 종결되어 세인의 입방아에서 벗어나는 것이었다. 이 왕국에서 가족을 건사하지 못하는 것은 정치적 장래에 걸림돌이 되는 흠결이었다. 수사 당국[32]도 갈팡질팡하며 시간만 축내다 체면 구기는 일은 피하고 싶었을 것이다.

신변을 비관한 자살로 마무리되려던 사건의 물꼬를 바꾼 것은 석연치 않은 추문이었다. 죽은 자의 아내가 외간 남자와 정을 통했다는 내용이었다. 전격적인 수색 결과 죽은 사내의 문갑에서 편지가 발견되었다. 편지는 가슴에 묻어둘 수 없는 연정을 토로하는 문구로 가득했다. 불타오르는 연정의 대상

---

32) 포도청.

은 죽은 사내의 아내였다. 연서는 추문이 사실임을 입증하는 결정적 증거였다. 그러나 편지는 발신자의 이름을 발설하지 않았다. 수사 당국은 죽은 사내의 마지막 행적을 주밀히 되짚었다. 죽은 사내가 시체로 발견되기 전날 밤 기방에서 한 사내와 크게 다퉜다는 사실이 확인되었다. 젊은 관리가 살인의 유력한 용의자로 체포되었다.

젊은 관리는 죽은 사내와 기방에서 다툰 것은 인정했지만 간통과 살인 혐의는 완강히 부인했다. 기방에서의 다툼도 만취 상태에서 벌어진 우발적인 것이었다고 항변했다. 다툼의 원인도 불투명했다. 술자리에 동석했던 화류계 여인들의 말은 서로 엇갈려 미덥지 못했다. 간통도 살인도 정황만 있을 뿐 물증은 없었다. 수사 당국은 발신인 불명의 연서와 사고 전날 밤의 다툼 사이에 수많은 단서와 추론을 끼워 넣어야 했다. 죽은 사내의 아내는 충격으로 쓰러졌다. 미망인 역시 고관대작의 자녀여서 수사 당국으로서는 함부로 취조할 수 없었다.

수사 당국은 필적 감정을 시도했다. 연서는 이 왕국의 문자로 씌어 있었으나 통역관에서 젊은 관리가 작성한 문서는 중국 문자로 적혀 있었다. 수사는 벽에 부딪혔다. 가장 확실한 증거는 용의자의 자백이었다. 젊은 관리는 거짓을 고하느니 영원히 침묵하겠다는 말을 끝으로 입을 다물었다. 죽은 자는 침묵으로써 진실을 종용했고 산 자는 침묵으로써 진실을 강변했다.

죽은 자의 침묵과 산 자의 침묵 사이에서 방향을 잃은 수사는 무성한 소문만 키워냈다. 급기야 수사 당국에 부당한 압력이 들어오고 있다는 투서가 국왕의 손에 들어갔다. 사건은 정치적 문제로 비화될 조짐을 보였다. 투서의 진원지를 두고 음모를 의심하는 설이 난무했다. 한 명의 파락호를 삼킨 우물에서 흘러나온 구정물로 도성의 낮과 밤이 얼룩졌다. 사건은 만인의 골칫거리여서 속히 종결되기를 모두가 바랐다. 필요한 것은 사건을 종결할 명분이었다. 젊은 관리를 살인범으로 몰자면 간통을 확인해야 했고 무죄로 방면하자면 자살을 입증해야 했다. 죽은 자의 침묵보다 산 자의 침묵이 더 난감했다.

에보켄이 총사령관에게 젊은 관리의 면회를 요청했다. 수사 중인 사건의 용의자를 만나게 할 수 없다며 총사령관이 난색을 표했다.

"산 자를 만날 수 없다면 죽은 자를 만날 수는 있소?"

에보켄이 물었다.

"죽은 자를 만나서 어쩔 셈이냐?"

총사령관이 반문했다.

"물어볼 것이 있소."

"죽은 자에게 무엇을 묻겠다는 것이냐?"

"어쩌다 그리 되었는지 물어야지요."

"너의 말이 요망하다. 죽은 자의 망령이라도 불러낼 참이냐?"

"죽은 자는 거짓말을 하지 못하는 법입죠. 죽음은 변심하고 떠난 계집과 같아서 몸 어딘가에 흔적을 남기는 법이니까요."

"검시할 셈이냐?"

"그렇소."

"너에게 그런 재주가 있더냐?"

"일찍이 세상을 떠돌며 죽은 자들을 여럿 보았습죠."

총사령관이 나와 에보켄을 수사 당국으로 데려갔다. 다른 관청 건물과 모양새는 다르지 않았지만 경계는 한층 삼엄했다. 총사령관 덕택에 수사 당국의 심장부로 곧장 들어갈 수 있었다. 총사령관이 수사대장[33]과 반갑게 인사 나누었다. 친분이 두터운 사이 같았다.

수사대장은 다부진 인상의 소유자였다. 눈이 부리부리하고 턱이 우람했다. 눈썹과 턱수염이 숯으로 칠한 듯 무성하고 새까맸다. 총사령관이 수사대장에게 나와 에보켄을 소개했다. 우리에 관한 얘기를 익히 들었다고 수사대장이 말했다. 수사대장이 자신의 방으로 들어가자며 앞장섰다.

---

33) 포도대장.

수사대장의 방은 소박했다. 방 한편에는 칼이 나무 받침대 위에 길게 누워 있었다. 한쪽 벽을 가린 병풍에는 병사들이 칼과 창을 들고 훈련하는 그림이 세밀하게 그려졌다. 병사 한 명 한 명이 고함을 지르며 뛰쳐나올 것처럼 생생하고 역동적이었다. 병풍 속 병사들을 눈여겨보던 나는 깜짝 놀랐다. 산을 쪼갤 기세로 무기를 휘두르는 병사들 중 낯익은 얼굴이 내 눈길을 사로잡았다.

"이 병사는 혹시……"

"네 눈이 밝다. 죽은 동료다."

수사대장이 말했다.

"이 병사는 데니슨이구려."

에보켄도 놀라움을 감추지 못했다.

"어찌 된 것인가?"

내가 수사대장에게 물었다.

"내가 그려넣도록 했다. 네 동료의 결투를 나도 지켜보았다. 그는 내가 본 병사 중 가장 용맹한 자였다. 저 칼은 세상에서 가장 용맹했던 병사가 마지막 결투에서 사용한 것이다. 세상에서 가장 예리한 칼은 적을 베는 칼이 아니라 죽음을 베는 칼이다. 죽이는 칼이 아니라 살리는 칼이다. 적을 벤 칼은 피에 젖고 죽음을 벤 칼은 달빛에 젖는다. 내 수하들의 칼이 그와 같기를 나는 바란다."

수사대장이 대답했다.

뜻밖이었다. 데니슨의 죽음을 기억하는 자가 없을 거라는 염려는 빗나갔다. 데니슨은 이교도 병사들의 마음속에 살아 숨 쉬고 있었다. '자줏빛 구름'의 움막에서 보았던 고대 중국 장군의 초상이 새삼 떠올랐다. 이 왕국의 이교도들은 용기를 숭배할 때 혈통과 종족을 가리지 않았다. 이 또한 용기에 값하는 행동이었다.

수사대장이 데니슨의 내력을 물었다. 나는 데니슨의 태생과 경력을 일러주었다. 푸주한의 아들로 태어났다는 말에 수사대장의 눈이 빛났다.

"과연!"

수사대장의 반응이 나를 어리둥절하게 했다.

"무슨 뜻인가?"

내가 물었다.

"도성에 소를 잡는 자들이 모여 사는 곳이 있다. 그들은 한곳에 모여 살며 저희끼리 친교하고 저희끼리 결혼한다. 그곳의 사내들은 기질이 수상하여 거칠고 드세지만 호방과 의협을 사랑하여 종종 협객으로 자란다."

수사대장이 대답했다.

이 왕국에는 괴이한 풍속이 많았다.

데니슨에 대한 내력을 들은 후 수사대장은 나와 에보켄에게 호의를 보였다. 열여덟에 죽었다는 말에 탄식을 내뱉었다. 자신의 아들이 지금 그 나이라고 말했다. 나는 병풍 속의 데니슨을 바라보았다. 곁에서 보고 그린 것처럼 닮았다. 병풍 속에서 데니슨은 몸을 낮춘 채 이교도의 칼을 날카롭게 휘둘렀다. 죽음을 베는 칼. 수사대장의 말이 새삼스러웠다. 로테르담 사람 데니슨은 푸주한의 아들로 태어나 이교도의 영웅으로 죽었다.

수사대장의 수하가 음료수를 내왔다. 작은 도기 잔에 음료수를 부었다. 김이 모락모락 올라왔다. 중국에서 들여온 음료수라 했다. 중국을 다녀온 모험가들의 기록에서 읽은 적 있다. 중국인은 말린 나뭇잎을 띄운 뜨거운 물을 마신다 했다. 성급한 자는 혀를 데기 일쑤인 데다 뜨거운 물을 붓기만 하면 끝없이 마실 수 있어 '악마의 음료수'라 이름 붙였다. 맛 들이면 술보다 끊기 어렵고 만병을 다스리는 효험이 있어 악마 혼자 마시게 내버려두기 힘들 거라고 했다. 에보켄이 단숨에 들이켜다 사색이 되어 기침을 토해냈다. 수사대장이 껄껄 웃었다. 총사령관과 나도 함께 웃었다.

"무슨 음료수가 이리 뜨겁소?"

에보켄이 볼멘소리로 물었다.

"뜨거운 물이 마른 잎에서 깊은 맛을 끌어낸다. 마른 잎에서 맛이 완전히 우러나올 때까지 기다린 후 한 모금씩 천천히 음미해야 한다."

총사령관이 대답했다.

중국 음료수를 마신 후 총사령관이 수사대장에게 용건을 말했다. 수사대장이 입단속을 당부하며 검시를 허락했다.

12

시체는 대나무로 짠 깔개 위에 누워 있었다. 대나무는 시체가 썩는 속도를 늦춘다고 수사대장이 설명했다. 시체를 종이로 덮고 그 위에 물이 가득 담긴 사발을 얹었다. 누군가 시체를 건드렸다면 물이 넘쳐 종이에 흔적을 남겨야 했을 것이다. 시체 주위에는 재가 뿌려졌다. 벌레의 접근을 차단하기 위함이라고 했다. 사발과 종이를 수사대장이 조심스레 치웠다. 시체는 알몸 상태였다. 피부는 검푸른색을 띠고 있었고 물에 불어 들떠 있었다. 사망한 지 보름이 지났지만 날이 추운 탓에 시체는 비교적 온전히 보존되었다. 부패를 막기 위해 아침저녁 독주로 닦았다고 수사대장이 말했다.

"얼굴색을 보면 사인을 짐작할 수 있다. 칼에 맞거나 목 졸려 죽었다면 얼굴빛이 붉고 병들어 죽었다면 노랗다. 독살되었다면 시퍼렇고 얼어 죽었다면 하얗다. 이 시체의 얼굴빛은 검푸르다. 물에 빠져 죽은 것이다."

수사대장이 설명했다.

"독을 복용한 흔적은 없소?"

총사령관이 물었다.

"은비녀 법과 반계법(飯鷄法)을 써보았지만 독은 검출되지 않았소."

수사대장이 대답했다.

"은비녀를 시체의 입과 항문에 넣고 종이로 밀봉한 뒤 꺼내면 푸른색으로 변한다. 시체가 독을 먹었다면 물로 씻어내도 푸른색이 지워지지 않는다. 반계법이란 닭을 이용하는 방법이다. 시체의 입 안에 쌀밥을 집어넣은 후 물에 적신 종이로 봉한다. 한참 후 쌀밥 덩이를 꺼내 닭에게 먹인다. 시체가 독을 먹었다면 닭이 죽을 것이다."

수사대장이 나와 에보켄에게 설명했다.

"외상은 없소?"

에보켄이 물었다.

"끓인 식초를 시체에 부은 후 종이로 한나절 덮어두면 살이 말랑말랑해지면서 생전의 상처 부위가 붉어진다. 이 시체에서는 붉은 반점을 찾을 수 없었다."

수사대장이 대답했다.

"이것을 보라."

수사대장이 종이 두루마리 뭉치를 펼쳤다. 검시 보고서였다. 사내의 알몸이 그려져 있었다. 몸 구석구석과 그림 옆에 중국 문자가 깨알같이 적혀 있었다. 각 부위의 검사 결과를 상세히 적은 것이리라. 다음 장에는 시체의 뒷모습이 그려졌고 검시 결과가 꼼꼼히 적혀 있었다. 다음 장으로 넘기니 우물을 그린 그림이 나타났다. 사건 현장이었다. 우물의 위치는 물론 크기와 깊이까지 표시되었다. 이교도의 검안은 치밀했다. 야만은 죽음을 경외하지만 문명은 죽음을 관리한다. 죽음을 대하는 태도에 관한 한 이 왕국은 야만이었고 죽음을 다루는 방식에 관한 한 문명이었다. 독을 검사하기 위해 닭을 사용하는 원시적인 발상은 죽은 자의 육신을 훼손하지 않으려는 종교적 신념에 근거할 것이다.

"우물에서 발견되었을 때도 눈 감고 있었소?"

에보켄이 물었다.

"그렇다."

수사대장이 대답했다.

"주먹을 쥔 상태였소?"

"그렇다."

에보켄은 시체를 샅샅이 살폈다. 시체를 살피는 에보켄의 눈빛이 매서웠다.

"겉으로 드러난 바로는 정확한 사인을 판단할 수 없소. 그러나……"

나와 시선이 마주치자 에보켄이 말꼬리를 흐렸다. 에보켄의 눈빛이 갈피를 잡지 못하고 흔들렸다. 내 시선을 외면하는 에보켄의 얼굴이 어두웠다.

"비방이 있는가?"

수사대장이 물었다.

"죽은 자의 속을 볼 수 있다면……"

에보켄의 목소리가 무거웠다.

"시신에 칼을 대겠다는 것인가?"

수사대장의 목소리가 가팔랐다.

"죽이는 칼이 아니라 살리는 칼입죠. 거짓을 베고 진실을 드러내는 칼이기도 합죠."

수사대장의 얼굴이 굳어졌다. 수사대장의 얼굴에 번뇌의 빛이 스치는가 싶더니 눈썹이 꿈틀거렸다. 에보켄의 말이 나를 충격과 혼란에 빠뜨렸다. 에보켄이 던진 말의 의미를 따져보려 했지만 뒤통수를 얻어맞은 듯 정신이 혼미했다. 쇳덩이처럼 무겁고 견고한 침묵이 흘렀다.

"좋다. 모든 책임은 내가 지겠다."

수사대장의 말투가 단호했다.

"괜찮겠소? 유족이 알게 되면 곤욕을 치르게 될지도 모르오."

총사령관이 우려했다.

"진실을 밝힐 수만 있다면 그 정도는 감수할 수 있소. 전하께서 비상한 각오로 속히 사건을 해결하라는 엄명을 내리셨소."

수사대장은 뜻을 굽히지 않았다.

에보켄이 날 짧은 칼로 시신의 가슴을 열었다. 칼을 부리는 솜씨가 예사롭지 않았다. 민첩하기는 먹잇감을 물어뜯는 늑대와 같았고 예리하기는 먹잇감을 향해 활강하는 매와 같았다. 에보켄의 마술 같은 손놀림에 의해 시체의 속사정이 드러났다. 수사대장과 총사령관의 눈이 커졌다. 내 눈을 의심하지 않을 수 없었다. 환영에 사로잡힌 기분이었다.

일찍이 왕립해군학교 시절 왕립도서관에서 나는 피렌체 출신의 의사가 그린 인체 해부도를 본 적 있다. 해부학은 인간 존재에 대한 종교적 해명을 뿌리째 흔들었다. 머리는 영혼의 집이 아니라 쭈글쭈글한 덩어리를 담는 그릇이었고 심장은 마음의 온상이 아니라 온몸에 피를 공급하는 펌프에 불과했다. 해부학적으로 인간은 소, 돼지와 다를 바 없었다. 교황청은 해부학을 신성 모독의 학문으로 단죄했지만 해부학에 대한 일반의 관심은 걷잡을 수 없이 타올랐다. 해부 장면을 관람할 수 있는 극장도 있다는 소문이 무성했다. 극장의 무대 위에서 해부는 학문이 아니라 서커스가 되었다. 내 눈앞에 펼쳐진 것은 환상도 서커스도 아닌 현실이었다. 속이 메스꺼웠다.

"이것은 숨통이오. 숨통에 물과 모래가 들어갔소."

에보켄이 담담하게 설명했다.

"그렇다면 죽은 후 우물에 떨어진 것이 아니라 우물에 빠진 후 죽은 게로군."

수사대장이 고개를 끄덕이며 말했다.

"바늘과 실이 필요하오."

에보켄이 말했다.

"더 안 봐도 되겠소?"

수사대장이 물었다.

"더 보고 싶소?"

에보켄이 반문했다.

수사대장은 부러 헛기침했다.

에보켄은 수사대장이 가져다준 바늘에 실을 꿰어 시체의 가슴을 봉했다.

"이자는 스스로 우물에 뛰어들어 목숨을 끊었소."

에보켄의 목소리는 확신에 차 있었다.

"그것을 어찌 장담하느냐?"

총사령관이 물었다.

"누군가에게 떠밀렸다면 주먹을 쥐지 않았을 것이고 손톱 밑에 모래와 이끼가 박혀 있을 것이오. 우물 밖으로 나오려 필사적으로 버둥거렸을 테니."

"눈을 감지도 않았을 테고!"

수사대장이 덧붙였다.

"시체가 처음 발견되었을 때 머리가 먼저 떠오르지 않았소?"

에보켄이 물었다.

"어떻게 아는가?"

수사대장이 반문했다.

수사대장이 스스로 답하기를 기다리듯 에보켄은 말을 아꼈다.

"스스로 우물에 몸을 던졌다면 바른 자세로 입수했을 테니!"

수사대장이 탄복했다.

"자살의 동기가 분명치 않다."

총사령관이 신중한 태도로 말했다.

"자살할 만한 이유가 너무 많아 문제이지 않소이까? 노름과 기방 출입으로 큰 빚을 졌고 번번이 과거에 낙방하지 않았소? 더구나 장손인데 혼인한 지 십 년이 되도록 후사를 보지 못했으니 죽기보다 살아가기가 더 힘들지 않았겠소?"

수사대장이 말했다.

에보켄이 젊은 관리의 면회를 요청했다. 수사대장이 에보켄의 수고에 고마움을 표하며 흔쾌히 허락했다.

젊은 관리의 몰골은 형편없었다. 눈이 퀭하고 입술이 쩍쩍 갈라졌다. 육신의 고초보다 마음의 고뇌가 젊은 관리의 생기를 갉아먹었다.

"그녀는 어떤가?"

연인의 안부를 묻는 젊은 관리의 눈빛이 반짝였다. 사랑은 젊은 관리에게 시련을 던져주었고 젊은 관리는 사랑으로 시련을 견뎠다. 젊은 관리의 육신은 무모한 사랑으로 곤궁했으나 영혼은 사랑의 무모로 가멸찼다. 젊은 관리의 사랑이 나는 부럽고 무서웠다.

"별 탈 없소."

에보켄이 안심시켰다.

"나는 죽이지 않았다."

젊은 관리의 목소리가 차분했다.

"알고 있다."

내가 말했다.

"그날 밤 기방에서는 무슨 일이 있었소?"

에보켄이 물었다.

"모두 내 불찰에서 비롯되었다."

젊은 관리는 더 이상 말을 잇지 않았다.

편지가 죽은 사내의 수중에 들어가게 된 경위와 사건 전날 밤 기방에서 두 사람 사이에 오간 말을 끝내 알 수 없었다. 죽은 자도 산 자도 영원한 침묵 속에 묻어두기로 작정한 모양이었다. 죽은 자는 사랑을 파괴하기 위해 침묵했고 산 자는 사랑을 지키기 위해 침묵했다.

13

사흘 후 젊은 관리는 무혐의로 풀려났다. 수사 당국이 자살로 공식 판정함으로써 사건은 종결되었다. 유가족은 사건의 조속한 마무리에 안도했지만 자살의 동기는 여전히 묘연했다. 불투명한 자살의 동기가 남 말하기 좋아하는 자들의 상상에 풀무질했다. 수상한 소문이 꼬리를 물었다. 죽은 자가 물러나자 추문의 무대에 산 자들이 떠밀려 올라갔다. 젊은 관리는 자책의 탄식만 되뇌었고 미망인은 마음의 병을 가슴에 묻은 채 시득시득했다.

젊은 관리를 데리고 술집에 갔다. 젊은 관리는 죽음을 향해 돌진하듯 술잔을 거푸 비웠다. 나와 에보켄이 제지해도 막무가내였다. 삶의 배다른 형제인 죽음은 때로 사랑의 가면을 쓰고 출몰한다. 삶이 죽음에 의해 완성되듯 사랑은 순간순간 죽음의 민얼굴을 향해 육박한다. 사랑이야말로 삶 속의 죽음이다.

"애당초 시작하는 것이 아니었다."

젊은 관리가 자책했다.

"시작도 못했다면 더 괴로웠겠지. 사랑에 빠진 사내는 오직 사랑하다 죽지 못함을 근심할 뿐일세."

에보켄이 말했다.

에보켄의 위로도 젊은 관리의 자책을 누그러뜨리지 못했다. 젊은 관리의 거침없는 음주는 자기 학대의 손쉬운 수단이었다. 에보켄이 젊은 관리의 잔을 빼앗았다. 젊은 관리가 느껴 울었다. 사랑을 회피한 자의 울음은 목숨이 끝장나는 순간 그치고 사랑에 빠진 자의 울음은 사랑이 끝장나는 순간 시작된다. 젊은 관리의 울음은 사랑의 파국을 뼈아프게 수락하는 자의 울음이었다. 나도 술잔을 자주 비웠다. 젊은 관리가 먼저 자리를 떴다. 혼자 가고 싶다고 했다. 젊은 관리의 뒷모습을 보며 불길한 생각을 떨칠 수 없었다.

"선장, 걱정 마쇼. 오늘 밤 죽지는 않을 것이오."

에보켄이 예언자처럼 말했다.

언제부턴가 나는 에보켄이 입을 열 때마다 깜짝 놀라게 되었다. 뜻밖의 말과 놀라운 행동이 내 마음속 에보켄의 상(像)을 뿌리째 흔들었다. 에보켄은 나에게 풀기 어려운 수수께끼가 되었다. 에보켄을 어떻게 대해야 할지 나는 갈피를 잡을 수 없었다.

"그걸 어찌 장담하는가?"

"스스로 목숨을 끊으러 가는 자는 울지 않는 법입죠. 보시오, 여태 어깨가 들먹들먹하지 않소."

젊은 관리는 소년처럼 울었다.

나와 에보켄은 말없이 술잔을 비웠다. 술 맛이 썼다.

"선장, 이놈한테 묻고 싶은 것이 있지 않소?"

"말해주겠는가?"

에보켄에 대해 나는 궁금한 게 많았다. 시체의 가슴을 침착하게 열던 잿빛 눈동자의 사내는 내가 알던 사내가 아니었으니.

"선장, 『마녀의 속삭임』이란 서책을 아쇼?"

"잔혹한 마녀 사냥꾼으로 악명 높던 두 명의 이단 심문관이 함께 저술한 마왕 숭배자들의 행태에 관한 책 아닌가?"

본래 종교재판은 이단의 공세로부터 기독교의 정통을 수호하기 위해 마련되었다. 1231년 교황은 이단 심문을 도미니크 수도회에 일임했다. 지난날 이단 심문은 교화와 개종에 전력을 기울였다. 심문은 처벌이 아니라 설득의 방책이었다. 화형을 위해 쌓아둔 장작더미에서 걸어 내려온 자들도 더러 있었다. 세속 권력과의 갈등 속에서 베드로의 후광이 희미해지면서 이단에 대한 박해는 극렬해졌다. 심문은 교화가 아니라 처벌의 도구가 되었고 실추된 권위는 공포에 의존했다. 공개화형은 공포의 주술이 되었다. 프랑스 남부에서 득세했던 카타리파와 이탈리아 북부에서 암약했던 발도파는 이단 심문관들의 공세적인 진압에 의해 박멸되었다. 이단은 통제의 힘이 느슨하고 상업과 산업을 통해 부를 축적한 곳에서 위세를 떨쳤다. 프랑스 남부와 이탈리아 북부에서 이단 심문관의 악명이 드높았던 것도 그 때문이었다. 같은 이유로 네덜란드는 이단 심문관들의 표적이 되곤 했다.

이단 심문관들은 경험을 바탕으로 이단에 관한 책을 쓰기도 했다. 『마녀의 속삭임』도 그중 하나였다. 『마녀의 속삭임』은 악마주의를 집대성한 책이었다. 마녀의 생김새에서부터 즐겨 사용하는 흑마술의 종류까지, 마녀에 관한 자료와 주석을 망라한 책으로 유명했다. 그 책은 이렇게 시작되었다.

"이단의 무리는 여인의 배꼽 밑에 마왕의 교회를 세운다."

저자들에 따르면 여인의 육욕이야말로 만악의 근원이었다. 마녀는 만족을 모르는 정염을 채우기 위해 난교, 수간, 영아살해 등을 일삼았으며 갖은 흑마술로 사내를 꼬드겨 마왕의 졸개로 타락시켰다. 마녀의 마녀됨은 이브의 원죄에서 비롯되었다는 주장도 펼쳤다. 마녀를 발본하기 위해 씌어졌다는 『마녀의 속삭임』은 오히려 마녀를 양산했다. 기독교 세계 곳곳에서 분방한 여인들이 그 책에 의해 마녀로 지목되었다.

"이놈이 만든 괴물입죠."

에보켄의 목소리가 음울했다.

나는 말문이 막혔다. 그간의 수상쩍은 행동으로 미루어 범

상치 않은 내력을 가졌을 거라 짐작했지만 에보켄의 고백은 내 상상을 훌쩍 뛰어넘었다. 믿을 수 없었다. 전에 본 적 없는 심각한 표정이 아니었다면 농담으로 의심했을 것이다.

"선장, 영매가 이놈을 처음 보고 했던 말 기억하시오?"

"……그렇다면 저 악명 높던 마녀 사냥꾼…… 트리어의 늑대가 바로……?"

트리어 출신의 토마스. 트리어의 늑대라 불리며 스위스, 오스트리아, 덴마크, 네덜란드를 누비며 마녀를 사냥했던 이단 심문관이었다. 한 치의 허를 용납 않는 추상 같은 언변과, 자백이나 죽음이 아니면 모면할 수 없는 집요한 고문으로 숱한 여인을 화형대에 세웠다. 재세례파의 잔당을 색출하던 중 돌연 종적을 감췄다. 마녀에게 죽임을 당했다는 둥 마왕의 수족이 되었다는 둥 소문이 무성했다. 오래전의 일이었다.

"바다로 나오기 전 세상 사람들은 이놈을 그렇게 불렀죠."

"로테르담 출신이고 열 살 때 바다로 나왔으며 세상을 주유하며 갖은 모험을 겪은 요리사는 허깨비였나? 출생, 이름, 나이, 이력…… 이 모든 것이 다 거짓이란 말인가?"

"모두 거짓은 아니라오."

에보켄이 단숨에 술잔을 비웠다.

"당신은 대체 누구인가?"

내가 물었다.

"선장, 나도 모르겠소. 내가 누구인지."

에보켄의 고백이 나를 당혹케 했다. 무슨 말을 해야 할지 난감했다. 거짓은 한 사람을 불편하게 하고 진실은 만인을 불편하게 만든다. 에보켄이 고백한 내용보다 에보켄의 고백이 나는 마음 불편했다. 나는 타인의 고백에 익숙하지 않았다. 에보켄의 표정은 복잡해서 속내를 읽을 수 없었다. 자괴감과 후련함이 뒤섞인 것 같기도 했다. 에보켄의 영혼이 가벼워진 만큼 내 영혼은 무거워졌다. 바다에는 어찌 나오게 되었느냐고 물었으나 에보켄은 말없이 잔만 비웠다.

다음 날 젊은 관리의 연인이 목매달아 스스로 목숨을 끊었다. 살아서 추문의 주인공이었던 미망인은 죽어서 성녀가 되었다. 지아비를 잃은 슬픔을 죽음으로 씻은 마음의 아름다움을 칭송하는 소리가 도성에 자자했다. 칭송이 추문을 단숨에 잠재웠다. 지아비의 죽음에 대한 의혹을 부풀리던 자들이 미망인의 죽음을 목소리 높여 찬양했다. 지아비의 죽음은 불투명했지만 미망인의 죽음은 투명했다. 얼음장처럼 투명한 죽음이었다. 투명한 죽음이 불투명한 죽음을 대속했다. 유가족은 죽음을 슬퍼했고 죽음의 의미를 자랑스러워했다. 이 왕국에서 미망인의 자살은 가장 성스러운 죽음이었다. 국왕이 죽은 자에게 상을 내렸다. 절개를 찬송하는 붉은 문이 미망인의 집 앞에 세워졌다.

젊은 관리는 타타르로 떠나는 사신의 통역을 자청했다. 타타르와의 긴장이 극에 달한 참이었다. 국왕은 타타르를 기만하기 위해 사신을 보내기로 결정했다. 젊은 관리가 타타르로 떠나게 되었다는 소식에 나는 안도했다. 이역으로 떠나는 말 위에 내가 알던 젊은 관리는 없었다. 연인의 죽음이 젊은 관리에게서 젊음을 앗아갔다. 얼음의 강을 한번 건너면 다시 강을 건널 수 있으리라 장담할 수 없었다. 젊은 관리는 죽지 않기 위해 사지로 떠났다.

14

타타르로 떠났던 사신 일행이 꽃 필 무렵 돌아왔다. 사신은 어두운 소식을 가져왔다. 타타르 왕은 나라의 이름을 맑다는 뜻의 '청'으로 바꾸고 스스로 황제가 되었다. 중국의 새로운 패자로 부상했다는 자신감의 표현이었다. 초원을 떠돌던 유목 부족이 중국을 호령하는 제국이 되었다. 타타르 황제는 국왕에게 형제의 관계가 아닌 군신의 관계를 요구했다. 신하의 예를 갖추지 않는다면 이제까지 본 적 없는 대군을 상대해야 할 것이라고 협박했다. 타타르 황제의 서신을 받아 든 국왕의 얼굴이 참혹하게 일그러졌다. 지난 침략에 굴복하여 형제의 예를 약속한 것도 씻을 수 없는 수치였다. 의(義)를 목숨보다 중히 여기는 국왕과 대신들에게 야만의 나라를 주군으로 섬기는 것은 살아서 감당할 수 없는 굴욕이었다. 조정은 벌집을 쑤신 듯했다.

"전하, 말 타고 다니며 노략질이나 일삼던 자들이옵니다. 비천한 자들을 어찌 주인으로 섬긴단 말입니까? 천부당만부당한 일이옵니다."

"전하의 치욕은 소신들의 보필이 슬기롭지 못했기 때문이옵니다. 소신들을 죽여주시오소서."

"죽기를 각오하고 야만인들과 맞서야 합니다."

"지난날 적이 침략했을 때 서둘러 화친을 도모한 것이 오늘의 수모를 불렀습니다. 지금도 야만인들과의 화친을 획책하는 무리가 있사옵니다. 적과의 결전을 준비하기 전 매국의 무리부터 쓸어버려야 합니다."

대신들은 야만의 나라에 굴복해서는 안 된다고 목 놓아 부르짖었다. 타타르에 대한 적의가 조정을 휩쓸었다. 빛의 제국 군대를 제압한 가공할 무력에 대한 두려움도 하늘을 찌르는 분노 앞에 무릎 꿇었다. 국왕은 타타르 황제의 서신을 가져온 사신 일행을 한 명도 남김없이 유배 보낼 것을 명했다. 타타르와의 화친을 주장해오던 대신들은 지위 고하를 막론하고 관직을 박탈당했다. 전쟁은 돌이킬 수 없는 것이 되었다.

젊은 관리는 남쪽 끝으로 유배 가야 했다. 젊은 관리는 타타르에서 노인이 되어 돌아왔다. 젊은 관리의 영혼은 생기를 잃고 바짝 메말랐고 심장을 데우던 불꽃은 싸늘한 재가 되었다. 한 줌의 열정도 한 줌의 의욕도 젊은 관리의 심장에 발붙이지 못했다. 연인이 목을 매 자결하던 순간 젊은 관리의 영혼도 죽었다. 젊은 관리는 유배의 삶을 선선히 받아들였다. 영혼의 불꽃이 시든 자에게는 이 세상 어디든 유배지일 것이었다.

떠나면서 젊은 관리는 도리어 나와 에보켄의 앞날을 근심했다. 전쟁이 터지면 목숨을 장담할 수 없을 것이라고 했다. 두 눈으로 직접 본 타타르의 군대는 소문보다 훨씬 강력하다고 말했다. 타타르 제국의 수도로 이미 대규모의 병력이 모여들고 있다고도 했다. 이 전쟁에서 죽기를 각오하는 자는 죽을 것이라고 말했다. 빛의 제국에 대한 미련을 버리고 타타르의 부상을 인정하는 것만이 살길이라고 중얼거렸다. 나와 에보켄은 도성 밖의 거대한 강까지 배웅 나갔다.

"지난날, 나를 괴롭혔던 무서운 상상은……"

젊은 관리가 옛일을 상기했다.

"……홀로 살아남는 것이었다."

"스스로를 아껴라."

내가 말했다.

"너희의 전쟁이 아니다. 부디 몸조심하라!"

젊은 관리가 당부했다.

"도성의 계집들은 내가 지킬 테니 걱정 마오. 유배가 풀리거든 이 강 위에 배 띄워놓고 한잔합시다."

에보켄이 애써 쾌활을 가장했다.

젊은 관리가 강 건너 지평선 너머로 사라질 때까지 나와 에보켄은 망연히 서 있었다. 강 저편이 살아서 닿을 수 없는 곳처럼 아득했다. 자신이 떠나는 자인지 남겨진 자인지 나는 구분할 수 없었다. 무심한 강을 앞에 두고 우두커니 서 있자니 아주 먼 길을 떠나야 할 것 같았다.

"선장, 다시 볼 수 있을까요?"

에보켄이 물었다.

감춰두었던 전력을 털어놓은 후에도 에보켄은 아무 일 없었던 것처럼 굴었다. 에보켄이 바라는 것은 전과 다름없이 지내는 것이었다. 이교도의 뭍에 함께 표착한 동료 뱃사람으로. 일단 나는 에보켄의 뜻을 존중하기로 한다. 그러나 예전과 다름없이 대하는 것이 오히려 어색했다. 나는 혼란스러웠다. 함께 지냈던 지난날의 모습은 모두 연기였을까? 기왕의 연기를 수락하기 위해 새로운 연기에 동조해야 옳은가? 과연 어떤 것이 에보켄의 참모습일까?

"전쟁에서 살아남는다면 볼 날이 있겠지."

"이교도들의 전쟁이라!"

에보켄이 중얼거렸다.

지금처럼 눈 내리깔고 낮게 중얼거릴 때 나는 에보켄의 얼굴에서 낯선 사내를 발견한다. 기왕 알고 지내던 에보켄과 새로 알게 된 에보켄이 수시로 겹쳤다. 내 앞의 사내는 세 개의 이름을 가졌다. 잊히길 원하는 이름과 잊혀져가는 이름, 그리고 언젠가 잊힐 이름. 이 우주에 세 개의 이름을 모두 알고 있는 자는 두 개의 이름을 가진 자, 나 하나뿐이었다. 세 개의 이름을 가진 사내는 이교도의 전쟁에 어떤 이름을 걸고 참전할 것인가?

대규모로 진격해올 적은 속전으로 승부를 결정지으려 할 것이 분명했다. 국왕은 북방의 요새에 병력과 무기를 증강했다. 도성으로 통하는 북방의 길목에는 공략이 녹록지 않은 산성이 많았다. 천 명의 병사가 만 명의 적을 감당할 수 있는 난공의 요새들이었다. 북방의 요새에서 적의 발목을 잡아 시간을 버는 것이 국왕이 그린 전쟁의 밑그림이었다. 요새 주변의 전력들은 모두 인근의 요새에 들어가 농성전을 대비하도록 했다.

국왕이 마련한 전략의 핵심은 수성이었다. 성을 지키기 위해서는 대포가 긴요했다. 국왕은 수중에 있는 대포보다 수중에 있지 않은 대포에 목을 맸다. 수중의 대포를 헤아리며 수중에 있지 않은 대포를 셌다. 수중에 있는 대포의 수는 수중에 있지 않은 대포의 수에 미치지 못했다. 수중의 대포가 늘어도 수중에 있지 않은 대포의 수는 줄지 않았다. 이 왕국의 모든 쇠붙이로도 국왕의 수중에 있지 않은 대포의 수를 줄일 수는 없을 것이었다. 대포를 얻기 위해 가래와 보습을 녹이기도 했다. 국왕의 대포를 한 자루라도 늘리기 위해 이마에 땀이 마를 새가 없었다.

피할 수 없는 현실로 다가온 전쟁 때문에 대장간의 공기가 긴박했다. 쇠를 녹여 대포를 만드는 이교도들의 표정은 비장했다. 이교도들의 비장한 표정에서 나는 최후의 날을 준비하는 자의 절박을 읽었다. 그간 대장간을 멀리하던 에보켄도 팔을 걷어붙이고 도왔다. 자신의 전쟁을 준비하듯 열심이었다. 에보켄은 특유의 입심으로 이교도들의 비장한 표정을 무너뜨렸다. 익살맞은 농담으로 이교도들이 배꼽 쥐게 할 때 에보켄은 여전히 내가 알던 사내였다. 에보켄은 자신의 전력을 내게 털어놓았다는 사실조차 기억에서 지워버린 듯했다. 이것이 연기라면 에보켄은 신조차 속일 수 있으리라. 국왕을 위해 1백 자루의 대포를 더 만들었다.

북방에서 급박한 첩보가 속속 도착했다. 젊은 관리의 말이 틀리지 않았다. 타타르 제국의 수도에 엄청난 수의 대군이 집결하고 있었다. 10만 대군을 상대해야 할 거라는 소문이 도성에 파다했다. 타타르 군의 주력은 기병이었다. 타타르는 국경의 강이 얼어붙는 겨울에 침공할 것이 자명했다. 얼음의 강을 건너면 타타르 군대는 전광석화처럼 밀려들 것이었다. 타타르 기병의 전격을 저지하지 못한다면 도성의 안위도 장담할 수 없었다. 다가올 전쟁에서 승부의 관건은 시간이었다. 시간을 지배하는 쪽이 전쟁을 지배할 것이었다.

15

그해 겨울 타타르 12만 대군이 얼음의 강을 건넜다. 전력의 대부분이 기병이었고 타타르의 황제가 직접 지휘했다. 북방의 요새에서는 기별이 없었다. 타타르 기병은 산개한 산성을 피해 곧장 남하했다. 인근의 병력을 남김없이 긁어모아 요새에 배치한 탓에 요새와 요새 사이의 방비는 허술했다. 타타르 기병은 행군하듯 전속력으로 남하했다. 북방의 요새에 도사린 8천의 병력은 허수아비가 되었다. 요새에서 농성을 준비하던 병사들은 타타르 기병이 일으키는 흙먼지만 물끄러미 지켜보아야 했다.

남하하는 적의 뒷덜미를 잡기 위해 요새 밖으로 뛰쳐나간 장군들도 더러 있었다. 타타르 기병은 꼬리에 꼬리를 물었다.

기병대의 꼬리는 또 다른 기병대의 선두였다. 적을 추격하던 병력은 기병대의 꼬리와 기병대의 선두 사이에서 속절없이 부서졌다. 타타르의 말은 끝없이 들이닥쳤다. 세상의 모든 말을 끌고 온 것 같았다. 요새는 전력으로 남하하는 말 떼의 급류 위에 떠 있는 섬이었다. 요새는 고립되고 첩보는 침묵했다.

조정에 개전 소식이 당도했을 때 타타르 선봉대는 이미 도성의 코앞까지 내려와 있었다. 개전 첩보보다 적의 선봉이 먼저 도성에 들이닥칠 뻔했다. 왕이 마련한 계책은 타타르 군대의 시간을 빼앗지 못했다. 시간을 빼앗긴 쪽은 국왕이었다. 벼락같은 적의 진군 속도가 조정을 당혹케 했다. 부랴부랴 대책회의가 열렸지만 뾰족한 수가 없었다. 전력을 정비해 도성 북쪽 요충지에 방어선을 구축해야 한다는 방책이 오갔다.

그날 밤 도착한 첩보는 더욱 다급했다. 북쪽에서 내려오는 적으로부터 도성을 지킬 최후의 보루였던 도시[34]가 이틀 전 적의 수중에 떨어졌다는 내용이었다. 도성은 지척이었다. 적의 기병은 바람처럼 빨랐다. 이미 도성 앞에 당도했는지도 몰랐다. 상황이 엄중했다. 다음 날 날이 밝자마자 왕실과 대신들의 가족이 인근의 섬[35]으로 황급히 떠났다. 국왕은 왕위를 이어받을 왕자와 신하를 거느리고 뒤이어 출발했다. 도성 수

34) 평양.

35) 강화도.

비대를 주축으로 한 1만의 병사가 국왕을 호위했다.

나와 에보켄은 총사령관의 명에 따라 포병 부대에 복귀해야 했다. 늘어난 대포에 비해 숙련된 포병이 부족했다. 이 왕국의 전쟁이 곧 나의 전쟁일 수밖에 없었다. 에보켄도 총사령관의 명을 선선히 받들었다.

이교도 병사들이 수레마다 대포, 탄환, 화약을 가득 실었다. 수레가 부족했다. 전황이 다급해 수레를 징발할 겨를이 없었다. 수레에 싣지 못하는 화약은 병사들이 짊어졌다. 짐을 이기지 못해 비틀거리는 이교도 병사의 몫을 에보켄이 나누어 둘러멨다. 옮기지 못하는 대포는 한데 모아 폭파했다. 도성을 떠날 때 대신들의 종까지 뒤따랐다. 뿔뿔이 흩어진 가족을 찾는 소리와 울음으로 도성은 아수라장이었다.

섬은 도성의 서쪽에 있었다. 타타르 병사는 초원에서 사내가 되고 전사가 되었다. 타타르 군대에게 바다는 애당초 전장이 아니었다. 지난 전쟁 때처럼 국왕이 섬으로 들어가면 타타르 기병도 무력할 수밖에 없어 전쟁은 길어질 터였다.

국왕은 섬에 들어가지 못했다. 타타르 선봉이 섬으로 들어가는 해안을 봉쇄했다. 사태가 분명해졌다. 얼음의 강을 건넌 순간부터 타타르의 선봉은 국왕이 섬으로 들어가는 것을 저지하기 위해 교전을 회피하며 내달렸던 것이다. 첩보를 앞지르기 위해 낮과 밤을 가리지 않고 달렸다. 첩보보다 타타르의 선봉이 먼저 도착했다.

필사의 각오로 적의 봉쇄망 돌파를 결행할 수도 있었으나 위험 부담이 컸다. 타타르 기병은 강력했다. 선봉대라면 최정예 기병대일 것이었다. 빛의 제국과 이 왕국의 연합군이 남과 북, 그리고 서쪽에서 동시에 타타르를 협공했을 때 타타르 기병은 사흘 동안 세 방향의 전선을 종횡하며 승리했단다. 평지에서 적의 기병대와 교전하는 것은 무모한 짓이었다. 국왕은 섬으로 들어가는 것을 포기했다. 도성 남쪽의 산성이 항전의 거점으로 결정되었다.

남쪽의 산성에 들어온 병력은 1만 2천이었다. 산성에 비축된 군량은 한 달을 겨우 버틸 정도였다. 산성에서 버티면서 응원군이 도착하기를 기다리는 수밖에 없었다. 산은 북쪽과 서쪽이 가파르고 남쪽과 동쪽이 비교적 완만했다. 적은 성의 남쪽과 동쪽을 집요하게 추궁할 것이 분명했다. 대포는 남쪽과 동쪽 성벽에 집중 배치되었다. 나와 에보켄이 소속된 부대는 산성의 동쪽 문을 지켜야 했다. 부대장은 단 한 명의 적도 성안으로 들여서는 안 된다고 병사들을 독려했다.

타타르 군대가 산성 주변에 속속 집결했다. 적은 끝없이 몰려들었다. 몰려든 적은 시끄러웠다. 시끄러워서 더 무시무시한 적이었다. 산 아래 들판은 적들로 새까맸다. 적의 엄청난 규모에 국왕의 병사들은 얼굴이 돌처럼 굳었다.

산기슭의 대군이 나의 진짜 적인지 장담할 수 없었다. 나의 대포가 겨누고 있는 것이 내 적이 분명할 테지만 이 산성에 나의 대포는 단 한 자루도 없었다. 모두 국왕의 대포였다. 국왕의 대포가 겨누는 자는 국왕의 적일 것이었지만 국왕의 적 앞에 마주선 나는 내 의지와 상관없이 적의 적일 수밖에 없었다. 내 운명의 향방은 적의를 품을 수 없는 적의 살기를 거슬렀다. 두 개의 이름을 가진 나는 전장에서 어떤 이름으로 적과 맞설지 짐작할 수 없었다. 이 전쟁에서 나는 적으로부터 무엇을 지켜야 할 것인가? 지켜야 할 것이 마땅치 않다는 사실이 나는 선득했다. 적을 갖지 못한 전장에서 목숨을 잃을까 나는 두려웠다.

입성 8일째, 타타르 군대가 대포로 공격을 감행했다. 타타르의 대포는 멀찍이서 불을 뿜었다. 화력이 맹렬했다. 국왕의 포병들이 반격했다. 나와 에보켄도 한 조가 되어 발포했다. 성을 부수려는 대포와 성을 지키려는 대포가 한 치의 물러섬 없이 으르렁거렸다. 포연이 자욱해 안개에 갇힌 것 같았다. 타타르 병사들이 사다리와 이동식 망루를 앞세워 성으로 달려들었다. 적은 성을 무너뜨릴 것처럼 밀려들었다.

근접한 적을 대포로 타격할 수는 없었다. 대포와 대포 사이에서 화승총이 불을 뿜었다. 격발과 격발 사이의 틈은 화살이 메웠다. 총탄과 화살이 번갈아 적의 하늘을 덮었다. 사다리와 망루에서 떨어지는 적의 수를 헤아릴 수 없었다. 격발과 격발 사이의 허를 비집고 적은 한 움큼씩 기어올랐다. 한 움큼 기어오르기 위해 수많은 적이 땅바닥으로 곤두박질쳤다. 기어오르는 적은 창에 찔려 떨어졌다. 적은 추락하기 위해 기어오르는 것 같았다. 추락하는 적의 비명으로 성 밑은 지옥이었다. 수많은 시체를 버리고 적이 물러났다. 국왕의 병사들이 환호했다.

다음 날도 적은 새까맣게 몰려들었다. 몰려드는 적은 뱃전에 부딪히는 파도 같았다. 파도는 시퍼렇게 달려들었다 하얗게 질려 물러났다. 두 차례의 패퇴로 적의 공세가 한풀 꺾였다. 물러가는 적을 굽어보며 국왕의 병사들이 내지르는 함성으로 성벽이 들썩였다.

적은 며칠 동안 쥐죽은 듯 잠잠했다. 적의 포격으로 무너진 곳을 정비했다. 싸우지 않을 때도 병사들은 먹어야 했다. 싸울 때 화약이 줄었고 싸우지 않을 때 군량이 줄었다. 적진이 소란했다. 타타르 황제가 이끄는 적의 본대가 도착했다.

16

적이 성을 포위했다. 적의 병력은 성을 몇 겹으로 둘러싸고도 남을 정도였다. 적은 도처에 목책을 박고 참호를 팠으며 듬성듬성 거대한 망루를 세웠다. 성은 겹겹의 포위망에 의해 고립되었다. 발 달린 것은 성 밖으로 나갈 수도 성안으로 들어올 수도 없었다. 보급을 차단해 고사시킬 속셈이었다. 적은 봉쇄의 고삐를 바투 쥔 채 선불리 공격해오지 않았다.

적은 잠잠했다. 적이 잠잠할 때도 국왕의 병사들은 먹어야 했다. 군량이 화약보다 빨리 줄었다. 타타르 군대에게는 성 밖의 땅 전부가 병참기지였다. 고립무원의 절망보다 절망이 언제 끝장날지 짐작할 수 없다는 사실이 더욱 절망적이었다. 하루 배식이 두 번으로 줄었다. 두 번 모두 주먹밥 두 개가 고작이었다. 성안에서 전쟁은 죽여야 하는 전쟁이 아니라 먹여 살려야 하는 전쟁이었다. 국왕은 죽여야 할 적의 숫자보다 먹여 살려야 할 아군의 수가 더 무서울 터였다.

빛의 제국군과의 오랜 교전으로 단련된 타타르 군의 수뇌는 노회했다. 적은 포위망을 단속할 뿐 선불리 준동하지 않았다. 간헐적인 포격으로 도발할 뿐이었다. 타타르 본대가 가져온 대포의 사정거리는 국왕의 병사들을 공포에 떨게 했다.

포탄이 거위알만 했다. 타타르의 대포는 보이지 않는 곳에서 성을 겨누었다. 보이지 않는 곳으로부터 날아온 포탄이 성벽을 허물고 성안 깊숙이 파고들었다. 타타르 대포의 포격 앞에 안전지대는 없었다. 스페인 대포의 사정거리에 버금갈 정도였다. 국왕의 병사들도 대포로 응사했지만 전위의 타타르 병사들은 깊이 판 참호로 숨어들었고 후위의 병사들은 사정거리 바깥으로 멀찍이 물러섰다.

타타르 병사들은 성을 공략할 의사가 없는 듯했다. 적에게 성 주변은 전장이 아니라 숙영지였다. 밤이면 천막 사이 곳곳에서 모닥불 연기가 솟았다. 성 쪽으로 바람이 불어오는 날은 고기 굽는 냄새가 날아들었다. 국왕의 병사들에게 포탄보다 고기 굽는 냄새가 더 치명적이었다. 농성은 아군이 아니라 적의 몫 같았다. 적이 넘보지 않는 성은 요새가 아니라 감옥이었다.

산속의 겨울은 추웠고 산속의 추위는 극성스러웠다. 가끔 내리는 눈은 크게 내렸다. 성안의 나무는 화살과 창을 만드는 데 고스란히 바쳐졌다. 나무를 땔감으로 쓰는 호사는 엄두도 내지 못했다. 밤 내내 번을 서고 나면 온몸이 돌처럼 딱딱해졌다. 배를 채우지 못해 추위는 더욱 매서웠다. 매서운 추위는 뼈까지 얼어붙게 했다. 허기는 추위를 부각했고 추위는 허기를 환기했다. 살아서 봄을 맞이할 수 있을지 장담할 수 없었다. 진눈깨비가 내려 병사들이 얼어 죽었다. 진눈깨비가 그치게 해달라고 국왕이 하늘에 제를 올렸다.

하루 배식이 한 번으로 줄었다. 주먹밥 두 개로 온종일의 긴장과 한기를 견뎌야 했다. 성을 옥죄는 10만의 적보다 한 번의 끼니가 더 난감했다. 끼니에 맞설 수는 없었다. 성 주위를 까맣게 에워싼 적과 달리 끼니의 맹공은 어김없었다. 대포를 녹여 끼니를 제압할 수는 없었다. 끼니의 집요한 공격 앞에 국왕의 병사들은 각개 격파되었다. 국왕은 병사들의 처참한 행색을 보며 울었다. 울면서 병사들의 궁상을 슬퍼했다. 성을 수비하는 병사들에게 국왕이 삶은 고기와 찐 콩을 내렸다. 해가 바뀌자마자 일식이 있었다.

적진을 엄습해 혈로를 뚫고 원병을 모아오겠다며 한 장수가 국왕 앞에 무릎 꿇고 청했다.

"너의 용기는 어여쁘나 너의 계책은 무모하다. 승전을 위해서는 적의 노림에 뇌동하지 말아야 한다. 나의 병사들이 성문을 열고 뛰쳐나가는 것은 적이 노리는 바가 아니더냐? 보병으로 기병의 진을 뚫을 수는 없는 노릇이다. 이 전장에서 용기의 가상은 계책의 주밀만 못하니 내 어찌 너를 사지로 보내겠느냐."

국왕은 장수를 만류하며 울었다. 울음 속에서도 국왕의 판단은 분별을 잃지 않았다. 전령이 목숨을 걸고 적의 포위망을 빠져나갔지만 원병은 오지 않았다. 적은 전시라는 사실을 깜박하고 있었다는 듯 종종 성을 향해 포격했다. 한번 포격을 시작하면 포탄을 아낌없이 쏟아 부었다. 간헐적인 포격은 맹렬했다. 이틀에 걸쳐 계속된 적도 있었다. 적의 포탄에 국왕 처소의 지붕이 날아갔다. 병사들의 사기가 땅에 떨어졌다.

부대장의 명에 따라 몸 날랜 병사들과 함께 동문을 열고 나가 적을 급습했다. 방심한 채 본대에서 떨어져 나온 적을 노렸다. 에보켄이 선두에 서서 적과 맞섰다. 에보켄은 성난 사자처럼 싸웠다. 기습에 놀란 적들이 본대로 달아났다. 항전하는 적은 목이 떨어졌다. 달아나는 적을 멀리 추격하지는 않았다. 말 다섯 필, 칼 일곱 자루, 활 아홉 개를 얻었다. 조촐한 전과에 국왕은 몹시 기뻐했다. 공을 세운 병사들에게 국왕은 돼지 한 마리와 술 열 병을 상으로 내렸다.

농성 한 달 보름째 적이 사자를 보냈다. 바깥의 전황을 적의 사자가 알려주었다. 적이 가져온 바깥의 전황은 참혹했다. 도성 인근의 섬이 타타르 수중에 떨어졌다. 해안에 발이 묶였던 타타르 군이 수백 척의 배와 뗏목을 건조해 섬을 공략했다. 타타르 군에는 투항한 빛의 제국 해군도 섞여 있었다. 바다에서의 싸움에 서툴던 예전의 타타르 군이 아니었다. 타타르 군은 섬 주변의 뱃길을 지키던 국왕의 해군을 압도적인 화력과 병력으로 제압했다. 바닷길이 열리자 섬은 속수무책이었다. 결사의 항전에도 불구하고 섬의 요새는 함락되었다. 원로의 한 대신은 망루에 모아둔 화약과 함께 자폭했다. 자폭할 때 손자와 종이 함께했다. 왕실과 대신들의 가족 모두 포로가 되었다.

적이 알려준 전황이 산성을 비탄에 빠뜨렸다. 항복을 주장하는 목소리가 높아졌다. 항전을 외치는 목소리도 드높았다. 타타르 황제는 항복의 선결 조건으로 화친을 거부한 대신을 넘기라 요구했다. 조정은 항복을 주장하는 쪽과 항전을 외치는 쪽으로 나뉘었다. 조정이 전장이 되었다. 적진에 넘길 대신들의 명부가 작성되고 있다는 소문이 퍼져 군기가 흉흉했다. 항복을 권하는 자들과 항전을 부르짖는 자들이 국왕 앞에서 격돌했다. 항복을 권하는 자들의 언어는 지난날의 오판에 대한 질책으로 소슬했고 항전을 부르짖는 자들의 언어는 앞날의 치욕에 대한 우려로 처연했다. 소슬한 언어와 처연한 언어 사이에서 국왕은 자주 울었다. 국왕에게 남은 통치의 방책은 울음뿐이었다. 국왕은 울음으로써 신하를 다스렸고 병사를 독려했다. 국왕은 울면서 통분했다.

"경들이여, 경들이여, 참담하고 참담하다!"

결사 항전을 부르짖던 대신이 칼로 자신의 배를 찔렀다. 목숨은 건졌으나 중상이었다. 배를 찌르기 전 이런 시를 읊었다.

군주의 치욕 극에 달했거늘
신하의 죽음 어찌 더디나
이익을 버리고 의리를 취하려거든
지금이 바로 그때
군주의 수레를 뒤따라 항복하는 것
실로 부끄러운 일이도다
한 자루의 칼이 인(仁)을 이루나니
죽음 보기를 고향에 돌아가듯 하리

17

적은 지난밤 늦게까지 포격을 멈추지 않았다. 대대적인 공세였다. 항복을 강요하는 무력시위였다. 밤늦도록 응사했다. 사상자가 속출했고 성벽 곳곳이 상했다. 적의 포격은 새벽에야 멈췄다. 포격을 중지했지만 적은 완전히 물러서지 않았다. 언제 다시 공격해올지 알 수 없었다. 맡은 위치를 고수하라는 명이 떨어졌다. 거듭되는 발포로 하얗게 달아올랐던 대포도 순식간에 싸늘해져 검은 침묵 속에 가라앉았다.

동틀 무렵 온몸이 꽁꽁 얼어붙었다. 간밤에는 격렬한 교전으로 추위를 느낄 겨를이 없었다. 포격의 열기가 차라리 그리웠다. 어둠의 결박에서 풀려난 태양이 까무룩 잠에 떨어졌던 산을 깨웠다. 산새가 숲의 품을 박차고 날아올랐고 계곡을 활강하는 바람 소리가 청아했다. 먼 산 정상에 채 녹지 않은 눈이 진주처럼 빛났다. 잠에서 깨어나는 산은 신성으로 약동했다. 살얼음 같았던 공기가 태양 아래 온순해졌다. 산성 동쪽 망루에서 맞는 아침은 전황의 위급과는 무관해서 고즈넉했다.

"젠장, 얼어 죽을 놈의 추위! 변심한 계집 눈초리보다 싸늘하네. 불알이 콩알만 해졌구먼. 징글맞은 놈들! 제 계집 엉덩이나 토닥거릴 것이지 무슨 영화를 보겠다고 예까지 몰려와서 난리법석이람." 에보켄이 투덜거렸다.

산성에 들어온 후 에보켄은 내 곁에서 한시도 떨어지지 않았다. 에보켄은 내 그림자였다. 그림자처럼 따라붙는 이유를 물었더니 이런 답이 돌아왔다.

"선장이 숨넘어갈 때 유언은 모국어로 할 거 아니오. 선장 말을 알아들을 사람이 이 성에 이놈뿐이니 어쩔 도리가 없습죠."

에보켄은 얼어붙은 발을 오줌으로 녹였다. 에보켄은 제 발에 오줌 누며 노래 불렀다.

십 년이 꿈이라면 백 년은 꿈이 꾸는 꿈인가.
십 년을 꿈꾼 자는 백 년 후를 기약하고
백 년을 꿈꾼 자는 천 년 후를 기약하네.

물이 사랑의 노래를 부르는 곳이라면
바다는 모험의 노래를 부르는 곳.
십 년의 모험이 끝나는 곳에서 고향이 우리를 반겨주네.
천 년의 사랑이 우리를 기다리네.

나도 모르게 따라 흥얼거렸다. 희망봉의 만년설을 바라보며 부르던 노래였고 수평선 너머로 사라지는 바타비아를 지켜보며 읊조리던 노래였다. 오랜만이었다. 국왕 앞에서 부르던 기억이 새삼스러웠다. 십 년 전의 일이라고 에보켄이 말했다. 십 년! 꿈같은 세월이었다. 나는 이미 천 년의 세월을 살아낸 것 같았다. 산성, 대포, 국왕의 병사들, 타타르 군대, 이교도보다 더 이교도 같은 에보켄…… 이 모든 것이 낯설었다. 꿈속의 꿈처럼 아득했다.

"선장, 한 모금 하쇼."

에보켄이 가슴팍에서 술병을 꺼냈다.

"웬 건가?"

"지난번 국왕이 상으로 내린 걸 꼬불쳐두었소."

나는 한 모금 마시고 술병을 에보켄에게 돌려주었다. 독주가 얼어붙은 몸을 녹여주었다. 정신이 번쩍 들었다.

"선장, 이놈이 바다로 나오게 된 까닭이 궁금하지 않소?"

나는 에보켄이 말 잇기를 잠자코 기다렸다.

"선장, 이놈의 어미는 마녀로 몰려 죽었소. 마녀 사냥꾼이 되어서야 알게 된 사실이오. 이놈은 수도원에서 길러졌소. 쌍둥이 누이가 있다는 것도 모른 채. 누이는 집시의 무리 속에서 자랐고 마녀로 단죄되었소. 그 집시 무리를 재세례파의 잔당으로 몰아세운 장본인이 바로 이놈이오. 이놈은 마녀의 자식이자 마녀의 오라비인 셈이오. 선장, 이놈은 살기 위해 바다로 나온 것이 아니라 죽기 위해 바다로 나왔던 거요."

에보켄이 말을 끊고 술을 마셨다. 술병을 나에게 권했다. 나는 한 모금 마신 후 에보켄에게 술병을 건넸다. 에보켄의 표정이 담담했다. 에보켄의 고백을 나는 실감할 수 없었다. 살아서 단 한 줄의 기별도 전할 수 없는 먼 세상의 소문처럼 까마득했다.

"선장, 이놈은 여태 빌어먹을 눈물 한 방울 흘려보지 못했소. 어미가 마녀로 몰려 죽었다는 것을 알게 되었을 때도, 누이가 마녀로 타죽었을 때도 신은 이놈에게 눈물 한 방울 허락하지 않았소."

에보켄의 목소리가 떨렸다.

한기가 엄습해 나는 부르르 진저리쳤다. 에보켄이 술병을 뒤집었지만 술은 한 방울 흘러나오지 않았다. 에보켄이 술병을 성 밑으로 던졌다. 술병 깨지는 소리에 놀란 새 한 마리가 날개를 퍼덕이며 화들짝 날아올랐다.

몇 모금의 독주는 발까지 녹이지는 못했다. 발이 바위처럼 무거웠다. 나는 숨을 깊이 들이마셨다. 산속의 공기는 맑아서 칼칼했다. 우주의 심장이 내 몸 안에서 박동하는 것을 느꼈다. 에보켄은 자신의 별에 대해 이야기하고 있다. 모든 별은 다른 별에 대해 행성이다. 이 우주의 유일한 항성은 죽음뿐이다. 저마다의 별은 죽음을 등질 때 빛나고 죽음을 향할 때 더욱 찬연히 빛난다. 나는 에보켄의 고백에서 이 우주의 유일한 항성에 대한 무구한 사랑을 읽는다.

천지를 흔드는 벼락이 성을 때렸다. 적의 포격이 재개되었다. 적의 극렬한 포격에 가까운 산이 들썩이고 먼 산이 달싹였다. 적은 성을 빼앗기를 단념하고 성을 부수기로 작정한 모양이었다. 성 곳곳이 부서졌다. 포병 대장이 반격을 명했다. 나와 에보켄은 탄환을 장전하고 도화선에 불붙였다. 국왕의 대포가 불을 뿜었다.

적의 공세는 대담하고 적극적이었다. 국왕의 대포가 미치지 못하는 곳으로 물렸던 대포를 전진 배치했고 한껏 웅크리고 있던 병사들이 참호 밖으로 뛰쳐나왔다. 다가선 적의 대포는 타격의 정교함까지 얻어 더욱 위력적이었다. 대포의 엄호 아래 산더미 같은 적이 깃발을 날리며 성을 향해 돌격해왔다. 태양을 등진 적의 붉은 깃발은 금빛으로 빛났고 금빛 깃발은 붉게 타올랐다. 적의 기세에 국왕의 병사들이 움찔했다. 두려움의 포로가 되지 않기 위해 국왕의 병사들은 필사적으로 반격했다.

앞선 자의 죽음을 엄폐 삼아 적은 밀물처럼 들이닥쳤다. 적은 기왕 떠오른 태양이 저물기 전에 전쟁을 끝장내려는 것처럼 달려들었다. 깃발 든 자가 쓰러지면 뒤따르던 자가 깃발을 추슬렀다. 국왕의 대포는 산발적으로 쏘지 않고 일제히 발포했다. 집중된 타격으로 포탄이 작렬하는 자리마다 죽음의 꽃이 핏빛으로 피어났다. 계곡에서 구릉에서 성 밑에서…… 죽음은 도처에서 만발해 산 자는 발 디딜 틈이 없었다.

모든 적은 비장했고 비장한 적의 모든 죽음은 순결했다. 죽음의 순결을 장전한 모든 적이 나를 향해 눈부시게 육박해왔다. 죽음의 순결은 전쟁이 앗아간 적의 개별성을 각각의 적에게 돌려주었다. 죽음의 순결을 응시하는 내 눈에는 적의 눈동자가, 손가락이, 발목이 마침내 보였다. 순결한 죽음 앞에서 적이 나만의 적이기를 갈구하듯 나는 적에게 온전한 적이기를 바랐다.

내 오른쪽의 대포와 포병이 적의 직격탄을 맞았다. 대포가 날아가고 포병 두 명이 즉사했다. 다리를 움직일 때마다 발가락이 바늘로 찌르듯 따끔했다. 태양은 어느새 머리 뒤로 넘어갔다. 온몸이 땀에 젖었다. 포격의 충격을 견디지 못하고 떨어져나온 돌가루가 사방에서 튀어 올랐다. 쉼 없는 포격으로 눈앞이 캄캄하고 귀가 먹먹했다. 적의 포격은 갈수록 정교해졌다. 적의 대포는 국왕의 대포를 겨눴다. 적을 타격하기 위해 조준할 필요는 없었다. 눈앞의 세상이 모두 적이었다.

적은 사다리를 기어올라 성 위를 노렸다. 전열이 흐트러져 국왕의 대포는 일제히 불을 뿜지 않았고 산발적으로 발포했다. 사다리에 매달린 적의 얼굴이 보였다. 성 위는 생과 사의 경계가 되었다. 숱한 죽음을 딛고 성 위로 기어오른 적들은 악착같이 대포를 노렸다. 대포를 노리는 적들은 칼을 휘두르며 달려들었다. 대포를 노리는 칼과 대포를 지키려는 칼이 어지럽게 엉켰다.

포격을 멈출 수는 없었다. 보병의 필사적인 엄호를 받으며 계속 발포했다. 포신에 피가 튀었다. 적의 핀지 아군의 핀지 알 수 없었다. 망루 왼쪽이 뚫렸다. 적은 숱한 죽음의 대가로 움켜쥔 한 치의 틈을 집요하게 추궁했다. 적들이 꾸역꾸역 기어올라왔다. 도처에서 비명이 들려왔다. 대포를 버릴 수는 없었다. 물러서지 마라는 독전의 외침이 단말마의 비명에 묻혔다. 기왕 기어오른 적을 상대하면 장차 더 많은 적이 기어오를 것이었다. 대포는 장차 기어오를 적을 부숴야 했다. 포병들은 동요하지 않고 제자리를 지켰다. 대포 주변에서 백병전이 벌어졌다. 칼과 칼이, 창과 창이, 몸과 몸이 생과 사를 다투었다. 이교도 병사들은 국왕의 전쟁도 황제의 전쟁도 아닌 자신만의 전쟁에 골몰했다. 칼날 부딪치는 소리가 지척이었다. 화약 다지는 내 손길이 다급했다.

"선장!"

에보켄이 다급하게 외치며 온몸으로 내 어깨를 밀쳐냈다. 내 몸뚱이는 중심을 잃고 튕겨져 나갔다. 거대한 폭발음이 머리를 흔들었다. 세상의 모든 화약이 일시에 터지는 것 같았다. 사방의 소란이 일순 잦아들고 시야가 한 줌으로 졸아들었다. 바다가 이마 위에서 넘실거렸다. 바다는 어둡고 차가웠다. 정신이 서서히 돌아왔다. 검게 탄 시체가 주변에 널려 있었다. 나를 덮친 에보켄의 몸에서 연기가 피어올랐다. 에보켄을 바로 뉘었다. 에보켄의 얼굴이 피범벅이었다.

"정신 차리게…… 정신 차려!"

숯덩이가 된 에보켄의 몸을 거세게 흔들었다. 감겼던 에보켄의 눈이 조금씩 열렸다. 발작적으로 기침을 토할 때 에보켄의 입에서 붉은 피가 터져나왔다.

"선장……"

에보켄이 남은 영혼의 빛을 쥐어짜 가까스로 입을 열었다.

"정신이 드는가?"

"선장…… 부디…… 두려워……"

에보켄은 눈을 부릅뜬 채 영원히 입을 다물었다. 나는 에보켄의 육신을 부둥켜안고 넋을 잃었다. 눈꺼풀을 덮을 때 에보켄의 눈가에 눈물이 맺혔다. 투명해서 시린 눈물이었다. 채 끝맺지 못한 에보켄의 마지막 말은 이교도의 언어로 말해졌다. 세 개의 이름을 전전했던 사내는 세번째 얻은 이름으로 죽음을 맞았다. 그 어떤 이름으로도 뿌리내리지 못했던 사내, 이 우주의 고독한 이방인이 내게 남기려 했던 말은 영원한 침묵으로 봉인되었다. 그러나 나는 안다. 이 우주의 이방인이 또 다른 이방인에게 생사를 다투며 남기려 했던 전언의 의미를. 그것은 남겨진 자의 생을 통해 완성되리니 온 세상을 덮은 적이 물러나도 나의 전투는 쉬이 끝나지 않을 것이다. 영혼을 건 나의 전투는 이제 시작이다.

⚜ 관련 연보

연도	국 내	국 외
1627	정묘호란 벨테브레 일행 표착	
1633		갈릴레이 종교재판 받음
1636	병자호란 발발	
1637		데카르트 『방법서설』 출간
1639		네덜란드 정부 보물섬(코레아) 원정대 파견
1641	광해군 사망	
1644		명나라 멸망
1649	효종 즉위	
1653	하멜 일행 표착	

✤ 도움 받은 책들

헨드릭 하멜, 『하멜표류기』, 김태진 옮김, 서해문집, 2003.

————, 『하멜보고서』, 유동익 옮김, 중앙M&B, 2003.

강준식, 『다시 읽는 하멜표류기』, 웅진닷컴, 2002.

바실 홀, 『10일 간의 조선항해기』, 김석중 엮음, 삶과 꿈, 2003.

조르주 뒤크로, 『가련하고 정다운 나라 조선』, 최미경 옮김, 눈빛, 2006.

A. H. 새비지 랜도어, 『고요한 아침의 나라 조선』, 신복룡 · 장우영 옮김, 집문당, 1999.

G. W. 길모어, 『서울풍물지』, 신복룡 옮김, 집문당, 1999.

퍼시벌 로웰, 『내 기억 속의 조선, 조선 사람들』, 조경철 옮김, 예담, 2001.

헨드릭 빌렘 반 룬, 『배 이야기』, 이덕열 옮김, 아이필드, 2006.

민승기, 『조선의 무기와 갑옷』, 가람기획, 2004.

김호, 『원통함을 없게 하라—조선의 법의학과 『무원록』의 세계』, 프로네시스, 2006.

작가의 말

1653년 여름 나가사키로 향하던 네덜란드 동인도회사 소속 상선 스페르베르호는 풍랑을 만나 제주도 해안에 좌초된다. 선원 64명 중 36명만 살아남았다. 생존자 중에는 후일 조선을 탈출한 후 13년 동안의 밀린 급료를 받기 위해 보고서를 작성한 하멜도 있었다. 그해 가을 조선의 국왕이 보낸 사자가 제주도에 억류되어 있던 네덜란드인들 앞에 나타났다. 조선 국왕의 사자는 네덜란드인이었다. 이 네덜란드인은 26년 전 항해 도중 조선 땅에 표착했단다. 조선인들은 그를 '박연'이라 불렀다.

짐승도 목에 금줄을 걸치고 다닌다고 알려진 동방의 미지의 왕국에 26년의 시차를 두고 흘러든 네덜란드인들의 대화를 역사는 짤막하게 기록한다. 짤막한 대화는 1627년 표착한 이 네덜란드 사람에게 두 명의 동료가 있었으나 이미 망자가 되었다는 사실을 알려준다. 그뿐이다. 역사는 1627년 표착한 네덜란드인들의 기록에 인색했다. 이 소설은 역사가 기록하지 않은 이방인들의 삶과 죽음에 대한 가난한 상상에서 비롯되었다. 역사가 그들을 상세히 기억했다면 이 소설은 태어나지 못했을 것이다. 한 줌의 사실 위에 허구의 성채를 건축하려는 자에게 역사의 불친절은 차라리 축복이다.

역사가 기록하지 않은 이방인들의 삶과 죽음을 이야기하기 위해서는 우선 그들의 내면을 상상해야 했다. 내면을 복원할 수 있다면 수수께끼와 같은 동방의 왕국을 바라보는 이방의 시선은 자연스레 얻을 수 있을 테니. 그러나 역사가 돌보지 않은 이방인의 내면을 발굴하여 복원하는 것은 애당초 가당찮은 일이었다. 복원할 수 없다면 창조해야 했다.

380년 전 이 땅에 난파한 이방인의 내면을 상상하던 내내 나는 내 안의 카오스를 응시해야 했다. 춤추는 별을 낳기 위해서는 자신 안에 카오스를 품고 있어야 한다고 말했던 사람은 니체였다. 소설을 탈고한 지 한 계절이 지난 여태 카오스의 결박에서 자유롭지 못한 나에게 독일 철학자의 말이 심심한 위로를 건넨다. 그러나 독일 철학자는 어땠는지 모르겠지만 나에게는 머리 위에서 춤추는 별보다 내 안의 카오스가 더

소중하다. 자살로써 혼돈의 생을 마감했던 일본 작가는 자식보다 부모가 더 귀하다고 하지 않았던가. 그러니 우주의 춤추는 모든 별은 자신을 낳은 카오스를 노래해야 한다.

그대는 그대 안의 카오스를 노래하라. 나는 내 안의 카오스를 노래할 것이니. 별은 춤춰도 상관없고 춤추지 않아도 무방하다. 두려움 없이 노래하라. 그것으로 족하다.

당연히 이 이야기는 허구다. 몇몇 인물들과 사건들, 그리고 세부들은 기왕의 자료에 근거했다. 조선의 역사와 문물에 대한 글을 비롯하여 조선을 다녀간 이방인들이 남긴 기록과 조선에 표착한 이방인들에 대한 글이 그것이다. 암중모색의 허구에 생기를 불어넣는 데 많은 도움을 얻었다. 특히 하멜이 남긴 보고서는 이 허구의 근간이 되었다. 그러나 적어도 이 글에서 허구와 사실의 구분은 무의미하다. 역사적 사실도 '큰 허구'의 틀에서는 '작은 허구'와 구분되지 않기 때문이다. 이 허구가 세상에 나오기까지 도움 주신 모든 분들께 감사드린다.

2007년 6월

김경욱